當祈禱落幕時

祈りの幕が下りる時

Higashino Keigo
東野圭吾

劉姿君——譯

當祈禱落幕時

Contents

當祈禱落幕時

1

即使經過數十年，當天的事宮本康代仍記憶鮮明。時序剛進入九月不久，在秋保溫泉的旅館當老闆娘的朋友來電。

來電的用意是詢問康代願不願意僱用一名女子。

據老闆娘說，那名女子是看到旅館供宿在徵求女侍而來。可是，她沒有擔任旅館女侍的經驗，年紀也不輕了，站在旅館老闆娘的立場無法僱用她，卻又不忍心拒絕。

「她說她剛離婚，又無親無故，會來仙台是因爲以前旅行造訪過，覺得景色很美，希望能住在這裡。我和她聊了一會，她是個文靜的好人，而且還是美人呢。再稍微了解一下，原來她有一點在酒店上班的經驗。所以我就想到，不知道妳這邊缺不缺人？」

雖然三十六歲了，但看起來比實際年齡年輕許多——老闆娘這麼說。

康代心想，不妨見一見。她同時經營小餐館和小酒店，但小酒店僱用的女性員工前些日子結婚辭職了。現在只有一個白髮蒼蒼的酒保看店，康代正想著要找人。再說，那位老闆娘很有看人的眼光。

「好，妳先請她過來吧。」康代對話筒說。

一個小時之後，康代在開店營業前的小酒店裡見到那名女子。正如老闆娘所說，她是個瓜子臉的美人。三十六歲，比康代小了整整十歲，但看起來確實不到三十六歲。若化了妝，外表一定會更出色。

她自稱田島百合子，以前住在東京，所以說話沒有口音。

她在酒店上班的經驗，是二十出頭時，在新宿的俱樂部工作了兩年左右。當時是因爲父親車禍身亡，光是靠體弱多病的母親做家庭代工無法維持生活。辭職則是因爲結了婚，幾年後母親便病故了。

她的話不多，但回答都很確實，談吐得體，腦筋應該不錯。會看著別人的眼睛說話這一點，也深得康代的心。表情雖然略嫌單調，倒不至於令人感到陰沉，也許在男客眼中還有種憂鬱之美。

康代決定先試用一週。若她做不來，試用期結束就算了，不過康代沒來由地覺得一定會很順利。

問題是，她沒有地方住。她的行李只有兩個大旅行袋。

「妳和丈夫分手，本來是打算怎麼生活呢？」

康代不禁提問，只見田島百合子一臉沉痛地低下頭，喃喃說了聲「對不起」，接著說「我一心只想著要離開」。

想必是有不得已的苦衷，但康代沒有追問下去。

康代一個人住在國見之丘的獨棟房屋，是英年早逝的丈夫連同店面一起留給她的。夫妻倆本來打算要生孩子，所以多了兩個房間，康代讓田島百合子住其中一間。

「等正式僱用了，我們再去找房子吧。我有做房仲的朋友。」

聽康代這麼說，田島百合子噙著淚說「謝謝您，我會努力的」，連連行禮。

就這樣，田島百合子開始在康代的店——「SEVEN」上班。而且，康代的直覺應驗了，客人對她頗有好評。

康代去店裡時，白髮的資深酒保私下向她說：

「小康，妳真是撿到寶了。自從百合子來了之後，店裡的氣氛就變了。她說話雖然不是特別貼心機伶，不過只要她在場，就有種迷人的氛圍。感覺非常神祕、背後似乎有什麼故事。她既不隨便，但也不拒人於千里之外，這一點挺好。她滿適任的。」

其實不用他說，康代也看得出店裡氣氛變好了。她很快便決定正式僱用百合子。

康代遵守承諾，兩人一起去找房子。看了幾間房子，田島百合子選了位在宮城野區萩野町的公寓。她看中的是鋪了榻榻米的和室，康代順勢當了保證人。

此後，田島百合子盡心盡力的工作態度依然沒變。常客變多了，店裡總是充滿活力。當然，許多客人都是爲她而來，但田島百合子既沒有隨他們起舞，也沒有造成糾紛。或許是年輕時待過酒店的經驗派上用場了。

由於當時日本景氣極佳，店裡的生意十分穩定，日子便這麼過去了。這段期間，田島百合子完全適應了仙台這個地方。

然而，康代心中並非毫無顧慮。隨著交往日久，兩人無話不談，但她覺得田島百合子並沒有完全敞開心胸。不光是對康代如此，對其他人也從不肯以眞面目示人。康代深知這是她的魅力，也是店裡生意興隆的原因之一，心情十分複雜。

田島百合子也不願多談離婚的原因。康代本來猜會不會是丈夫花心，但關於這一點，百合子明確否認，還說了這些話：

「是我不好。我不是個好妻子……也不是好母親。」

這是她頭一次提到她有孩子。一問之下，是個男孩。她離家的時候，孩子十二歲。

「那眞是苦了妳。妳不會想他嗎？」

康代這麼一問，田島百合子露出寂寥的笑容說：

「我沒有資格想他，我叫自己不要去想。到頭來，就是沒有緣分，跟那孩子也一樣。」

康代問能不能看看孩子的照片，田島百合子搖搖頭，表示一張都沒有。

「要是帶著那種東西，就永遠都忘不掉了。」

她是個非常認眞、律己甚嚴的女子。康代心想，他們夫婦關係破裂，也許就是她這種個性使然。

又過了一段時間，當田島百合子來到「SEVEN」工作過了十年左右，發生一項巨大的變化。她和一名客人發展出深入的關係。

田島百合子稱這位客人爲「WATABE先生」。康代也在店裡見過他幾次。他總是坐在吧檯一角，啜飲著淡淡的威士忌加水，看看八刊雜誌，或是戴起耳機聽廣播。年紀大約五十五、六歲，雖然是中等體格，但或許是從事體力勞動吧，手臂的肌肉隆起。

康代察覺兩人之間不尋常的氣氛，向田島百合子確認。她有些過意不去地承認了與WATABE的關係。他只要來店裡一定會待到打烊，田島百合子很快便發現了他的心意，漸漸地也開始等他出現。

田島百合子向康代道歉。

「道什麼歉？這不是很好嗎？我呀，早就希望妳能遇到有緣人了。他有家室嗎？沒有吧？那還有什麼問題！你們不如結婚吧？」

這個激將法對田島百合子沒有用，她只是微微搖頭說：「不了，這怎麼成。」

之後兩人的關係似乎繼續維持下去，但康代並沒有深入追問，因爲田島百合子不願意多談。看樣子，這個叫WATABE的男人背後也有複雜的內情。

後來康代就沒在店裡看到WATABE了。康代問了田島百合子才知道他因爲工作遠行。他從事電力相關的工作，必須前往各地。

田島百合子便是在這個時候發生了變化。她說身體不舒服而請假的狀況增加了。關於病情的說明則不盡相同，有時候是些微發燒，有時候是身體懶懶的。

「是不是哪裡有問題？去醫院檢查一下吧？」

康代這麼勸告，但田島百合子總是說不要緊。事實上，她請假休息一陣子就會上班，一到店裡，便會一如往常認眞工作。

不久，WATABE回到仙台，康代放了心，想說這樣就沒事了，百合子一定是一個人太寂寞了。

就這樣，又過了幾年。泡沫景氣破滅，康代的店不再安泰。雖然以物美價廉為賣點，但競爭對手增加了。康代的小餐館旁就開了兩家牛舌料理店，她眞想找他們理論：「客人這麼少了還要互搶，是要大家怎麼活？」

小酒店「SEVEN」的情況也不樂觀。田島百合子的身體又變差，經常請假。後來，她向康代表示想辭職。

「我這個樣子，只會給店裡添麻煩。我年紀也不小了，請您另請高明。」她說著向康代行了一禮。

「這是什麼話！『SEVEN』是妳支撐過來的。身體不舒服就休息，把身子養好。我會等妳，也許請個人來代妳的班，但只是代班。倒是妳好好吃飯了嗎？看妳瘦成這副模樣……」

這時候的田島百合子瘦得令人心疼。臉頰凹陷，下巴變尖，瓜子臉上的圓潤消失了。

「我沒事。對不起，讓您擔心了……」她抑鬱地說。以前她就不是個感情外露的人，現在顯得更加缺乏表情了。

康代想起WATABE，便問起他的近況，得到的答覆是又為工作遠行了。康代猜想，恐怕是這樣她才更沒精神吧。

最後，田島百合子請了長假。這段期間，康代兼顧兩家店，仍會抽空打電話關心，有時候也會到公寓去看她。

田島百合子的身體狀況似乎不見起色。她常躺在被窩裡，可想而知也沒有好好吃飯。康代問她去看過醫生了沒，她說去了，但醫生也說沒有哪裡不好。

儘管想著要找時間帶她去醫院，但康代被工作追著跑，實在抽不出空，回過神來已是年底。

一外出，寒意令人不由自主縮起脖子的日子愈來愈多，又是一年將盡。

那天午後飄起小雪。一積雪，連身強體壯的人要出門都不容易。康代擔心田島百合子，打電話給她。

然而，電話沒有打通。鈴聲響了，但沒有人接。

康代頓時擔心起來。她裹上連帽羽絨大衣，穿上靴子，出了門。田島百合子一直住在最初租的萩野町公寓。

公寓是雙層建築，有八戶。田島百合子的住處在二樓最裡面。康代站在門前按門鈴，卻沒有人應門。

信箱裡塞了好多傳單和廣告，康代一陣不安，又打了一次電話。

這一打，讓她倒抽一口氣，因爲手機鈴聲就從門後傳來。

康代敲門，呼喊：「百合子！百合子！妳在嗎？在就回答我！」

屋內沒有動靜。康代轉動門把，門上了鎖。

她奔下樓梯，四處張望，看到公寓牆上掛著房仲公司的招牌，便用手機打了電話。

三十分鐘後，康代在房仲公司的職員陪同下，進到田島百合子的住處。門一開，首先映入眼簾的是倒在廚房的田島百合子。康代一脫下靴子，便喊著她的名字跑上前，將她抱起來。她的身體又冷又硬，而且輕得嚇人。那張蠟一般雪白的臉上，露出一絲微笑。

康代放聲大哭。

不一會，警察來了，運走了田島百合子的遺體。由於這算是非自然死亡，可能要進行解剖。聽到「解剖」二字，康代臉色不禁變了。「別擔心，我們一定會恢復原狀。」身穿西裝的刑警說，「而且，我想應該沒有解剖的必要。室內既沒有被翻動的行跡，自殺的可能性也很低。」

康代本人也在警署的會客室裡接受警方問話。警方問了她與田島百合子的關係、發現屍體的經過等等。

聽完她的敘述，刑警又問：「這麼說來，她沒有親人了？」

「她是這麼跟我說的。雖然她和前夫之間有個兒子，但應該沒有聯絡。」

「那兒子的聯絡方式呢？」

「我沒有，我想百合子自己也沒有。」

「這樣啊。」

這就難辦了——刑警低聲說。

翌日警方便歸還田島百合子的遺體，果然沒有進行解剖。

「發現遺體時，應該是死後兩天了。從驗血的結果看來，沒有任何可疑之處。醫生推斷是心臟衰竭，還說她可能本來心臟機能就有問題。」

聽了刑警的話，康代深感後悔，應該早點要她去接受詳細檢查。

康代認爲應該幫她辦一場喪禮，就算是簡單的也好，便親自安排。頭一個必須通知的就是WATABE。警方已歸還田島百合子的手機，康代查看通訊錄，上面的名字比預料中少。康代的手機和家裡的電話、小餐館、「SEVEN」、常去的美容院、熟客十幾人。看她的通話紀錄，這兩週田島百合子一通電話都沒打，來電的也只有康代而已。

田島百合子是在多深的孤獨之中斷氣的？光是想像康代便渾身哆嗦。身旁沒有一個人，沒有說一句話，倒在廚房冰冷的地板上時，她腦海閃過了些什麼？心愛的男人？還是唯一的兒子？

通訊錄的最後一行，有「綿部」這個名字。康代這才知道原來WATABE的漢字是這樣寫的，她一直以爲是「渡部」。

她用田島百合子的手機打過去，怕對方看到不認得的號碼不肯接。

電話很快就通了，傳來低低的一聲：「喂。」

「啊……綿部先生？」

「……我是。」大概聽出不是田島百合子的聲音吧，感覺他有所提防。

「不好意思，我是宮本，仙台的小酒店『SEVEN』的老闆娘。你記得嗎？」

停頓了一會，在「哦」一聲後，他問：「百合子怎麼了嗎？」

「是的，請你冷靜聽我說，」康代潤了潤唇，深吸一口氣才接著說：「百合子去世了。」

電話中傳來大大的吸氣聲。綿部和田島百合子一樣，都是表情很少的人，但康代猜想，這時候他臉上一定浮現了震驚的神色吧。或者，因爲受到的衝擊太大，反而是一貫的面無表情？

康代聽到清嗓子的聲音。然後，綿部以壓抑的聲音問：「是什麼時候的事？」

「我昨天發現她的遺體，不過警方說，應該是兩天前走的，可能是心臟衰竭……」

「是嗎？不好意思，給您添麻煩了。」綿部的語氣淡淡的，聽不出震驚和悲傷。康代甚至猜想，他會不會早有預感？

康代表示正著手準備喪禮，希望綿部能夠來上香，他在電話彼端沉吟了一會。

「很抱歉，我沒辦法過去。」

「爲什麼？雖然你們沒有結婚，不過也在一起好幾年，不是嗎？或許你工作忙碌，但不能設法抽空跑一趟嗎？」

「不好意思，我也有我的苦衷，麻煩您送百合子最後一程。」

康代覺得綿部要掛電話了，連忙說：

「等等！這樣百合子會傷心的，而且我也不知道該怎麼處理骨灰才好。」

「關於這一點，我有個主意，近期內一定會和您聯絡。可以告訴我您的電話嗎？」

「可以是可以……」

康代報出電話號碼，綿部說「我一定會和您聯絡的」便掛了電話。康代只能呆望著斷了線的手機。

第二天，康代租用禮儀公司最小的場地，舉行了一場小小的喪禮。她也通知了「SEVEN」的常客，所以不是全然沒有人來相送，但終究是一場冷清的喪禮。

火化完後，康代將骨灰帶回自己家中，然而總不能一直這麼放下去，萩野町的公寓也得處理。康代是保證人，有責任幫忙退租。這倒是無所謂，只是還必須處理田島百合子的所有物，可以全部丟掉嗎？

時間就在她如此煩惱中過去。她打了好幾次電話給綿部，但都沒打通。

康代開始認爲他八成是跑了，反正兩人沒有正式結婚。可能是怕別人把麻煩都推給他，乾脆不再聯絡。

田島百合子的喪禮結束後，過了一週，房仲業者來電表示希望把屋子清空。康代心想不能再拖了，便橫了心。只能收拾一下，把不要的東西丟掉了。大概所有的東西最後都會被丟掉吧。

然而，正當她站起來要出門時，手機響了。來電顯示是公共電話。

一接起來，「是宮本女士嗎？」一個沉著的聲音說：「很抱歉，這麼晚才和您聯絡。我是綿部。」

「哦……」康代大大吐出一口氣，「太好了，還以爲你不會再跟我聯絡了。因爲電話都打不通。」

綿部低聲笑了。

「我把那支電話解約了，那是專門用來和百合子聯絡的。」

「是嗎？可是，那也太……」

「不好意思，我應該先告訴您的。不過請您放心，我找到能接收百合子的骨灰和遺物的人了。」

「咦！眞的嗎？是什麼人？」

「是百合子的獨生子？他在東京。爲了確認他的所在地，才會這麼花時間。不過不用擔心，我找到他的住址了。我現在就說，可以請您抄下來嗎？」

「啊，好。」

綿部所說的地名，是杉並區荻窪，田島百合子的兒子就住在那裡的套房式公寓大樓。

「可惜沒有查到電話，我想您可以寫信給他。」

「我會的。請問她兒子叫什麼名字？一樣是姓田島嗎？」

「不，田島是百合子娘家的姓氏，離婚之後她就恢復原來的姓氏了。兒子姓加賀，加賀百萬石的加賀。」

是女演員加賀萬里子的加賀吧——康代心中浮現了文字。

綿部說，百合子的兒子名叫「恭一郎」，目前任職於警視廳。

「他是警察？」

「是的。說是理所當然也很奇怪，不過我想您向他聯絡，他不會置之不理的，應該會有正面的回應。」

「我知道了。請問，綿部先生今後有什麼打算？你能不能趁百合子的骨灰仍在我這裡的時候，來給她上個香？」

康代這一問，讓綿部陷入沉默。

「喂？」

「這……我想還是算了，請忘了我。我想，您不會再接到我的聯絡了。」

「怎麼這樣……」

「那麼，萬事拜託了。」

「啊，等——」

來不及說出第二個「等」字，電話就掛了。

康代望著抄下來的姓名和住址。加賀恭一郎——她只能和這個人聯絡了。

她立刻著手寫信。煩惱之後，她整理出如下的內容：

「請恕我冒昧來信。我叫宮本康代，在仙台經營餐飲業。之所以提筆寫信，不為別的，是為了通知您關於田島百合子女士的一件大事。

直至不久之前，百合子女士都在我經營的小酒店工作。然而，數年前開始，她的身體狀況便不太好，前幾天於住處過世，據說死因是心臟衰竭。

由於百合子女士沒有親人，我身爲僱主，又是租屋處的保證人，便爲她舉行了喪禮，保管骨灰。只是，骨灰終究無法一直放在舍下，於是我決定寫這封信。能否請您接收百合子女士的骨灰及遺物呢？若您願意前來，我會配合您的時間，還請您與我聯絡。在此附上我的電話與住址。

提出如此冒昧的要求，委實非常抱歉。靜候佳音。」

將信寄出的第三天下午，康代便得到回覆。因爲店裡公休，她在家中計算營業額時，手機響了。螢幕上顯示的是完全陌生的號碼，看了之後，康代有種預感。

一接起電話，「請問是宮本康代女士嗎？」一道低沉卻響亮的聲音傳入康代耳中。

「我是。」

停頓了一下，「敝姓加賀，我收到您前兩天的來信，」對方說，「我是田島百合子的兒子。」哦——康代發出安心的聲音。雖然寄了信，她卻擔心會不會確實寄到對方手上？不，這個住址眞的住著一個姓加賀的人，而這個人眞的是田島百合子的兒子嗎？

「家母，」加賀說，「生前受到您許多照顧。謝謝您。」

康代握緊手機，搖搖頭。

「別這麼說，百合子才是幫了我大忙。請問，我信裡寫的事，你考慮過了嗎？」

「您指的是骨灰吧？」

「是的，我個人認爲，由身爲兒子的你來接收是最理想的。」

「您說的一點也沒錯。我會負起責任，處理後續事宜。真的很抱歉，給您添了這麼多麻煩。」

「聽你這麼說，我就放心了。百合子在九泉之下一定也會很高興。」

「但願如此。那麼，不知道您何時方便？您要開店吧。請問是星期幾店休？」

康代回答今天剛好店休，加賀竟說：

「那正好，我也休假。我現在過去方便嗎？現在開始準備的話，我想傍晚應該就能到了。」

這個提議令康代有些吃驚。她以為對方也有許多苦衷，要付諸行動勢必需要時間準備。但他能及早接收，康代自然沒有異議。

她一表示同意，加賀便說明了大致的抵達時間，然後掛了電話。

康代轉頭望向放著田島百合子的骨灰和照片的佛壇。照片是在「SEVEN」店內拍的，田島百合子難得露出開朗的笑容。那是在喪禮前，一名熟客好心帶來的。

康代看著照片，在內心喃喃說著：「太好了，妳兒子要來接妳嘍。」

大約三個小時後，加賀來電說已抵達仙台車站。他要搭計程車過來，康代便告訴他該怎麼找到她的住處。她在燒開水、準備泡茶時，對講機的鈴聲響了。

加賀是個體格出眾、神情精悍的人，年紀大概三十歲左右吧。輪廓鮮明，眼神銳利，給人一種正義感極強的印象。他遞過來的名片上，印有「警視廳搜查一課」這個工作單位。

他再度向康代表達感謝與歉意。

「別客氣了，快來見見百合子。」

聽到康代這句話，這個高個子的年輕人說聲「好的」，鄭重地點頭。

在佛壇前雙手合十並上香後，加賀轉身面向康代說「謝謝您」，深深低頭行禮。

「太好了，這樣我肩上的重擔總算能放下。」

「家母是什麼時候來到宮本女士店裡的？」加賀問。

康代屈指算了算，回答：「今年是第十六年，那時剛進入九月。」

加賀皺起眉頭像在思索些什麼，然後微微點頭。

「那麼，是離家之後便來到這裡。」

「百合子也是這麼說。她說以前來旅行的時候，很喜歡這個地方。所以她離了婚，孤身一人，馬上就想到要來這裡工作。」

「原來如此——家母住過的地方，現在怎麼樣了？」

「都沒有動，我想帶你去看看……」

「謝謝您，請您務必帶我去。」說完，加賀又行了一禮。

於是，康代開車帶加賀前往萩野町的公寓。途中，康代簡要說明她和田島百合子的相遇和相處等等。關於綿部的事她總覺得難以啓齒，便沒有提起。

到了田島百合子的住處，加賀並沒有立刻進去，而是站在門口脫鞋的地方打量室內。以隔間而言，是一房一廳，淺褐色壁紙早已褪色。榻榻米長期曝曬在陽光下，呈紅褐色。中央有一張矮桌，牆邊擺著小小的碗櫃和廉價組合櫃。

「在這麼小的屋子裡住了十六年……」加賀喃喃地說。在康代聽來，像是不由自主脫口而出的心聲。

「我來的時候，百合子倒在廚房這邊。那個時候就……」她略去「走了」二字。

「是嗎？」加賀的視線也轉向狹小的廚房。

「請進來吧。」康代說，「雖然稍微打掃過，但百合子的東西我什麼都沒丟。請確認一下。」

加賀說聲「打擾了」，脫了鞋，終於踏入屋內。

他略帶猶豫地打開碗櫃，看著裡面，顯然是不知如何處理。百合子離家的時候，他還是小學生。儘管應該有許多關於母親的回憶，但若這些回憶已被時間沖淡也不足爲奇。

康代從包包裡取出鑰匙。

「如果你想慢慢看，這個就交給你。只要向房仲公司打聲招呼，再留一週應該不成問題。我想，你不妨趁這段期間整理一下，看是要把東西搬走還是處理掉……」

加賀定定地望著鑰匙，「好的。那麼，鑰匙先寄放在我這裡。」伸出手接過鑰匙之後，「想請教您一件事。」他似乎有所顧忌般接著說：「關於離家一事，家母有沒有說過什麼？像是對婚姻生活的不滿，或是離家的原因……」

康代緩緩搖頭。

「她什麼都沒說，只說是她自己不好，說她不是個好妻子、好母親。」

「……是嗎？」加賀遺憾地低下頭。

「你沒有頭緒嗎？」康代反問。

加賀淡淡一笑。

「我從劍道的暑期集訓回來，只看到家母的留書，完全不曉得發生了什麼事。只是隨著年紀漸長，也慢慢明白了。」

「好比說？」

家父——加賀說著，微微皺起眉頭：「是個熱衷工作的人，相對的，便無法顧及家庭。他很少回家，將關於家庭的一切難題都推給家母。家父與親戚處得不好，家母總是被夾在中間，左右爲難。我猜想，家母多半是厭倦了這樣的生活吧。可是，對於逃離家庭這件事，也許家母相當自責。」

康代應了一聲，深有同感，個性認眞的田島百合子很有可能這麼想。

忽然間，加賀露出想起什麼的神情，看著康代問：「我忘了問您一件重要的事。」

「什麼事？」

「我收到了您的信，請問您怎麼知道我的住址？我想家母應該不知道。」

聽到這個問題，康代覺得自己的臉僵了。本想設法蒙混過去，但看到加賀銳利的眼神筆直看著自己，她明白蒙混行不通，只好放棄。他可是警察啊。

「有人告訴我的。」康代說。

「是誰？」

「和百合子在一起的男人。」

加賀的神色一沉，隨即像冰塊融化般緩和下來。「可以請您告訴我詳情嗎？」

康代雖然也不是很清楚，還是將她所知的綿部的一切娓娓道出。

「對不起。我不是故意隱瞞，只是不知該怎麼說……」康代補上一句。

加賀苦笑，搖搖頭說：

「謝謝您的體恤，但請不用擔心。我很慶幸家母有這樣一個對象，甚至希望能見上一面，向他請教家母的事。」

「也難怪你會這麼想。可是，就像我剛才說的，我連他在哪裡都不知道。」

「除了您的店之外，他有沒有常去的店？」

康代仔細回想，「我想應該沒有，沒聽百合子提過。」

「那麼，關於這位先生，您有沒有什麼記憶？像是來自哪裡、畢業的學校等等，或者常去的地方？」

「地方……」

康代隱約有印象，田島百合子提過一個人人都知道的地名，思索半晌，文字浮現腦海。

「對了，日本橋……」

「日本橋？東京的？」

「是的。有一次，百合子提到綿部先生有時候會去日本橋，常跟她說些店家或是名勝的事。百合子以前雖然住在東京，卻似乎很少到日本橋那一帶。」

「那麼，您知道綿部先生是爲了什麼到日本橋去嗎？」

「抱歉，這我就不知道了……」

「是嗎？別在意，這樣就十分具有參考價值了。」加賀的視線再度轉向碗櫃。他的側臉認眞無比，流露銳利的目光，那是一名警察的表情。

三天後，加賀來康代這裡歸還鑰匙。他說已將田島百合子的東西全數搬走，家具、電器和寢具則是請資源回收業者回收。

「衣服少得令人驚訝。家母若還在世，應該是五十二歲……五十二歲的人都是這樣嗎？」加賀一臉不解地說。

「百合子是個節儉的人，從來不會亂買新衣服。而且，她大概也很少打扮得漂漂亮亮地出門吧。」

「原來如此。」加賀點點頭，眼神顯得很哀傷。

「你怎麼處理百合子的衣服？」

康代這麼一問，得到的是一句乾脆的回答：「丟了，我拿著也不是辦法。」

儘管認爲加賀說的有理，但一想到他將亡母的衣服塞進垃圾袋的心情，康代不禁有些心痛。

兩人前往公寓，確認完全清空的租屋。原本放置碗櫃的部分，榻榻米的顏色完全不同。

「其他的東西都送到加賀先生那裡嗎？」康代問。

「全塞進紙箱寄送了。我想一一細看，推敲家母這十六年是怎麼過的。」說完，加賀微微皺起眉頭：「雖然這麼做，也不能怎麼樣。」

「哪裡的話。」康代說，「請好好體會百合子這十六年來的心情，我也希望你能這麼做。」

加賀淡淡笑著點頭，「想麻煩您一件事。關於那位綿部先生，若您知道了什麼，可以通知我嗎？無論再小的事都沒關係。」

「好的。我如果知道了，一定通知你。」

「麻煩您了。」

加賀說要回東京，康代開車送他到仙台車站，甚至目送他到剪票口。

加賀向康代道謝後，轉身大步向前。這時候，康代才頭一次注意到他長得與田島百合子十分相像。

在這件事之後，又過了十多年的歲月。這段期間，康代本身與周遭發生了種種變化，但最大的事件再怎麼說，都是東日本大地震與核電廠事故。一想起地震發生當時，康代至今仍會忍不住發抖。看到面目全非的市容時，她以為身陷地獄，但不消多久，她就知道自己是幸運的。她有很多親戚在氣仙沼，大多數都在海嘯中成了不歸之人。後來，她為了獻花而前往當地，親眼目睹的慘狀令她啞然失聲。舉目所見，盡是灰色瓦礫堆。漁船、車輛與毀壞的民宅，在污泥中混雜一氣。不難想像在那當中恐怕還沉睡著許多尚未被發現的遺體。每當風起，令人難以喘息的異臭便撲鼻而來。

康代經營的兩家店都在震災之後結束營業。水電交通等基礎設施斷絕，實在無法營業，就算能夠復原，暫時也不會有客人吧。康代本身也早已年逾古稀，是該退休了。

靠著景氣好時的積蓄與年金，康代的生活不愁溫飽。一個月能和老朋友喝幾次酒，也有能力去旅行。以經歷過那場震災的人而言，她自認人生十分愜意。

某一天，康代看報時忽然想起加賀恭一郎。社會版報導了東京發生的一起殺人命案，她從「警視廳搜查一課」一詞聯想到他。只不過，不知道他是不是還在那個單位。他每年都不忘寄賀年卡，但幾乎都沒有提到自己的近況。多半是爲了得知綿部的消息，才與康代保持聯繫吧，然而在那之後，綿部都沒有和她聯絡。

報導中提及，在老街的公寓裡發現一具遭到殺害的女性屍體。一瞬間，她想起發現田島百合子遺體時的事。然後康代心想，加賀會不會正在辦這件案子呢？

2

出現在會客室的，是穿著西裝、約莫五十歲的矮小男子，以及個子比他更矮的女子。兩人邊行禮邊客氣地進來，以略帶怯意的眼神看著松宮他們。這也難怪，專案小組就有五個人在這裡。

如果是松宮這樣的年輕新手也就算了，其他幾個都是一臉凶相。

「是押谷文彥先生與太太昌子女士，沒錯吧？」小林看著文件說，他算是松宮等人的頭。

「是的，敝姓押谷。」男子回答。

「感謝兩位遠道而來。我是負責本案的小林，請坐。」

見兩人坐下，一直站著的松宮等人也跟著坐下。

「確認過遺物了嗎？」小林問。

「剛才看過了。」押谷生硬地上下移動下巴，帶著關西口音說：「內人認爲沒有錯。手表、手提包，還有旅行包，全都是舍妹的。」

小林細小的眼睛朝向押谷昌子，「沒錯嗎？」

沒錯——她細聲回答，眼睛紅腫。

「我記得十分清楚。道子很喜歡那個旅行袋，去年我們一起去泡溫泉的時候，她也是帶那個袋子。」

小林嘆了一口氣，向旁邊的石垣係長微微一點頭，再度轉向夫妻倆。

「我想應該已有人和兩位聯絡告知，指紋比對和DNA鑑定的結果出來了。遺體確認是押谷道子小姐沒錯，請節哀順變，我們也深感遺憾。」

等小林說完，松宮等人也行禮致意。

押谷「呼」地吐出一口氣，問道：

「究竟是怎麼回事？聽說她是在別人的公寓裡被發現的？」
「是的。不過，請讓我們依序發問，請問兩位有時間嗎？」
「不要緊，請儘管問。話是這麼說，我們平常並沒有住在一起，不確定是不是全部的問題都答得出來。」
「沒關係。首先，請問您最後與令妹交談是什麼時候？」
押谷夫妻對望一眼，開口的是妻子昌子。
「上個月初通過電話，爲的是計畫到京都去賞花，去年也是我們兩人一起去的。」
「舍妹和內人的感情，比和我更好。」押谷從旁解釋。
「在通話中，有沒有提到這次來東京的事？」小林問。
沒有——昌子搖頭說：
「完全沒有提到，所以警察給我們看遺物照片的時候，我也萬萬沒有想到。她怎麼可能會被人發現死在東京的公寓裡……可是那些東西和道子的實在太像了……」大概是說著說著悲從中來，她低頭摀住了嘴。或許是強忍住了淚，她深呼吸後抬起頭說：「不好意思……」
「兩位是在三月十二日星期二報警協尋，沒錯吧？」小林確認道。
「沒錯。」這次換押谷回答，「那天，道子公司的人打電話來，說她從前一天星期一就無故曠職，打手機沒人接，家裡好像也沒人，擔心是不是出了什麼事。道子沒有結婚，所以緊急聯絡人是我。我們問遍了所有想得到的地方，卻沒有半點消息，於是決定報警。」

「她任職的公司是……？」

「是一家提供家事清潔服務的公司。」

押谷向妻子投以催促的眼神。昌子從手提包裡取出名片，放在桌上，說道：「這是道子的上司給的名片。」

小林伸手拿名片，「可以先放在我們這邊嗎？」

「當然可以。我們帶來就是想提供給警方。」押谷回答，「聽那位上司說，前一個星期五道子還是照常上班。不過，她跟同事提到週末想奢侈一下。」

「奢侈？具體是要做些什麼？」

「不知道，她似乎只說了想奢侈一下。」

松宮邊在記事本上寫下「奢侈？」邊思索。押谷他們住在滋賀縣，也許來東京這件事本身就算奢侈了。可是，她的目的是什麼？純粹來東京觀光嗎？以年齡來推測，應該不會是去東京迪士尼樂園。晴空塔嗎？他心想不會吧，排除了這個答案。那不是什麼值得一個人特地來東京參觀的景點。

小林放下名片，拿起另一張印著「越川睦夫」這個名字的紙，遞給押谷夫妻看。

「兩位對這個名字有印象嗎？」

「越川睦夫先生？唔，我沒有印象。」押谷一臉困惑地回答之後，看著妻子。她也說：「沒有印象。」

「那麼，」小林放下那張紙，「聽到小菅或是葛飾這兩個地名，你們有沒有想到什麼？像是有朋友住在這裡，或是以前去過等等，不管多小的事情都沒關係。」

然而，這時候夫妻倆的表情也沒有變化，仍是疑惑地互望一眼。「都沒有。聽到葛飾，只會想到『阿寅』(*1)……」押谷認眞地回答。他的親妹妹死了，這麼說想必不是在開玩笑。

是嗎——小林失望地應道。

「請問，這是怎麼回事？剛才那個人名，還有地名，和道子有什麼關係嗎？」押谷略略傾身向前問。

小林再度和身旁的石垣交換一個眼神後，以宣告般的生硬語氣說：「令妹的遺體是在葛飾區小菅這個地方的公寓被人發現，而那裡的住戶就叫越川睦夫。」

押谷道子的遺體是在距今正好一週前的三月三十日被發現的。小菅某公寓的一樓住戶向管理員投訴天花板滴下發出惡臭的液體。管理員去找二樓的住戶，卻無人回應。無奈之下，只好用備份鑰匙開門入內，發現壁櫃發出強烈的惡臭。打開一看，裡面躺著一具女屍，而且腐敗得相當嚴重。

*1 日本長壽人氣電影系列《男人眞命苦》的主角。故事背景位在葛飾。

解剖之後，研判是頸部受壓迫導致窒息死亡，頸部並有一圈繩狀物的勒痕，死亡應該超過兩週。由於極有可能是他殺，便於轄區警署成立專案小組，而警視廳搜查一課派出松宮這一係的人員前來調查。

頭一件事當然是向該公寓的住戶問話，然而住戶越川睦夫不見蹤影。根據鄰居的說法，至少這一週都沒有人看到他。

屋內經過徹底的搜索，沒有找到任何可推測越川行蹤的線索。不僅如此，連能夠了解越川這個人的東西都沒有。不要說手機，照片、證件、卡片類、書信類，一概付之闕如。約莫是越川本人，或是與命案相關的某人刻意處理掉了。

越川於九年前遷入此處，但住民票並未更改。入住時提出的文件上，前一個住址塡的是群馬縣前橋市。警方派了數名調查員前往當地調查，卻查不出與越川有關的情報。文件上塡寫的資訊極有可能是僞造的，該公寓的管理鬆散，入住條件也不嚴格。

考慮到越川已死的可能性，警方決定與過去這一個月全國發現的無名屍進行ＤＮＡ比對。因此，從公寓裡扣押了牙刷、安全刮鬍刀、舊毛巾等物作爲樣本。

追查越川行蹤的同時，也同步追查女屍的身分。女屍四周雖遺留手提袋與旅行袋，卻找不到名片、駕照、手機、卡片類等足以確認身分的物品。

於是，專案小組爲死者的物品與衣物拍照，附上身體特徵的描述，傳送給全國警政單位。經解剖後，推定死亡約三週，若死者有家人，最近曾報警協尋的機率很高。

幾處單位很快便有所反應，但經過詳細的情報交換對照，確認都不是符合的人物。日本每天都有人報警協尋，這類事情並不罕見。

其中，滋賀縣警傳來值得深入了解的情報。向彥根警署報警協尋的一對夫妻，看了這起案件的遺物後，表示與失蹤的妹妹的所有物非常相似。經過詳細詢問，身體特徵、髮型、血型、推測年齡等條件均符合。

專案小組透過滋賀縣警，請這對夫妻攜帶可採集到妹妹指紋、毛髮的物品前來東京。夫妻倆答覆會立刻前往。

於是，押谷夫妻昨天來到東京，松宮前去東京車站接他們。兩人帶來妹妹押谷道子的梳子、化妝品、首飾等物品。梳子上留有髮絲。

押谷文彥希望能探視遺體，松宮出聲勸阻：

「遺體腐敗得相當嚴重，已無法確認長相，而且還沒有確定就是令妹。」

專案小組在會議上決定以指紋比對與DNA鑑定來確認死者身分，至少需要整整一天才能得到結果。警方已事先徵得押谷夫妻的同意，他們會在東京住宿一晚。

押谷夫妻昨晚應該是在都內的高級飯店過夜。那家飯店的夜景十分有名，但想必他們沒有心情欣賞。今天聽到松宮在電話裡說「我們得到了重大的結果，可以麻煩兩位到警署一趟嗎？」時，兩人心裡應該就有譜了。

押谷夫妻回去後，松宮與小林等人一同回到會議室。小林不知在座位上與石垣討論什麼，一抬起頭來，便喊了幾個調查員的名字。松宮聽到小林對他們下了什麼指示，彥根和滋賀的地名傳進耳裡。

不久，小林叫喚了松宮和他搜查一課的前輩坂上的名字。

松宮和坂上一同站在小林他們面前。

「你們明天跑一趟滋賀。」小林說著，把剛才從押谷文彥那裡拿到的名片遞給他們，「針對職場調查死者的人際關係，以及和東京的關聯。一有任何發現，立刻報告。如果有必要，我們會派人支援。」

「了解。」坂上接過名片。

「職場就好了嗎?死者家呢？」松宮問。

「用不著你擔心，這方面會另外派人。」小林不悅地說，「行前安排要在今天之內完成。」

「好好幹。」石垣說，「當地警方那邊我會先打電話聯絡。」

松宮他們應了一聲「是」，向兩人行一禮，轉身離開。但松宮走了兩、三步便停下，又回過頭。

小林疑惑地抬起頭，「怎麼了?」

松宮打開自己的記事本，應道：

「押谷夫妻說，死者三月八日星期五照常上班，十一日開始曠職。也就是說，死者很有可能是在九日或十日遭到殺害。」

在小林身旁的石垣雙手交抱胸前，抬頭盯著他，神情彷彿在質問：「那又怎樣？」

「新小岩的命案是十二日發生的。行凶手法一樣是勒斃，我想兩者可能有所關聯。」

「新小岩？哦……」小林點點頭，「在河邊發生的遊民命案嗎？」

「是的。」

那起命案發生在三月十二日深夜。搭建於河岸邊的帳篷起火，從中發現一具男屍。起初以爲是意外，送往東京都監察醫務院進行行政解剖。然而屍體並未吸入濃煙，且有頸部受壓迫的痕跡，疑似他殺，現下正在進行調查。死者應爲向來住在該處的遊民，但目前身分不明。爲確認與此案的關聯，曾進行ＤＮＡ鑑定，結果該男屍並非越川睦夫。

「那件案子的確也是窒息死亡，不過我聽說不是絞殺，而是扼死的可能性較高。」小林說，「光憑案發日期相近便認爲有關聯，未免太過武斷。」

「不止是日期相近而已。」松宮的視線落在記事本上，「這次的命案現場是在荒川旁，新小岩的命案現場也是在荒川的河畔。兩地距離約五公里，應該算是很近吧？」

「遠近是個人的感覺。」石垣依舊交抱著雙臂，「不能只憑你的感覺，便插手管別的案子，對方也有對方的專案小組。不過，既然你有這樣的意見，就暫且記下。你們明天先去好好訪查。」

「是，屬下先行告退。」松宮向兩人行了一禮，離開會議室。

他不敢對上司們說，他之所以覺得兩件案子有所關聯，並不僅僅因爲案發時日、地點相近而已。還有一點，就是「印象」這個要素。

松宮也參與了越川公寓的搜索。壁櫃、衣櫥的抽屜，全都查過了。雖然沒有找到任何透露越川是什麼人的線索，但足以了解他的生活情況。

用一句話來說，就是典型的「過一天算一天」。

感覺不到他對將來的夢想和展望，反而嗅得出隨時都會迎接死亡的覺悟。無論是食物也好，日用品也好，沒有任何備用品，甚至連冰箱都沒有。

松宮環視屋內，心想：這是個房間，卻也不是房間。他聯想到的，是遊民們搭建的藍色塑膠布小屋。他覺得這裡和藍色小屋沒有什麼不同，越川睦夫會不會在這裡悄無聲息地度日？

所以，他才會認爲新小岩的命案與本案有所呼應。

不過，石垣說的對，刑警不能單憑感覺行動。他決定先專心做好自己該做的事。

3

翌日一大早，松宮和坂上一同搭乘新幹線前往滋賀。昨天已先討論過今天的行動，但兩人又重新確認了細節。

押谷道子任職於「美樂蒂亞」公司的彥根分公司。根據網站資訊，這家公司以家庭清潔、家事代辦、環境衛生服務爲主要業務，地址在滋賀縣彥根市古澤町。從地圖看來，距離彥根車站很近。他們已與對方取得聯繫，分公司的森田部長將會親自接待他們。

「死者是從事外勤工作，好像是要去醫院和老人院等地方，談清潔打掃的訂單。所以可能不光是公司內部，客戶那邊也必須查訪。」

聽到松宮這幾句話，坂上垮下嘴角，一張凶臉顯得更凶了。

「你說的客戶一定不是兩、三家吧。就我們兩個分頭跑嗎？嘖，搜索住家輕鬆多了。」

「負責住家那邊還要查訪鄰居，而且不是搭新幹線，得自己開車。聽說除了家具、家電和衣物，死者屋內的東西幾乎都要運回東京。」

「她是單身女郎，一個人住吧？東西多不到哪裡去啦，還是負責那邊比較好。唉，真倒楣。」坂上把椅背往後放倒。

聽了前輩的牢騷，松宮只能苦笑。遇到這種情況，坂上總免不了要發牢騷。不過，他絕不偷懶，該查的地方也不會有所疏漏。石垣他們也是深知如此，才會選派坂上吧。

「對了，松宮，新小岩的案子你好像有疑問啊。」坂上壓低聲音問，大概是聽到了他昨天和小林他們的對話。

「也不算是有疑問，只是有點在意而已。」

「那就叫有疑問。你認爲兩件案子是同一個人幹的？」

「我還沒有想那麼多……不過，可能性是存在的吧。」

坂上沉思，應道：「我不這麼想。」

「是嗎……」

「應該說，我希望不是。否則，又要比哪一個專案小組先逮到凶手，激起上面哪個大頭莫名其妙的競爭意識了。」

「那不是很好嗎？如果競爭的結果是及早破案的話。」

坂上哼一聲，苦笑：「年輕眞好。哪像我，總覺得要是功勞被搶走，不如永遠破不了案算了。正義感不知道被我丟到哪裡去了。」他說著，聳了聳肩。

兩人搭乘的是希望號，必須在名古屋站下車，轉搭回聲號，再到米原站換乘東海道本線的新快速列車，抵達彥根站時，是上午十點半左右。

拜會過彥根警署後，兩人前往「美樂蒂亞」。公司位在從警署步行十分鐘的地方。從「家庭清潔」這樣的字眼，讓人不免會想像是一棟潔白洗練的辦公大樓，但出現在眼前的是如市區工廠般的低矮建築。但停車場一字排開的業務用車是以白色爲基調，還眞的一輛髒汙的車都沒有。

從大門進入建築物，便是令人聯想到地方區公所的辦公室。十來名左右的員工面向辦公桌。有個像是櫃檯的地方，松宮走過去，正要向坐在那裡的年輕女子詢問時，一旁有人出聲：「請問是警視廳的人嗎？」只見一名戴眼鏡的方臉男子走過來。

一回答「是的」，對方便遞出名片，這個人就是森田。聽到「分公司部長」這個頭銜，松宮本來以爲會是個威風凜凜的人，因此對於森田的低姿態感到十分意外。

松宮和坂上被帶到會客室。森田首先請他們見的，是押谷道子的直屬上司，一名姓奥村的男子，職稱是業務課長。

「結果眞的發生不幸了。這兩週……不，算一算三週了吧。她都毫無音訊，我一直很擔心。就怕是不是出事了，沒想到竟然眞的……」奧村的眉毛皺成八字，喃喃低語，搔了搔稀疏的頭髮。

「您有沒有什麼線索呢？」坂上問。

「唉，沒有。我最後見到她是八日星期五，那天她和平常沒有兩樣，甚至看起來很開心。」

「開心？」松宮抓住了這個形容詞，「聽說押谷小姐對同事說過，週末要奢侈一下之類的話？」

「是啊。我也在場，所以記得很清楚。她的確這麼說過。」

「她所謂的奢侈，您知道指的是什麼嗎？我猜想是不是吃大餐，或是旅行、購物？」

這就不知道了——奧村歪著頭說：

「因爲是不經意提到的事，我也沒有多問。」

於是他們請那名同事過來，是與押谷道子年紀相當的女子。向她提出了相同的問題，一樣沒問出有用的資訊。關於命案，她沒有任何線索，也不知道「奢侈」所指爲何。

「我以爲她沒有什麼特別的意思，就是要慰勞一下這週也努力工作的自己。」女同事一臉過意不去的樣子，也難怪她會這麼認爲，因爲實際上很可能就只是這個意思。

由於在這一點上似乎問不出任何線索，兩人問起押谷道子的工作內容。

「她的工作主要是負責機關法人的業務和經營。」奧村說，「簽訂定期清掃的合約，拜訪客戶，確認沒有發生問題。如果有新客戶，去視察現況，評估需要什麼規模的清潔也是她的工作。這就叫經營。」

「押谷小姐在貴公司服務很久了嗎？」坂上問。

「是啊，一畢業就進來，大概有二十年了。」

「最近她在工作方面有沒有遇到什麼問題，或是與人發生什麼糾紛？」

奧村猛搖頭。

「從來沒聽說過。她在我們同仁當中，也是特別優秀。當然，還是會有客戶投訴，清潔人員也是人，難免會出錯。遇到這種情況，押谷會立刻趕到客戶那邊，妥善處理。許多客戶願意續約，就是因爲負責的窗口是她。」

業務課長的話似乎不假，這時候並不需要刻意誇大地誇獎部下。

接下來，松宮等人也見了幾個與押谷道子交情不錯的職員，卻只聽到同樣的說法。她人很好，喜歡照顧人，雖然話有點多，但不說別人的壞話，個性開朗，沒有表裡之分——從他們的談話中浮現的死者樣貌，大致如此。

因爲有員工旅行的照片，松宮他們借看了一下。在此之前，他們只看過押谷夫妻帶來的照片。那張在親戚婚宴上拍的照片裡，押谷道子身穿素雅的套裝，表情顯得有些置身事外。但員工旅行照片中的押谷道子，看起來有活力得多。她身材略胖，絕非美人，不過從開朗的表情感覺得出她十分愉快。

「請問押谷小姐負責的客戶大概有多少？」松宮問。

「客戶嗎？呃……」奥村抓抓額頭，「單就客戶來算的話，法人加上個人應該有一、兩百個吧。」

遠遠超乎想像。松宮偷看坂上的表情，他的臉頰微微抽搐。

「她平常都會去拜訪嗎？」

「不，要看是什麼時期，因爲有些客戶只使用過一次我們的服務。現在這個時期，頂多二十或三十個吧。」

「押谷小姐最後上班的日子是三月八日星期五吧，您知道那一週她拜訪過哪些客戶嗎？」

「應該查得出來。」

奥村暫時離開座位。松宮伸手去拿茶杯。一開始就端出來的熱茶都涼掉了。

「不知道有沒有幫上忙？」如此詢問的，是一直在旁邊聆聽談話的分社長森田。

「當然。」坂上立即回答，「非常有幫助。謝謝您的協助。」

「押谷她啊，眞的是個很好的人。雖然有點愛管閒事，但只要看到別人有困難，她絕對不會袖手旁觀。爲什麼這麼好的人會遇到那種慘事啊。」

「我們會竭盡全力，將凶手逮捕到案。」

正當坂上說出老套的場面話時，奥村回來了。他的手上拿著一張Ａ４紙。

「那一週她總共拜訪過十三家客戶，都是醫院和照護設施。」說完，他把紙張放在桌上。上面記錄了客戶名稱、住址和聯絡電話，應該是特地列印出來給他們的。

「這些押谷小姐都是一個人去拜訪的嗎？」

「是的，她都是一個人開車去。」

「原來如此。」

坂上轉頭看向松宮，露出想商量如何全部訪查完的神情。

請問——森田開口：

「如果兩位要去拜訪押谷的客戶，要不要由我們同仁帶路？或者，如果需要的話，也可以開我們的車。」

「咦！」坂上眨了眨眼，「可以嗎？」

「當然可以。像我們這麼小的分公司，員工就和家人一樣。希望警方盡快逮捕凶手。我們願意全力協助，總公司的社長也下令盡力協助警方辦案。」

「那眞是太好了。麻煩了。」

坂上低頭行禮。松宮當然也跟著照做。在陌生的地方要跑十三個機構，光想就累了。

森田找了兩名員工來爲他們帶路，兩人都是男性清潔人員。

因爲可以出兩輛車，他們決定分頭進行。爲松宮帶路的，是一名姓近藤的年輕工作人員。他的頭髮剪得很短，皮膚曬得很黑，令人聯想到高中棒球健兒。

「不好意思，這麼忙的時候還請你幫忙。」坐副駕駛座的松宮致歉。

哪裡——近藤握著方向盤，露出生硬的笑容，看起來有點緊張。

因爲是由近到遠依序前往，他們首先要去的是市內的醫院。在總務處的會客室接待松宮的，是一名有著課長頭銜的男子。

「我們這裡除了手術室和加護病房等特殊區域，日常的清掃都是拜託『美樂蒂亞』。押谷小姐最後一次來的時候，我們也討論過事情。當時她和平常沒有兩樣……眞沒想到她會這樣往生。」課長神情僵硬地說。死者身分已查明一事，在網路上並沒有報導。東京那邊上了今天的早報，但這邊可能沒有見報。

「押谷小姐有沒有提過最近要去東京？」

聽到松宮這個問題，課長立刻搖頭。

「沒有。她是個健談的人，話題經常會扯到別的地方，但並沒有提到這件事。」

看樣子，在這家醫院無法取得有用的情報。松宮適時結束話題，站了起來。

接著，他們前往一家私立幼兒園，在這裡也沒有收穫。只知道押谷道子是個好人，會努力設法幫忙減輕費用的小插曲。

松宮就這樣跑了六個地方。雖然沒打探到有用的情報，他還是把聽到的內容都記在記事本裡。大老遠來出差，必須整理出一份報告。

「刑警的工作眞是辛苦啊。」在前往第七個目的地的路上，本來幾乎沒開口的近藤邊開車邊說。

「今天還好，有人幫忙開車。」

「可是要去很多地方，向不認識的人問問題，不是很耗神嗎？換成是我就做不到，所以我才會當清潔工。做這份工作，不用說什麼話。」

「原來如此。」

近藤沉默片刻，又說：「像這次帶路，其實我也不太擅長。可是，聽說是查押谷小姐的案子，我希望能夠幫上忙，才自告奮勇。」

「你和押谷小姐很熟嗎？」

「也不算很熟，不過押谷小姐常常主動跟我說話。有一次，我稍微提到奶奶住院，她就記住了，常問我奶奶的情況怎麼樣？身體好不好？她人眞的很好。」

「好像是。」

「刑警先生，我也要拜託你，請趕快抓住凶手。抓住他，判他死刑。」近藤望著前方，微微行了一禮。

松宮點點頭說：「一定。」

第七個目的地是一家名爲「有樂園」的老人院。那是一幢四層建築，但牆上有幾道裂痕，感覺得出有點年代了。

在小小的大廳一角接待松宮的，是名爲塚田的女子。約四十歲左右，負責設備的維護管理。

她並不知道押谷道子死亡一事，聽了松宮的話，按住自己的胸口，像是要讓受驚狂跳的心臟平靜下來。

「押谷小姐怎麼會……我實在太震驚了。眞教人不敢相信。是遇到強盜嗎？」

松宮搖頭說：

「還不清楚，目前好不容易才查出身分。所以，無論什麼事情都可以，希望您把任何想得到的事都告訴我。」

「話是這麼說……」塚田皺起眉，困惑地偏著頭。

「您最後一次見到押谷小姐的時候，談了些什麼？她有沒有提到要去東京之類的話？」

「東京……」塚田在嘴裡喃喃重複之後，像是想起什麼，「啊」了一聲。

「怎麼了？」

塚田眨眨眼看著松宮，「搞不好，是爲了她……」

「她？」

塚田環顧四周，才湊近松宮說：

「我們這裡，現在收留了一個有點問題的人。」

「有問題？怎麼說？」

塚田露出擔心的神色，說了以下這番話。

二月中旬，所以是約一個半月前，彥根市內的家庭餐廳來了一名女客。這名年紀估計將近七十歲的客人，衣衫襤褸，頭髮也很髒，但餐廳人員不能無故拒絕，便爲她帶位。女客點了好幾道餐點。不久，用餐完畢，她一會呆望窗外，一會翻閱她所帶的舊週刊，遲遲不走。就這樣過了三個多小時，她叫來女服務生，又點了餐。這時候，餐廳人員開始懷疑她要吃霸王餐。

店長打電話到附近的派出所。由於店長與駐所的巡查(*1)平常就有私交，巡查立刻就來了。店長說明了情由，正在用餐的那名女子突然起身，並且有離開餐廳的舉動。

巡查連忙追上去。因女子拔腿疾奔，巡查從身後抓住她的肩膀。緊接著，意外發生了。女子跌倒，從入口前方的樓梯摔下。更糟的是，巡查也跌在她身上。女子大叫起來，皺起眉頭，大喊「好痛」。

她被送進醫院，經過診察，確認是右腿複雜性骨折。

巡查因業務過失傷害被函送，更麻煩的是不知如何處置這名女子。當然，她不承認自己吃霸王餐。她說是吃飯吃到一半覺得不舒服，只是想去呼吸一下外面的空氣。她身上並沒有足夠的錢支付餐飲費用，但她堅稱是「不小心忘了帶」。

她不肯說出姓名和住址，卻對前來了解情況的警察語帶威脅：「你們害我受傷，要怎麼賠我？快賠錢啊！」

院方希望警方盡快領走女子。治療已結束，只需靜養，不能讓她一直留院。然而，警方就算要送她回家，不知道她家位於何處也無從送起。女子只是一味堅持在自己痊癒之前要有人照顧。

警方束手無策，於是拜託「有樂園」。警察署長正好與園長認識，因爲剛好有空房，便暫時將她安置在此。

「上次押谷小姐來的時候，她撐著柺杖從旁邊經過。押谷小姐問我，她是誰？我把事情經過告訴她，結果她說搞不好是認識的人。」

松宮抄筆記的手一頓，抬起頭問：「是押谷小姐認識的人嗎？」

「她說很像是國中要好的同學的媽媽，於是我拜託她，去跟那名女子談談。押谷小姐答應了，我就帶她過去。」

「結果呢？」

「一進病房，押谷小姐就說『果然沒錯』。她問對方：是ASAI伯母嗎？」

「本人怎麼說？」

塚田搖搖頭，「她說不是。」

「那押谷小姐怎麼說？」

「她一副不以爲然的樣子，又問了一次：妳是ASAI HIROMI的媽媽吧？可是，那女子說不是不是，妳認錯人了……」

*1 日本警察的階級制度，由下而上依序爲巡查、巡查長、巡查部長、警部補、警部、警視、警視正、警視長、警視監、警視總監。

「然後呢？」

「我們只好離開。不過押谷小姐歪著頭說『明明就是啊』，感覺好像無法釋懷。」

「ASAI HIROMI小姐……是嗎？漢字怎麼寫？」

「我沒有問，我想——」

應該是「淺居」吧——塚田這麼說，那是滋賀縣的大姓。

「因爲這件事，押谷小姐說要去東京？」松宮問。

塚田點點頭。

「押谷小姐說，那位ASAI HIROMI小姐在東京從事戲劇方面的工作。她是看電視知道的。押谷小姐很喜歡戲劇，一直想找機會去見對方。可是沒有合適的理由，突然去找以前的朋友，對方可能只會覺得困擾，因此之前一直忍耐著沒有去。」

「原來如此，現在有了去找對方的絕佳理由？」

「是的。」

「這件事您告訴警方了嗎？」

沒有——塚田搖頭。

「我跟園長說了。可是經過討論，我們決定先等押谷小姐聯絡再說。畢竟，當事人自己否認。如果貿然行事，最後弄錯人，恐怕她又會藉題發揮。這麼一來，不僅會帶給警察麻煩，我們處理起來也會更麻煩。」

這裡對於那名問題女子的處置，顯然十分慎重。

「那位女士還待在這裡吧？」

松宮這麼一問，塚田皺起眉，點點頭。

「她的行動應該沒有什麼不便了，卻說下床會不舒服，整天都賴在床上。待在我們這裡，不愁吃飯洗澡，還有人幫忙洗衣服。我們就怕她痊癒之後，也會說這裡痛那裡痛的，一直賴著不走。」

「洗衣服？她有帶換洗衣物嗎？」

「怎麼可能！是我們幫她買新的。要是讓她穿著髒衣服到處亂跑，反而會造成其他人的困擾。」

「費用呢？」

「我們向警署申請。」

松宮大吃一驚，不禁同情起當地的警署，竟然有這麼一個意想不到的衰神不請自來。

「我可以見見那位女士嗎？」

「刑警先生要去嗎？可以呀。」

松宮闔上記事本站起來，「麻煩妳了。」

塚田帶他去的房間，位在二樓昏暗走廊的盡頭。一路上與幾名老人家擦身而過，塚田都會一一問候，看樣子老人家也很信賴她。

來到房間前，塚田敲了敲門，裡面傳出冷冷的一聲「請進」。

塚田開了門說：「有人想見二〇一號女士。」

松宮看見門旁邊掛著「201」的門牌，恍然大悟：所以才叫二〇一號女士啊，原來如此。

「見我？誰啊？我不想見，請他回去。」對方語氣很衝。

松宮拍拍塚田的肩，請她後退，自己踏進門內。

房間裡充斥著藥布的味道。三坪左右的空間，床就擺在窗邊。除了床，還有置物櫃、小茶几和椅子。置物櫃上的電視播放著以前的時代劇。

一名瘦削的女子坐在床上，灰髮綁在腦後，一張完全沒有化妝的臉轉向松宮。

「你是誰啊？」女子皺起眉問。

松宮出示警徽，「我是警視廳的松宮，想請教您幾個問題。」

女子露出不解的神色，「警視廳？怎麼，警視廳要替滋賀縣警付賠償金嗎？」

松宮不理會她的話，從西裝外套內側口袋取出一張照片，是向「美樂蒂亞」借來的員工旅遊照。他把照片拿給女子看。

「您認識這名女性吧？押谷道子小姐，從右邊數來第三位。聽說您上個月見過她。」

看到照片的瞬間，女子的視線略微游移，隨即哼了一聲。

「誰認識啊，就算見過也忘了。」

「是嗎？」松宮將照片收回口袋，叫喚了一聲：「ASAI太太。」女子瞬間有所反應，他看得一清二楚。「——請問是ASAI太太嗎？聽說押谷小姐是這樣問妳的，妳眞的就是ASAI太太吧？」

「煩死了，才不是。我說過好幾次，你們認錯人了。」

「說過好幾次……那是對押谷小姐說的吧。明明說忘記了，可是見到押谷小姐那時候的事，您都記得很清楚嘛。」

「那是……因爲你問了，我才想起來。」女子別過臉，小聲地說。

「這位押谷小姐，」松宮凝視著女子的側臉，繼續說：「在東京去世了。根據警方判斷，極有可能是他殺。」

女子的眼皮抽動了一下，朝松宮瞥了一眼，隨即移開視線。

「那……跟我有什麼關係。」

「不知道您有沒有什麼線索？」

女子露出不自然的笑容。

「笑死人了。不認識的人死在東京，我怎麼可能有線索。」

「押谷小姐很可能是爲了您的事情到東京去的。聽說令千金在東京，您知道嗎？」

「不知道！我才不知道那種事！」女子猛搖頭。

「不知道？不是沒有女兒，而是『不知道』。換句話說，您是承認有女兒了。」

「煩死了，我說不知道就是不知道！滾，你給我滾！」女子一把抓起身旁的電視遙控器，丟了過來。遙控器打中松宮的大腿，掉在地上。

他緩緩撿起遙控器，放在床角。女子低著頭，臉色蒼白。

身後有聲響，松宮回頭一看，是塚田探頭進來。「沒事吧？」

「沒事，沒有任何問題。」松宮笑著回答之後，回頭看向女子：「謝謝您的協助，打擾了。」

離開房間後，松宮立刻拿出手機。當然，是爲了向小林報告。

「被你搶先了，原來籤王在你那邊啊。害我變成白跑，我都跑完六家了。」坂上的手指在平板電腦上滑來滑去，一面皺著鼻子說。身旁擺著吃了一半的天婦羅蕎麥麵。

傍晚七點多，松宮他們在彥根車站附近的一家蕎麥麵店。他們奉命回東京，但坂上說在上車之前，想調查一些事情。

押谷道子極有可能是爲了去找名叫ASAI HIROMI的同學，才前往東京。因此，負責調查押谷道子住處的調查員們，應該正在確認ASAI HIROMI這個人是否存在。但坂上說，還有更簡單的方法。用ASAI HIROMI這個名字，或是套上同音的漢字在網路上搜尋，也許可以找到和戲劇有關的名人。根據塚田的說法，押谷道子曾在電視上還是哪裡看過ASAI HIROMI，對方應該小有名氣。

不久，坂上雙手一拍。

「看吧，找到了，就是她。」他把螢幕轉向松宮。

螢幕上出現的是網路上的自由百科全書，關於「角倉博美」這個人物的頁面。她是導演、劇作家，同時也是演員。在基本資料欄上，記載著「本名：淺居博美（ASAI HIROMI）」，以及「出生地：滋賀縣」。

松宮聯絡專案小組，是小林接的電話，他報告了網路搜尋的結果。

「是嗎？你們特地去調查，辛苦了。但那些事我們這邊也在做，現下正在確認聯絡方式。別因爲我們年紀大就把我們看扁了。你跟坂上說，別摸魚了，趕緊回來。」

「是。」

掛了電話之後，他把小林的話原封不動地轉達給坂上。

「可惡。不過，也對，專案小組的人不可能沒想到。」坂上癟嘴滑著平板電腦螢幕，「可是這個呢？這個他們會注意到嗎？」

「這個是哪個？」

坂上得意地笑了，指著螢幕。

「角倉博美執導的舞台劇，目前在明治座上演。劇名叫《異聞・曾根崎殉情》(*1)。有一群

*1 《曾根崎殉情》是由近松門左衛門改編眞實的殉情故事，於一七〇三年上演，爲日本演劇史上的重要作品。

大牌演員演出，感覺是齣大戲。」

「陣容的確很豪華。」松宮看著身穿各色戲服的演員一字排開的照片說，「不過，那又怎樣？」

「重點是這個。」坂上移動手指，「公演期間是三月十日到四月三十日，首演是三月十日。看到這個，你都沒感覺嗎？」

「三月十日……」松宮差點就要拿出記事本，手才伸進口袋就想起來了。「是死者的……」

「沒錯。押谷小姐無故曠職是三月十一日星期一，三月十日恰好是前一天。」

4

舞台上的演出正要進入最高潮，一男一女——妓女阿初與醬油鋪的掌櫃德兵衛正要殉情的一幕。不過，這是某個人物的想像。這次的舞台劇與原作不同，故事從兩人的屍體被發現揭開序幕。這對情侶之間究竟發生了什麼事？由德兵衛的好友查明眞相，算是推理版。殉情案的相關人士緘默不語，眞相始終不明，最終這名負責追查的男子查出背後有金錢糾紛，做出德兵衛是爲了證明自身清白才帶著阿初自殺的結論。然而，正當他以爲案情水落石出，卻從與阿初要好的妓女口中得知驚人事實。此刻，舞台上展開的一幕，就是那出人意表的眞相。

演出在掌聲中落幕。黑暗中，博美拿手帕輕輕擦了擦眼眶。要是讓人看到淚痕，恐怕又會有人在背後造謠，說她看自己導的戲看到哭眞可笑。

她深呼吸後，站了起來。今天也沒有什麼大問題，順利結束了。謝天謝地。

明治座的監事室設於觀眾席後方。前面是一大片玻璃，整個舞台一覽無遺。在那裡確認舞台劇的成果，是博美的日課。

她走出監事室，正要到後台時，手機響了。打開一看，是事務所的打工小姐來電。

「導演，是這樣的——」她壓低聲音繼續說：「警察來了，說有事要找導演談，希望能見上一面。」

「什麼事？」

「他們說，要見到導演當面談……我告知今天有公演，他們表示可以等到導演回來。要怎麼處理？」

「我知道了，我大概再三十分鐘就回去。」

博美掛了電話，深呼吸一口氣。

她猜想，大概是爲了押谷道子的事吧。不久前，她才在網路上看到報導，說在小菅的公寓發現的腐屍已查明身分。

沒有逃避躲藏的必要——她這樣告訴自己。

她在後台慰勞了演員，和工作人員開了個簡單的會議之後，離開明治座。接著，她攔了計程車，前往位於六本木的事務所。

她呆呆地望著車窗外。車子開過日本橋，駛向皇居。時間即將邁入晚上九點。

押谷道子的臉在腦海中浮現。一開始是國中時代的臉，但很快就切換成最近見到時的樣子。那是一張又胖又圓、皮膚鬆弛的臉。老了，是重逢時的第一印象，但對方當然也有同感吧，畢竟都三十年不見了。

三月九日。隔天就是公演第一天，博美滿腔熱血。這是她第一次以導演的身分登上明治座的舞台，無論如何都要成功。排戲時喊到嗓子都啞了，室內溫度明明不高，她卻滿頭大汗。

所以到了休息時間，明治座的女職員來告訴她「有人說想要找導演」時，說真的她只嫌煩，還沒看到人就揮手說「我沒那種閒工夫」。

「可是，對方說她是導演兒時的朋友，五分鐘就好，想和導演說句話。」

「兒時的朋友？叫什麼名字？」

一聽到押谷道子的名字，博美便無法置之不理。本來滿頭熱，竟忽然冷靜下來。

她借用明治座的一個房間，見了押谷道子。一看到博美，押谷道子的雙眼便閃閃發光。

「妳變得好漂亮！我在電視上看過，不過本人更美。」說完，博美雙手捂住自己的臉頰，換上一臉愁容：「哪像我，變成一個發福的歐巴桑了。」

押谷道子一點都沒變。換句話說，就是個開朗多話又愛笑的女子。完全沒有博美插嘴的份，因而遲遲不知道她來訪的目的。

「——所以，我嚇了一跳！妳好厲害，話題不斷。妳真的是我們故鄉的光榮。啊，不過我可沒有跟別人到處亂講博美的事。這是真的。」押谷道子的手一陣亂揮，然後放在嘴邊。「叫妳博美是不是太裝熟了？」

「沒關係，就這樣叫吧。對了，妳是為了打招呼特地來的？」博美兜圈子催問。

「啊，抱歉。妳這麼忙，我還只顧著說一些無關緊要的話。」押谷道子神情正經起來，挺直了背脊。「其實，我有一件很重要的事要跟妳說。」

以此作為前言，她接下去要說的內容，讓博美的心整個往下沉。

她說，發現一個疑似博美母親的女子，目前在某設施接受照顧，只不過本人並不承認。

「可是，我覺得那個人應該是博美的媽媽沒錯。那時候我問她『妳是淺居伯母吧』，她似乎僵了一下。」

博美努力不讓表情發生變化，刻意平淡地問：「然後呢？」

「博美……妳能不能去認一認？」

「我？為什麼？」

「因為她是妳的親生母親呀！如果妳肯幫忙認人，除了可以解決設施的一大難題，警察那邊也——」

為了阻止語速很快的押谷道子，博美將手伸到她面前說：「我拒絕。」

「……為什麼？」

「這還用問嗎？我因為她吃了多少苦，妳不會不知道吧？」

「我是聽說發生了很多事，像是借錢和男人跑了什麼的，害博美轉學……」

「還有呢？」博美搖搖頭，「我爲什麼非轉學不可，妳不知道詳細的原因吧？」

「這我就沒聽說了。」

博美嚥了一口唾沫，才繼續說：「因爲我爸死了。我媽走了不久，我爸就跳樓自殺了。」

押谷道子睜大眼睛，又眨了好幾下：「我完全不知道。眞的嗎？」

「我有必要撒這種謊嗎？」

「話是沒錯……可是，當時完全沒有人提起啊。」

「因爲連喪禮都沒辦，我馬上就被帶去安置了，甚至沒辦法跟朋友道別。」

「嗯……後來老師告訴大家『淺居同學轉學了』。妳還記得苗村老師嗎？」

「國二的導師，對吧？記得啊。」

「他眞的是個好老師。博美轉學之後，提議大家一起寫信給妳打氣的也是老師，可是他沒有告訴我們關於妳爸爸的事。」

「是我拜託老師的。我請他不要說出去，因爲我不希望別人知道。」

「這樣啊……」

「所以，那女人和我沒有任何關係，要說有的話，就是逼死我父親的女人。那種女人變成什麼樣子，都跟我無關。」她當然不恨押谷道子，卻瞪著她撂下這番狠話。

「妳們的關係完全沒有修復的可能嗎？」

「絕對不可能。」

「是嗎……那就沒辦法了。」就連押谷道子也無話可說了。

「抱歉，妳這麼大老遠特地過來。」

「還好啦。好久沒來東京了，我挺高興的。而且光是見到博美，我就非常感動了。」

「嗯，見到妳我也很高興。」雖然是客套話，但博美有一半是眞心的。少女時代雖然艱苦，也不是完全沒有快樂的時候。「妳今晚待在東京嗎？」

押谷道子猶豫片刻，搖搖頭。

「我本來是想，如果博美有好的回應，就在東京住一晚。本來也想看戲的。」

「那妳就留下來呀，票的話我來想辦法。」這也是客套話。除了當天現場販售的票之外，首演的預售票已全數售罄，即使是導演，突然要拿票也很麻煩。更重要的是，她沒有那個時間。

「不了，別看我這樣，我也是挺忙的呢！謝謝妳。」押谷道子的視線一落在手表上，便張大了嘴：「原來這麼晚了！對不起，博美應該比我更忙吧。」她匆匆站起來。

沒有挽留的理由，博美也站起來。

博美送她到工作人員用的出入口。她沒有談及博美的母親，但邊走邊聊種種往事，內容之細微，令博美十分佩服她的記性。

「剛才提到苗村老師，」押谷道子說，「博美，妳和老師有沒有互寄賀年卡？」

「沒有……怎麼了？」

「前幾年說到要開同學會的時候，想聯絡苗村老師卻聯絡不上。問了很多同學，大家都不知道。」

博美歪著頭想了想，接著搖頭說：

「我最後一次和老師聯絡，應該是進高中的時候。」

「這樣啊。他是個好老師，眞想再見他一面。如果我們聯絡上苗村老師，要開同學會的話，博美願意來參加嗎？」

博美露出自然的笑容，這對她來說是小事一樁。「嗯，若時間允許就去。」

好期待喔——押谷道子說，她的笑容肯定是眞的。

睽違三十年的重逢就此結束。這樣應該一切都搞定了才對，但事實上並非如此。

在六本木的事務所等候博美的，是隸屬於警視廳搜查一課的兩名刑警。較年輕的姓松宮，另一名看來較年長的姓坂上。松宮長相斯文，坂上卻是眼神銳利，感覺不好惹。博美認識的人當中也有刑警，她不禁心想，也許這份工作做久了，連長相都會改變。

讓打工的女生下班後，博美在簡陋的會客室與刑警們相對而坐。

坂上取出一張照片，看似是在某個觀光勝地，拍的是好幾個年紀各不相同的男女。

「請問妳認識這名女性嗎？」坂上指了指其中一名女子。

膨潤的圓臉和下垂的眼尾。那表情看起來眞的很開心。

「是押谷小姐。」博美回答，「她是我的國中同學押谷道子小姐。」

「妳一下子就認出來了啊。」坂上揚揚眉毛，「要是我，如果在街上遇到國中同學，只怕連認都認不出來。」

「我當然認得，因為最近才見過她。」

「什麼時候？」坂上問。一旁的松宮也準備拿出筆記。

「我記得是三月九日，首演的前一天。」

坂上銳利的眼神筆直地射向博美。

「妳記得眞清楚，而且答得毫不猶豫。一般人都會先看行事曆。」

博美挺直了背脊，向刑警點點頭，說道：

「我想兩位應該是要問這件事，所以在計程車上確認過了。」

「計程車上？那就表示——」坂上再度指著照片，「妳早就知道我們是爲了請教押谷小姐的事而來？」

「除此之外我想不出有什麼別的事了。」博美輪流看了看兩名刑警，視線再度回到坂上的身上。「幾天前我看到報導，寫著在某公寓發現的遺體查出身分了。」

「原來如此。妳一定很吃驚吧？」

「那是當然的。我不敢相信，也不願意相信。報導中提到死者住在滋賀縣，但我一直說服自己那是同名同姓的人。直到剛才辦公室人員通知我說警察來了的那一刻爲止。」

兩名刑警互看一眼，博美猜得出他們交換的視線有何含意。想必是在那一瞬間交換意見，看對方認爲眼前這個女人說的話是否足以相信。

「妳國中畢業後就沒見過押谷小姐了嗎？」坂上看著茶几的邊緣說，那裡擺著菸灰缸。博美自己不抽菸，但來開會的人有幾個會抽。

是的——博美邊答邊將菸灰缸移到坂上的面前。

坂上揚起眉，「可以抽菸嗎？」

「可以，請。」

那我就不客氣了——說完，坂上從外套內袋拿出香菸盒和拋棄式打火機。他手指夾住從盒裡抽出的一根菸，另一手拿起打火機。

「這麼說，妳們大概三十年沒見了。她是爲了什麼事來找妳？」

「這……」博美的視線從打火機回到坂上的臉上，「警方不是查到了，才會來找我的嗎？」

「的確是這樣沒錯，」坂上露出苦笑，「但我們還是得向當事人確認。」

「好吧。」

博美點點頭，簡要地說明押谷道子的請託，以及她拒絕的事。

「這樣啊，原來如此。」坂上緩緩點頭。聽博美說話時，他的手指依然夾著尚未點火的香菸。

一直保持沉默的松宮忽然開口：「我見過那位女士了。那位押谷小姐認爲是令堂的女士。」

博美不帶感情地應了一聲：「這樣啊。」

「若妳想知道那位女士的狀況，在可能的範圍內，我可以告訴妳。」

「不，不用了。」

「妳不想知道親生母親現在過得怎麼樣嗎？」

「不想。」她看了年輕刑警一眼，斬釘截鐵地回答：「我剛才也說了，她拋棄了我們，已和我的人生無關。」

「是嗎？」松宮應道，又回到做筆記的姿勢。

「三月九日那天，妳和押谷小姐是什麼時候分別的？」

「那時候是排演的中場休息，所以大概是下午五點左右。」

「押谷小姐有沒有提到之後的計畫？」

「她說當天就要回去，因爲她很忙。」

「妳和押谷小姐後來就沒有聯絡了嗎？好比打電話之類的……」

沒有——博美回答。

「那麼，最後再請教一下。」坂上以公事公辦的語氣繼續說：「關於命案，妳有沒有想到什麼？任何事都可以。像是當天的談話中，押谷小姐有沒有說過什麼讓妳特別注意的話……」

停頓了一會，博美才搖頭。

「沒有，雖然我也很希望能幫得上忙。」

「那麼，如果妳想起什麼，請跟我們聯絡。謝謝妳的協助。」最後坂上還是沒有點菸，把香菸和手機一起收進口袋裡。

兩名刑警站起來，走向出口。松宮忽然停下腳步，看著掛在牆上的軟木塞板。板子長達一公尺，以圖釘釘著許多照片。博美沒數過，但大概超過兩百張吧。其中有演員和工作人員的紀念照，也有外出取材時拍的照片。

「怎麼了嗎？」博美問。

「沒什麼……妳喜歡照相嗎？」

「倒也不是喜歡照相，是重視人與人的相遇。我認爲是人生中遇見的許許多多的人，造就了現在的我。」

「人與人的相遇眞的很美好，」看來是滿意博美的回答，松宮微微一笑。「那麼這裡的照片上，都是與妳的人生有關的人了。」

也許這句話是在諷刺她剛才針對母親的發言。一點也沒錯——博美這樣回答。

刑警們離去之後，博美再次在沙發上坐下。她住在青山，但一時之間實在不想動。

妳不想知道親生母親現在過得怎麼樣嗎？——松宮的話仍縈繞在耳邊。

老實說，博美也不清楚。不久之前，她連想都不願意想起。那是她亟欲封印的過去，但現在她也有點想問問母親本人。那時候，妳怎麼做得出那種事？妳以爲那些狠心的舉動不會害女兒不幸嗎？對妳而言，家人到底算什麼？

我被媒人騙了——這是厚子的口頭禪。

博美的父母是相親結婚，厚子動不動就向親生女兒抱怨她有多後悔。她對忠雄的經濟能力尤其感到不滿。

「說是賣化妝品和飾品的舶來品店，生意很好，我以爲一定很賺錢，結果根本不是這麼一回事。店裡賣的全是不値錢的東西，來的客人也都是附近的窮人。就算是這樣，如果房子是自己的也就罷了，土地卻是跟別人租的，這根本是詐欺嘛！那個媒人也知道我恨死他了，結婚後他就不敢再出現在我面前。」

母親面向化妝台，朝臉上猛塗她擅自從貨架上拿來的化妝品，忿忿不平地抱怨，這幕情景是烙印在博美腦海中的記憶之一。塗得血紅的嘴唇動個不停，活像是獨立的生物。

結婚時，厚子才二十一歲。朋友們都還在恣意揮灑青春，也許這也讓她感到煩躁。

即使如此，一直到博美小學時，厚子都還勉強扮演著母親的角色，也會幫忙店裡的生意。厚子疼愛博美，博美也喜歡母親。

情況開始生變，是博美上國中的時候。厚子愈來愈常外出，有時候深夜才回家，而且往往都喝醉了。

博美的父親忠雄，生性忠厚老實。因戰爭失去父親後，母親勉強支撐起舶來品店，他先是幫忙，後來繼承了商店。即使在女兒眼裡，他也是認眞又有工作熱誠，而且是個大好人。被客人殺價也不敢說不，所以本來就不多的利潤更微薄了。

由於忠雄是這樣一個人，不願對夜夜笙歌的年輕妻子抱怨。最後他終於出言提醒時，厚子的荒唐生活已持續三個月以上，起因是他發現博美的制服完全沒洗。

煩死了——厚子口齒不清地回嘴：

「制服髒了又怎樣？那麼在意，你不會幫她洗啊？只是開洗衣機而已，是有多難？」

「不只這件事。妳晚上出去玩也要有分寸，要像個母親。」

忠雄難得說重話，卻似乎惹火了厚子。她臉色立刻變了。

「你說什麼？要我像個母親，那你自己怎麼不先盡丈夫的義務？討了年輕的老婆照顧不了，還好意思擺丈夫的架子。」

當時博美無法理解這番話，但現在回想起來，馬上就明白了，厚子指的當然是性生活。忠雄無法反駁、尷尬地陷入沉默的神情，烙印在博美的眼底。哼了一聲，瞧不起丈夫的母親的神情也一樣——

那是個小地方，店老闆的老婆夜夜尋歡，不可能沒人說閒話。在某一場聚會中，博美趁忠雄離席不在，偷聽大人們談論厚子。

「她從以前就是個出名的騷貨。」有一人壓低聲音說，「上國中時只會惹事，讓父母頭痛極了，聽說還曾拿掉孩子。做父母的急著要把她推銷出去，才託人找對象，淺居先生就是這樣上勾的。那時候他都三十四、五歲了還獨身，正在找對象。女方這邊說的都是假的，淺居先生為人善良，雙親又走得早，沒多打聽就相信了，結果娶了一個大麻煩進門。」

「可是，如果眞的這麼糟，見面時應該看得出來吧？」另一名男子問。

「要是劈頭就露出本性，當然看得出來。可是，那女的又不是傻瓜，當然知道爲了將來著想，先找個人嫁了才是上策啊。結婚前就不用說了，結婚的頭幾年好像也很安分。可是，畢竟是裝出來的，現在就露出本性了。聽說，她回頭去跟以前玩在一起的對象交往了。」

「原來是這樣，淺居先生眞可憐。」

「就是啊，他們有一個女兒，也不能說離就離。」

聽了大人們的談話，博美十分苦悶。父母的確處得不好，但她一直相信兩人遲早會和好。可是，如果他們說的是眞的，就沒有希望了。因爲如果是眞的，以前厚子只是在扮演妻子和母親而已。

不久博美便領悟到，這灰暗的想像並不是杞人憂天。有一天，厚子突然離家出走了。她照常打扮得花枝招展外出，夜深了也沒有回家。不久，她打電話回來，當時忠雄狼狽的聲音，至今仍留在博美耳裡。

「妳說不回來是什麼意思？妳在哪裡？……怎麼能不管……啊？……什麼贍養費？我爲什麼得付贍養費？妳先回來再說……慢著，喂！」

電話被掛斷了。忠雄愣愣地拿著聽筒，回過神後，便開始翻衣櫃、抽屜和厚子的化妝台。這才發現，寶石和貴重金屬等全都不見了。不僅如此，忠雄銀行戶頭裡的錢，幾乎被提領一空。而且連定期存款都被解約領走，做得滴水不漏。厚子在電話裡說的贍養費，指的就是這些錢。

忠雄立刻聯絡厚子的娘家。一問之下，岳父岳母已得知一切，說厚子打過電話回家。我受夠婚姻生活了，我要跟那種人離婚——厚子是這麼對母親說的。母親問她人在哪裡，她也不肯透露。她說不回娘家，從今以後要過自己想過的日子，說完就掛了電話。

接下來的那段時間，忠雄似乎在等厚子回家。因爲他對妻子的行動範圍和人際關係一無所知，要找也無從找起。

後來，忠雄終於想到厚子可能把住民票遷出了，也許可以從遷出手續查出她的所在之處，於是前往戶政事務所，結果對方告訴他一個宛如晴天霹靂的事實。原來厚子擅自提出離婚申請，而且離婚已生效。

這當然是違法的，忠雄也可以採取合法的途徑證明離婚無效，但他死心了。那天晚上，他對博美說：

「沒辦法，妳就忘了那種母親吧，就當從來沒有過。」

博美同意這句話，點了點頭。早在厚子離家出走之前，博美就將父親的苦惱全看在眼裡，甚至認爲這樣反而更好。這麼一來，父親的心情就不會那麼沉重了。

厚子的事立刻傳遍大街小巷。博美一到學校，就遭同學取笑。不知是誰起的頭，叫她「妓女的女兒」。

即使如此，還是有人願意保護博美，比如押谷道子。從小學就和博美很要好的她，照樣到博美家玩，也會找博美去她家玩。她這麼做一定飽受旁人白眼，她卻從來不會讓博美察覺蛛絲馬跡。

還有，導師苗村誠三也是令人安心的後盾。他總是很關心博美。其實，就是他發現博美的制服好幾天沒洗，進而向忠雄詢問的。得知厚子離家後，也不時上門關心博美的狀況。當時他恐怕已超過四十歲，但長相和體態都看不出是中年人，言行舉止也不老派，博美暗生好感。他出身關東的大學，說起話沒有口音這一點也極具魅力。

然而，即使有苗村等人的守護，博美平靜的日子也不長，更殘酷的惡夢找上了博美父女。

那天，博美正在看店，因爲忠雄去拜訪盤商了。這時來了兩個穿西裝的男人，男客上門相當稀奇，而且看起來就不是善類。

其中一人問「妳爸爸在嗎」，博美回答出去了，對方就說「那我們在這裡等」，坐在客用的椅子上，開始抽菸。然後，兩人打量著博美的臉孔和全身，窸窸窣窣地低聲交談，露出別有意味的賊笑。

後來忠雄回來了。看到這兩個男人，他似乎也感到有問題，表情很不好看。

父親交代博美到後面去，她便回了房間。但她不可能不好奇，於是豎起耳朵偷聽。

她聽到外面的對話，受到很大的衝擊。事實絕望得令人暈眩，他們是來討債的。當然，錢不是忠雄借的，是厚子。離家前幾天，她擅自取出忠雄的印鑑，借了一大筆錢。忠雄力極力解釋不是他借的錢，對方自然不接受。

當天晚上，博美看到很久沒有喝醉的父親喝醉了。他猛灌廉價威士忌，大喊大叫。他本來就不太會喝酒。博美才想他可能在廁所前吐了，便見他渾身穢物地睡著，臉上淚痕斑斑。

討債的人每天都來，他們的目的是博美。他們威脅逼迫忠雄，如果不馬上還錢，就把女兒交出來。

有一天放學後，博美走在回家的路上，一輛車靠過來，配合博美行走的速度跟在旁邊，一個男人的聲音從前座傳來——我送妳，上車。

博美感到危險，轉身就跑。那些男人雖然沒有追上來，恐懼卻貫穿她的全身。

一回到家，她就把這件事告訴忠雄。他什麼都沒說，卻神色凝重，似乎不斷在思索什麼。博美認爲，父親一定是在試圖找出度過這次難關，讓父女倆活下去的方法。

其實並非如此。要不了多久，她就會知道父親已看見通往死亡的道路。

5

松宮看手表確認時間後，離開明治座劇場。他並不是來看戲，而是要拜訪劇場旁的辦公室，向負責接待的員工詢問押谷道子來訪時的情形。簡單地說，就是要證實淺居博美的說法。

押谷道子和淺居博美是單獨見面，沒人知道她們的談話內容，但有幾個人目擊到淺居博美送押谷道子到出口。他們都說，兩人看起來相處融洽，感覺得出這些話並不假。

警方已查明淺居博美大致的經歷。國小、國中都就讀家鄉的學校，國二的秋天父母離婚，她由父親監護。但不久父親去世，她被安置在社福教養機構。父親是不堪負荷債務而自殺，從附近的建築物跳樓身亡。自轉學的國中畢業後，她就讀縣立高中，高中畢業後前往東京，加入劇團

「巴拉萊卡」。這一段經歷記錄在教養機構的檔案中。接下來的經歷，上網就能輕易查到。二十多歲時她以演員的身分站上舞台，三十歲後以編劇和導演的身分受到矚目，至今爲止推出了幾部代表作。她結過一次婚，是在二十八歲時，對象是「巴拉萊卡」的團長諏訪建夫。但短短三年後便協議離婚，沒有子女。

押谷道子到東京的目的，是爲了找淺居博美，這點無庸置疑。只是，不管怎麼想，淺居博美都沒有殺害押谷道子的動機，而且也找不到她與命案現場的小菅公寓之間的關聯。

押谷道子來到東京，也許還有其他目的——這是專案小組的主流意見。目前正在調查她在東京是否有淺居博美以外的朋友，手機通訊錄裡沒有符合的人物。

發現屍體的公寓住戶越川睦夫依然行蹤不明，但也有同事認爲，會不會是越川強行將押谷道子帶入屋內，目的是劫財劫色。若越川是有這種暴力傾向的人，過去鬧事的可能性極高，但周邊查訪的結果，卻沒有得到這方面的情報。同時，就算是強行帶入屋內，兩人一定是在附近相遇，那麼便會產生押谷道子爲何會前往小菅的疑問。

屍體發現後已過十天，案情陷入膠著。

松宮邊走邊再次看手表，略超過約定的晚上七點。但對方了解自己的狀況，而且對方本來就不是那種別人稍微遲到就會不高興的人。

約定碰面的餐廳位於甘酒橫丁，是一家位於大馬路旁的和食餐廳，掀開印有店名的布簾之後是玻璃拉門。松宮打開那道拉門，環視店內。正中央是通道，兩旁是兩張四人座和四張六人座的桌位，大致坐了一半的客人。

相約的人坐在四人座的桌位，將溼毛巾和茶杯擱在旁邊，正在看報。外套脫掉了掛在椅背上，一身白襯衫，沒有打領帶。

松宮說聲「久等了」，拉開他對面的椅子。

加賀抬起頭來，折著報紙問：「收工了？」

「算是吧。」松宮也脫掉西裝外套坐下來，脫掉的外套就放在旁邊的椅子上。

店裡的阿姨來點菜。加賀點了啤酒，把空茶杯遞給阿姨。

「好久沒來這一帶，好懷念啊。都沒什麼變呢。」

「不變，就是這個地方的優點。」

「的確。」

阿姨送上啤酒和兩個玻璃杯，以及小菜蠶豆。加賀幫忙倒了啤酒，松宮不好意思地說了聲「多謝」。

加賀是松宮的表哥，也是警視廳搜查一課的前輩，但目前隸屬日本橋警署刑事課。幾年前一樁命案的專案小組設在日本橋署，表兄弟曾一起辦案。

今晚是松宮邀約，因爲有事想問加賀。

「你說到這附近有事，是什麼事？去了哪裡？」

「去了一下明治座。」松宮顧慮到四周有人，不能說是辦案。

「明治座？這個嗎？」加賀的大姆指指著牆上。

松宮一看，那裡貼著一張大海報。《異聞・曾根崎殉情》——和明治座網站上的介紹圖片是同一張。

「對對對。原來這裡也貼了海報啊，不愧是人形町的店。」

「你是去看戲嗎？好令人羨慕的工作。」

「怎麼可能！我去的是辦公室。」

加賀不甚關心地「哦」了一聲，向店裡的阿姨點了幾道菜。他顯然是熟客，連菜單都不必看。松宮看著他點菜，把蠶豆送進嘴裡，喝了啤酒。

「那你找我有什麼事？」加賀問。

「其實就跟這部戲有關。」

「跟這個？」加賀再次轉向海報，「這部戲怎麼了嗎？話題好像不小……喔！」他似乎注意到什麼，注視著某一點。

「怎麼了？」

「沒事，上面有認識的人的名字。」

「果然。」

聽到松宮的話，加賀露出訝異的目光。「果然？怎麼說？」

「你說的是導演角倉博美吧？」

加賀驚訝地後仰，「你怎麼知道？」

「我在角倉小姐的辦公室看過照片。我想應該是某個道場，角倉小姐和你一起拍的，旁邊還有孩童。」

加賀「哦」了一聲，點點頭。「原來如此。這樣我就懂了。」

「你和淺居小姐……不對，是角倉小姐，你們是老朋友？」

「不是，當時在那個劍道教室是頭一次遇到。」

「劍道教室？」

「日本橋署主辦的青少年劍道教室。」

那是加賀到日本橋署就任之後不久的事。日本橋警署定期為青少年開設劍道教室，署長得知他的劍道經歷，請他當講師。身為新任下屬難以拒絕，於是加賀前往位於濱町公園內的中央區立綜合運動中心。教室就在那裡地下一樓的道場。

參加的孩子約有三十人。很多孩子是學過的，但初學者也不少。其中三個初學者有特殊原因，他們都是童星。由於演出的舞台劇必須施展劍術，才臨時來學。陪他們來的，便是導演角倉博美。

「我建議她，如果是演戲需要，不如採用會劍道的孩子，但事情似乎沒有那麼簡單。演技和外形也很重要。」

「那當然了。結果，你就教他們了？」

加賀夾起滷款冬放進嘴裡，點點頭。

「角倉小姐拜託我，能不能讓他們有個樣子就好，我就給他們特別訓練。雖然我覺得有點偏離劍道教室原本的宗旨，但就當是特別服務了。」

「原來如此，所以你們有來往。」

「也不算是來往。她偶爾傳訊息過來，我會回覆，都是些季節性的問候。我在那個劍道教室教了一個月，後來就沒見過她了。不過，我倒是不知道這部戲是她導的，去看看好了。」加賀再次抬頭看海報，「喔，剩沒多少天了嘛，要趕快行動了。」只見他取出記事本，抄寫了一下。

接下來雙方都沒說什麼話，默默動著筷子。加賀似乎不打算問松宮為何去找淺居博美。既然是辦案的一環，即使在意加賀也認為不該問吧。

松宮喝了啤酒，環視四周。客人少了一半，而且剩下的客人都坐得很遠。

「恭哥，」他的語氣很正經，「可以問你一件事嗎？」

「什麼事？」加賀應道，伸筷去夾生魚片。

「淺居小姐……不對，是角倉小姐才對，好麻煩啊。她的本名是淺居博美，我可以這樣叫嗎？」

「我無所謂啊。」

「那我就叫她淺居小姐。你看她怎麼樣？」

加賀皺起眉頭，「好抽象的問題。」

松宮再次確認四周的狀況，接著略略傾身向前，小聲問：「如果她是嫌犯呢？」

加賀閉上了嘴，目光變得銳利。

「我只見過她幾次，沒有提到什麼私人的事情。這樣怎麼判斷？」

「可是，你是看穿人類本質的高手。」

「別捧我了。」加賀把瓶裡剩下的啤酒平均倒入兩個玻璃杯。

「只說印象就好。比如，她是會涉入犯罪的人嗎？」

「人不可貌相。我們幹這一行的，看多了。」加賀拿起玻璃杯低聲問：「她有嫌疑嗎？」

「還不到那個程度，只是她和死者來到東京的原因有很大的關係。目前除了淺居小姐，死者在東京沒有任何朋友。」

加賀稍微點頭，喝光啤酒，嘆了一口氣，說「換個地方吧」，伸手去拿外套。

一走出餐廳，人行道上人來人往，很多上了年紀的女性。「好精彩呀」、「眞好看」等讚嘆聲紛紛傳入松宮耳裡。

「人群好像是從明治座出來的，看來舞台劇散場了。」加賀說，「《異聞・曾根崎殉情》的風評似乎相當不錯，眞令人期待。」他似乎是眞的打算去看。

兩人隨著人潮移動。一來到人形町通，便走進速食店，買了咖啡上二樓。除了他們，沒有別的客人。

松宮將小菅公寓女子命案的概要，以及調查至今的發現解說了一番。若非情況特殊，即使對方同是警察，他也不會透露辦案內容，但加賀例外。

「就你說的情況聽起來，重點還是死者的足跡。」加賀啜了一口咖啡後說，「我也認爲死者硬被帶進公寓的可能性很低。要這麼做需要車，而且必須讓死者睡著，或是加以綑綁讓她無法抵抗，但都沒有這樣的痕跡吧？」

「驗屍報告上沒有。」

「這麼一來，死者就是自願到小菅去的。角倉……不對，照淺居博美說的，死者本人說要當天回去，是吧？」

「對。她說如果淺居小姐有正面的回覆，本來打算住一晚。」松宮打開記事本，「可是，最後她那晚還是留在東京了，住在茅場町的商務飯店，是在去東京前一天的星期五預約的。遺憾的是，飯店工作人員中沒有人記得押谷小姐，但有她晚間九點多辦理住房登記的紀錄。據飯店方面的說法，若不是有特殊狀況，臨時取消訂房不會收費，所以她應該不是可惜飯店的費用而留下來。」

「茅場町嗎？離這裡很近。」

「我想她是刻意選在離明治座很近的地方。如果淺居小姐給了正面回覆，她打算第二天留下來看戲。只是據淺居小姐說，她手上並沒有票。」

「第二天星期日是舞台劇首演，淺居小姐當然去明治座了吧。」

「剛才我確認過這一點，淺居小姐上午就到明治座了。在舞台、後台、工作人員休息室之間來來去去，公演開始之後，就一直待在監事室裡，觀看舞台的狀況。後來因爲一些雜事留在明治座，她應該是深夜才離開的。」

「這樣的話，她就沒有時間到小菅去了。」

「正是。」

但加賀說：「也不是非當天去不可。」

「對喔。」松宮用力點頭，盯著表哥，心想果然厲害。

「設法讓死者無法行動……極端一點，殺了她，先將屍體藏在附近，日後再開車到小菅，這不是不可能的。淺居小姐會開車嗎？」

「會。她開Prius，首演那天她就是開這輛車去明治座。車子停在工作人員專用的停車場。」

「她到處走動，換句話說，即使她在誰都看不到的地方，也不會有人起疑。趁這個空檔她將死者帶到停車場加以殺害，然後將屍體放進後車箱……」喃喃自語般說到這裡，加賀搖頭：「不對，不可能。」

「爲什麼？」

「因爲是在舞台上演之前。」

松宮不懂這句話的意思，皺起眉頭。

「剛才我不是提到劍道教室嗎？淺居小姐常對來學劍道的那些童星說，不管有再大的煩惱，在上台之前都得忘掉。要東想西想、解決煩惱，都等下了台之後再說。我認爲這些話是她的信念，不是隨隨便便就能妥協的。」

「如果是事後呢？你的意思是，下舞台以後動手的可能性是存在的？淺居博美是做得出這種事的人嗎？」

加賀沒有立刻回答松宮這個問題，他一直注視著咖啡杯。

「恭哥。」

「孩子——」加賀緩緩開口，「聽說她曾拿掉孩子。」

「咦？」松宮眨眨眼，不明白表哥在說什麼。

「我是說淺居小姐。在教孩子們劍道時，我隨口問過她有沒有兒女，不是特意要探聽什麼。她回說沒有，我說這樣啊，然後我以爲關於孩子的話題結束了。沒想到她笑著繼續說『我曾懷孕，可是拿掉了』。」

松宮倒抽一口氣，挺直背脊。試著想像當時的情況，不知爲何感到一陣寒意。

「我很吃驚。這種事情當然沒什麼不能說的，但爲什麼是對我說？她跟我只見過幾次面而已。我指出這一點，她回答就是因爲這樣才說的，如果是以後還會經常見面的人，就不會說了。」

松宮側首不解。

「她說，我沒有母性。」加賀繼續道：「因爲沒有母性，我不想犧牲工作，也不想要孩子。」

「她拿掉的是誰的孩子？」

「自然是她當時的丈夫的。」

「這樣她還拿掉？她丈夫竟然肯答應。」

「她說是瞞著丈夫，懷孕的事也沒告訴他。決定結婚的時候，他們就說好不要孩子了。」

「那也不能……」松宮不禁沉吟，原來世上有這種女性？

「可是，醫院人員打電話到家裡去追蹤復原狀況，那通電話不巧是她先生接的。」

「然後呢？」

「懷孕和墮胎的事被她丈夫知道了。丈夫責怪她，雖然是婚前說好的，但竟然不跟他商量，未免太過分。最後，爲了這件事，他們離婚了。」

松宮嘆了一口氣。這種事，光是聽就覺得好累。

「我想，她內心有很深的陰影。」加賀說，「陰影是傷口造成的，而這道傷口多半還沒癒合吧。所以，如果有人想觸痛她的傷口，也許——」

「她什麼事都做得出來？即使殺人也在所不惜……」

加賀神情嚴肅，緊閉著嘴，搖搖頭。

「沒有動機啊。其他的事，等找到動機再說吧。」

「……也對。」松宮覺得這樣的確比較好。

松宮把咖啡喝完。剛喝完，手機就響了，是坂上打來的。

喂，大偵探福爾摩斯——前輩刑警這樣叫他。

「啊？你在說什麼？」

手機傳來嘖嘖嘖的咂舌聲。

「我是想告訴你一個好消息，福爾摩斯的名推理搞不好中了。」

「到底是什麼事？」

「你不是很在意那件命案嗎？新小岩河岸遊民被燒死的案子。」

「哦……那件案子有什麼進展嗎？」

「嗯，還沒公開就是了。」坂上的聲音壓得更低了，「燒毀的屍體可能不是遊民。」

「咦！怎麼回事？」

「有人向那邊的專案小組告密，說本來住在被燒毀的小屋的男人，現下住在別的地方。打電話告密的人好像也是遊民，看樣子他們有自己的資訊網。」

「確認過了嗎？」

「確認過了吧，所以情報才會轉給我們。詳情還不清楚就是了。」

「小屋的主人還活著，那麼，屍體會是誰？」

「這就是重點了。一邊是有一個女人被發現死在別人的公寓裡，一邊是有一個男人被燒死在別人的小屋裡。雙方有共通點。所以我才會說，你懷疑的連續殺人案現在有可能成立了。」

松宮嚥了一口口水，「我們要採取什麼行動？」

「現在還沒有任何指示，我想先跟你說一聲。」

「我知道了，謝謝。我這就回去。」

松宮掛了電話，吐出一口氣。接著他操作手機，重看新小岩命案的相關資訊。

「看樣子情況有變化了。」加賀問：「聽你說到屍體是誰，發生新命案了嗎？」

「不是的，是之前發生的案子。」

松宮簡短說明新小岩的命案，再加上坂上剛給他的消息。

「目前沒有明確的關聯。雖然找到小屋本來的主人，還是無法和我們這邊的案子串起來。可是，我就是很在意，因爲案發的時間和地點十分接近。」

「時間和地點啊，你在意的原因就只有這樣嗎？」

「不是……」松宮猶豫著不知該怎麼辦。將踏進越川睦夫的公寓時的印象說出來比較好嗎？會不會被取笑，明明入行沒幾年，竟好意思說得像個老牌刑警。

不過，看著眼前的表哥，松宮否定了這種想法，這個人不會說那種話的。何況，這件事他也找不到別人可以商量了。

松宮說了小菅公寓的事。一間沒有希望、沒有夢想，充斥著準備迎接死亡的氣氛的公寓。雖是公寓又不是公寓，與遊民們搭建的藍色塑膠布小屋擁有共同哀傷的小空間——

「反正，就是覺得有同一種調調。」松宮有些焦燥。他不確定自己的想法有沒有準確表達出來。「這樣你聽得懂嗎？」

原本雙手盤胸聽著松宮敘述的加賀，若有所思地緩緩將雙手放在桌邊。

「你說燒死的屍體已確認不是小菅公寓的住戶，是吧？是ＤＮＡ鑑定的結果嗎？」

「是啊。」

「用什麼鑑定的？」

松宮「呃」了一聲，打開記事本。

「用的是留在屋裡的牙刷、拋棄式刮鬍刀、舊毛巾……這些東西不太會摻雜別人的ＤＮＡ。」

「話是沒錯，但有沒有可能被凶手調換過？」

聽著加賀的話，松宮愣住了。他從來沒想過這種可能性。

「爲了什麼？」

「當然是爲了誤導辦案。有一個人失蹤，有一具身分不明的燒死屍體。案發的現場距離和時間愈接近，愈容易有像你一樣把兩件案子連結起來的人，會懷疑凶手可能是同一人物。有人想要避開這樣的情況，將警方可能用來做ＤＮＡ鑑定的東西換成其他人的。如何？不是完全不可能吧？」

松宮在腦中整理一下，點點頭。聽加賀這麼說，眞的很有道理。

「的確沒錯。可是，該怎麼確認才好？現在這還是別人的案子，我們不能隨便干預……」

「做你們能做的就行了。只要找出用來做DNA鑑定的東西的眞正主人，路自然就通了，不是嗎？」

「找出眞正的主人？」松宮聳聳肩，雙手舉高投降。「怎麼找？假如是凶手調換的，一定是從哪裡撿來的。這樣根本無從找起。」

「會嗎？我倒不這麼認爲。」

「爲什麼？」

「我認爲那不是撿來的。」加賀攤開右手，扳手指數著：「牙刷、拋棄式刮鬍刀、舊毛巾，這些東西驗出來的DNA必須要一樣。這就表示，不能是分別撿來的。既然如此，想必是從某人的住處拿來的，不是嗎？」

「某人的住處……」松宮赫然一驚，張開了嘴：「燒毀的小屋嗎？」

加賀笑了，「你總算明白我的意思了。」

「小屋本來的所有人找到了，很可能就是他用過的東西。」

「我認爲這條線的可能性很高。」

松宮猛地站起來，匆匆將杯子和托盤歸還，現在不是從容喝咖啡的時候。

「抱歉，我先走了。」

「嗯，好好幹啊。」

松宮背對著加賀的話聲，奔下樓梯。

6

博美在後台跟演員們聊過之後，又在另一個地方和明治座的製作人開會。製作人是大學戲劇系出身，比博美年輕了將近十歲，不過是個值得信賴的人才。《異聞．曾根崎殉情》是博美醞釀多年的題材，四年前便在大阪的小劇場首度搬上舞台，但博美對他注意到這部作品，給予這次機會非常感激。「既然要做，就放手來做。」製作人這麼說，提議邀請豪華演員陣容，並且推出爲期五十天的長期公演的創舉時，老實說她膽怯過，但現在很慶幸這麼做。因爲作品叫好又叫座。

「妳看前幾天的報導嗎？反響愈來愈熱烈了。」製作人開心地笑瞇了眼，「社長高興極了，很快就提到希望再次上演。導演，妳意下如何？」

「榮幸之至。」

「是嗎？那麼，我就去和上面的人談。除了現場售票之外，到最後一天幾乎所有的預售票都賣完了，眞的很順利。」製作人直到最後都非常起勁。

握手道別之後，博美去看觀眾席。公演期間，她幾乎每天都從監事室盯著舞台，但在那之前，觀察觀眾是她的習慣。不知道觀眾的反應，做不出觀眾喜歡的東西——這是前夫訓練出來的。

明治座的一樓座位，位於建築物的三樓。博美從右邊十號門觀察場內的情況。距離開演還有將近三十分鐘，但座位快坐滿了，果然以年長的女性觀眾居多，約莫是親朋好友相約前來吧。明治座的觀眾名單據說多達十萬人，絕大多數是女性。如果再度上演，課題應該是如何吸引男性觀眾。如果可以，希望也能吸引年輕人。話雖如此，她又不希望把作品降級讓偶像藝人來演。

博美邊思考邊觀察觀眾席時，吃了一驚。她看到一張認識的臉。高個子，寬肩，以及輪廓深刻的五官——

博美走向那個人。對方還沒有注意到她，正對照著手裡的門票和座位編號。

好久不見——博美從他身後叫喚。

那個人——加賀頓時挺直背脊，轉過身來，「哦」了一聲，睜大眼睛。

「真沒想到會在這裡見到妳，好久不見。」他低頭行了一禮。

「找不到座位嗎？」

「不，找到了。我只是想記住座位大致的位置。」

「這樣啊。你的朋友呢？」

「我一個人來。」

「那要不要喝個茶？距離開演還有一點時間。」

「好啊，但妳應該很忙吧？」

博美苦笑，「導演這時候再著急也沒有用。」

「也對。那麼，我們走吧。」加賀露齒一笑。

二樓有休息廳，幸運發現空位，兩人便坐下來。雙方都點了咖啡。

「上次感謝你的幫忙。多虧你的教導，讓戲順利演出，也獲得好評。眞的很謝謝你。」

「上次」指的是五年前，博美請加賀指導童星劍道。

「幫得上忙眞是太好了。不知道他們後來有沒有繼續學？」

「不是有個女生嗎？聽說她上國中以後進了劍道社。」

「好極了。現在果眞是女性的時代啊。」加賀笑著瞇起眼睛。

加賀和五年前一樣，雖然眼神銳利，長相精悍，卻同時令人感到溫暖。當年他不僅答應了博美分外的請求，還說「既然要教，我就不會放水。我會盡我所能，讓所有人看起來都像眞正的劍客」，即使超過時間也繼續指導，每次都是博美開口提醒「應該差不多了……」。他不但有溫暖的心，而且眞誠。

「對了，」加賀環視四周，「看來眞的很賣座，得花一點力氣才買得到票呢。」

「你只要跟我說一聲就好了啊。」

哪裡、哪裡——加賀搖搖手說：

「花這一番力氣，也是觀賞舞台劇的樂趣之一。相對的，要是不夠精彩，說話就能大聲了，可以大叫『退錢』。」

「啊，這下糟了。等落幕後我就要擔心了。」

「妳明明知道不會發生這種事，觀眾是很誠實的。這年頭，沒有口碑就無法帶動流行。有這麼多人來看戲，就是戲好的證明。」

「但願等你看完戲，我還能聽到同樣的話。」

「說歸說，其實妳一定覺得沒問題吧。」

「這倒是眞的。」

「我就知道。」

咖啡端上來，博美什麼都沒加就喝了。

「不過，我很意外。之前看你對戲劇似乎不太感興趣，是最近開始看戲了嗎？」

加賀微微一笑，搖搖頭說：「我很久沒有不爲工作看戲了。」

「那麼，這次怎麼會……」

「恰巧在我常去的定食餐廳看到海報，發現了妳的名字，覺得挺懷念的。原來妳的戲也會在明治座公演啊。」

「這是頭一次在明治座上演。」博美說，「在這個劇場上演我導的戲，是我多年來的夢想。」

「原來如此，這的確是相當氣派的劇院。」

「不僅氣派，對我來說還有特別的意義。我以女演員身分出道的時候，頭一齣演出的大戲就是在這裡。在那之前，都是在一些小劇場。所以，自從我開始導戲以來，就心心念念地想著總有一天要把舞台劇作品搬上明治座，可是遲遲沒有機會。」

「原來有這個因緣啊，那眞的要恭喜妳了。」加賀正色，鄭重行了一禮。

博美也以「謝謝」回應。

接下來，她談起一些明治座的歷史。加賀興味盎然地聽著。之前博美就覺得，他對日本橋這個地方非常關心。

話說回來——

她啜飲著黑咖啡，心想：加賀來看戲，純粹是偶然嗎？時機未免太湊巧了。不過，他是日本橋警署的刑警，應該與押谷道子的命案無關。

「怎麼了嗎？」也許發現博美露出思索的神情，加賀這麼問。

「不是的，其實，」她猶豫著說：「前幾天，警方來找我問話。」

「這樣啊。因爲交通事故之類的嗎？」

「不，不是的。」博美掃視四周，確定沒有人偷聽之後，才壓低聲音繼續說：「是在偵辦命案。」

「噢……」加賀臉上浮現不解的神色，「怎麼會找上妳？」

「因爲死者是我的老朋友。你知道在小菅的舊公寓發現一具腐敗屍體的案子嗎？大概是兩週前吧。」

「小菅……這麼一說，的確有。那件案子怎麼了？」加賀歪著頭問。

「查出死者的身分了，她是爲了見我才從滋賀縣來東京的。在她遇害之前，我們見過面。就在明治座這裡。」

「原來如此，眞是令人遺憾。」加賀一臉嚴肅地說。

「別的警署辦的案子，你們果然不會知道嗎？」

「不會。基本上，情報是不能外漏的。不要說外部，連辦同一起命案的專案小組人員，非必要也不會交換情報。」

「這樣啊……」

「妳是不是想知道那起命案偵辦的情形？」加賀問。

被他說中了。博美出聲叫住他，不僅僅是因爲懷念而已。她含糊地應了聲「嗯」。

「如果是這樣，我可以在容許的範圍內幫忙打聽。我認識幾個搜查一課的人。運氣好的話，也許他們肯透露。」

「可以麻煩你嗎？」

「當然。只不過，請不要懷抱太高的期望。」說著，加賀取出記事本和原子筆。「辦案的內容分很多方面，妳想知道哪些？」

「唔……」

望著他的大手，另一個念頭掠過博美的腦海。

「啊，加賀先生，」她說，「抱歉，不用了。不必麻煩了。」

加賀疑惑地眨了眨眼。

「不用了嗎？可是妳想知道吧？」

「本來是很想，但會給你添麻煩，不能拜託你這種事。」

「不算什麼麻煩，只是向朋友問一聲而已。」

「還是不用了。對不起，跟你說這些莫名其妙的事。你應該只是來看戲的……」說完，博美咬住下唇。

加賀點點頭，收起紙筆。

「要是妳又想知道的話，請再告訴我。我的聯絡電話沒變。」

「謝謝。不過，我想應該不會再麻煩你。加賀先生——」博美注視著那張輪廓很深的臉，繼續道：「對我來說，加賀先生是劍道老師，不是警察，所以我不應該提出那種要求。眞的很抱歉。」

加賀沒說話，像在咀嚼她這幾句話的意思，但很快便說「我明白了」，微微一笑。

博美拿起帳單，「這個我來。」

「不，這——」

博美伸手制止一臉困擾的加賀。

「希望你能好好欣賞《異聞・曾根崎殉情》。以後如果有機會，請告訴我你的感想。」她站起來，轉身邁步向前。

7

「我將來的夢想，是成爲一名護士。我得盲腸炎住院的時候，醫院裡的護士小姐對我好溫柔。俐落工作的樣子好帥，好可靠。而且祖母去世時，我一直哭，是照顧她的護士小姐安慰我的。我想要以這麼優秀的人爲目標。」

松宮從作文裡抬起頭，以指尖按摩後頸。他看的是押谷道子國中畢業時寫的作文。後來她雖然就讀護理學校，卻沒有成爲護理師，而是到「美樂蒂亞」上班。但看來幫助別人是她從小的志願。這樣一個好人竟然遭到殺害，只能說老天無眼，令人憤慨。他發誓無論如何都要將凶手逮捕到案。

松宮在警署的小會議室。他望向堆在桌上的資料，以及堆在地上的紙箱，不禁嘆氣。旁邊不遠處，坂上緊盯著電腦螢幕。

門開了，小林走進來，輪流看了看松宮和坂上，問道：「情況如何？」

坂上皺著眉，抓了抓頭。

「沒進度。我先把長相有點神似的挑出來，但沒看到眞的覺得應該就是的。這張人像素描眞的畫得像嗎？」坂上拿在手上的，是一幅男子的人像素描畫。那是警方請看過越川睦夫的人協助，由警視廳人員畫出來的。

「人像素描小組的實力是掛保證的。這是唯一的線索，別挑三撿四了。」

「這我也知道啊。」坂上不滿地突出下唇。

「你那邊也沒有收穫嗎?」小林問松宮。

「目前還沒有……」

「是嗎?好吧,事情不可能那麼容易。」小林的語氣輕鬆,彷彿事不關己。接著,他從口袋裡取出手套戴上,翻起放在旁邊的紙箱。

「裡面也有挺可愛的東西嘛。」

小林這麼說,拿出來的是一份月曆,是從越川睦夫的公寓扣押的。那間公寓冷清得嚇人,沒有任何一件像樣的裝飾品,窗邊的牆上卻掛著小狗月曆,每個月都有一張小狗的照片。

「據扣押小組說,這是全國都有分店的寵物店做來發送的贈品,當初印製的數量很大。」松宮說,「附近居民的查訪中,沒有提到越川飼養寵物,屋裡也沒有養寵物的痕跡,所以應該是撿回來的。」

「感覺不出他的生活需要月曆啊……」小林翻了幾張月曆後問:「這寫的是什麼?」

小林指的是四月的月曆右邊一角,以馬克筆之類的筆寫著「常盤橋」。

「扣押小組也想不通。」坂上說,「別的月份好像也有。」

小林一臉嚴肅地翻了幾頁月曆,「眞的……」

松宮也知道這件事。每一頁月曆上面都寫了字。一月的月曆一角寫的是「柳橋」,二月是「淺草橋」,三月是「左衛門橋」,四月是「常盤橋」。接下來,五月「一石橋」,六月「西河岸橋」，七月「日本橋」，八月「江戶橋」，九月「鎧橋」，十月「茅場橋」，十一月「湊橋」，十二月「豐海橋」。

「全是日本橋這個地方的橋。」坂上解釋，「扣押組的人猜想會不會是這些橋有什麼例行活動，越川都會去參加，結果什麼都沒查到。」

「所以才沒有來報告啊。」小林放下月曆，雙手交抱胸前。「這是什麼意思？」

不知道——松宮也十分納悶。

「好吧。或許很快就能查出什麼端倪。」小林看看手表，「喔，這麼晚了，不能再耗下去。你們也別浪費時間，加緊辦案。時間就是金錢常盤橋。」只見他哈哈大笑，拍了拍坂上的肩膀就離開了。

坂上癟嘴，「什麼鬼東西？時間就是金錢常盤橋？一點都不好笑。」

「小林先生難得這麼高興。」

「因爲被管理官誇獎了，還不是多虧了你。」

「我沒有啊……」

「別謙虛了，我都知道的。」說完，坂上又投入工作。

松宮伸手去拿旁邊的資料。那是經過家屬同意，把押谷道子家用電腦內所有文件列印出來的紙本。連刪除的資料都全數復原，所以數量龐大。

松宮和坂上此刻的工作，是找出押谷道子與越川睦夫的共通點。坂上正在找押谷道子的照片中有無看似越川的人。松宮則是看遍所有文字，找出可能與越川有交集的記述。

兩者都是耗時費力的工作，他們卻不認爲是徒勞。因爲到目前爲止的搜查都是摸索，對自己進行的方向究竟是否正確沒有把握，但現在不同。他們確信只要找下去，一定會有答案。押谷道子遇害，凶手既不是爲了劫財，也不是爲了劫色。她與越川睦夫之間，一定有什麼共通點才對。

這幾天，案情發生了巨大的變化。

加賀的推測沒錯。驗過燒毀小屋原主的ＤＮＡ，果然與越川睦夫公寓裡的牙刷、拋棄式刮鬍刀、毛巾上所採集到的幾乎全完一致。

男人自稱姓田中，但不知眞僞。居無定所，目前戶籍也不明，他連自己的年齡都不記得。目測七十歲左右，或許更年輕。十年前還在當建築工人，但沒有工作之後，連住處也沒了，輾轉流浪。現在是靠撿空罐，過一天算一天。

對於小屋被燒毀一事，田中的回答是什麼都不知道。他表示自己出去四處張羅吃的，回去得晚，一回去看到火災鬧得很大，怕被追究責任，便暫時跑去別的地方。牙刷、拋棄式刮鬍刀、毛巾是什麼時候被偷的，他也不知道。

雖不知田中的話有多少是眞的，但專案小組人員大多認爲很接近事實。至少，他參與命案的可能性極低，這一點應該是沒有疑問的。

同時，警方進行了另一項ＤＮＡ鑑定。爲此，他們又再次徹底搜索小菅的公寓，目的是要找出住在這裡的越川睦夫的ＤＮＡ。最理想的樣本是頭髮、體毛、血跡，沾有唾液、汗水、體液的布也可以，指甲、表皮、頭皮屑也可以。然而，後來就松宮所知，室內打掃得乾淨無比，找不出能夠百分之百確認是越川ＤＮＡ的東西，所以頭一次鑑定才會以牙刷、拋棄式刮鬍刀來採集檢體，從這一點來看就不能不佩服凶手的冷靜與心機。松宮認爲，如果沒有加賀的建議，恐怕他們現下還被凶手蒙在鼓裡。

二度搜索公寓的兩天後，正式的ＤＮＡ鑑定結果出爐了。從被子和枕頭等驗出的ＤＮＡ與新小岩那具燒毀的屍體一致。

於是，兩樁命案完全結合在一起了。

「眞的很感謝恭哥。多虧你的建議，案情才向前跨了一大步。我說ＤＮＡ鑑定的來源可能被調換的時候，那些擺臉色、覺得我想太多的人，現在態度都有了一百八十度的大轉變。」

「你應該沒說是日本橋警署的刑警的意見吧？」加賀把咖啡杯端到嘴邊，問道。

「很想說，但我沒說，不要說比較好吧？」

「當然。又不是轄區，要是知道其他地方的刑警多管閒事，誰都會不舒服吧？」

「可是我好像搶了別人的功勞似的，很內疚啊。」

「這點小事就忍忍吧，你都是堂堂的社會人士了。」

「我知道啊，所以我不是沒說嗎？」松宮在咖啡裡加了奶精，拿湯匙攪拌。

他們又來到人形町。松宮以前和加賀一起辦案的時候，來過這家咖啡店好幾次。這是創立於大正八年（一九一九）的老店，紅色座位反而營造出古典的印象。

「你就爲了道謝找我出來？如果是的話，我得告訴你，這是在浪費彼此的時間。別看我這樣，我可是有許多事要處理。」

「最近工作很忙？」

「是啊。鯛魚燒店的營業額被偷，串烤店喝醉的客人打架鬧事，把店招牌打壞了等等，事情多得很，我可沒有閒到能大白天和表弟喝咖啡。」

加賀一口氣說出這一串話，松宮不禁注視著他的嘴角。於是，加賀問他：「有什麼不對？」

「沒什麼，只是在想眞的有這些事需要你處理嗎？」

「眞的，我何必騙你。」

「恭哥來到日本橋以後變了，好努力打進這個地方。感覺每一個角落你都注意到了，住在這裡的人你都瞭若指掌。」

「你是有多了解我啊？我本身並沒有變。以前不是常被耳提面命嗎？入境隨俗。刑警這種工作，也是必須視當地民情改變做法的。」

「這我知道，但我覺得恭哥的情況有點不同。」

加賀放下咖啡杯，輕輕擺手。

「這不重要。別閒扯了，到底有沒有別的事，你就明說吧。」

松宮略略直起身子，重新坐好。

「接下來就要談正事了，有一件事要請教日本橋警署的加賀警部補。」

加賀換成了提高警覺的神情，「什麼事？」

「前幾天，你到明治座去了吧？去看戲。」

加賀似乎沒料到是這樣一個問題，露出疑惑的神色，隨即又找到解答般點點頭。

「跟監的刑警看到了？」

「小組成員輪流監看淺居小姐的動向。如果有不同於平常的行動，小組立刻會收到通知。」

「所以她和我碰面的事也呈報上去了。」

「跟監同仁的看法是，應該單純是朋友，還拍了照。我們這一係的人幾乎都認識恭哥。係長看到照片大吃一驚，才找我過去，問我知不知道加賀警部補和淺居博美的關係。我想沒有必要隱瞞，就一五一十地說了。」

加賀點點頭，「這樣很好。沒有任何問題。」

「係長他們也明白了。聽說劍道教室的事，他們還笑說加賀也不輕鬆啊。」

「能夠爲職場帶來笑聲，也算是功德一件。」

「可是我不能就這樣算了，畢竟加賀警部補對小菅命案很了解。」松宮壓低聲音繼續說：

「你和淺居博美談了什麼？」

加賀狠狠瞪著松宮，「又還不是嫌犯，就直呼名字了？」

松宮舔舔嘴唇，「你和淺居小姐說了些什麼？」

加賀喝一口咖啡，呼地吐出一口氣。

「沒什麼大不了的，就是問候一下。」

「眞的嗎？」

「騙你做什麼？她很開心地說了明治座的事，在那裡公演是她多年來的夢想。」

「夢想……啊。」

「還有，」加賀握住水杯，喝了一大口，接著說：「稍微提到命案。是她提起的。」

松宮一手放在桌上，身子略往前傾，追問：「然後呢？」

「一開始，她似乎認爲也許能從我這邊打聽到辦案的狀況。我當然沒有提到你，也沒有說我對案子有些了解。然後我試著釣她，說如果她想了解狀況，我可以幫忙打聽。」

松宮明白加賀的用意，若是淺居博美與命案有關，一定很想知道調查的進展。

「她怎麼說？」

「她想了一下，說還是不用了，很抱歉問了莫名其妙的事。」

「然後呢？」

「就這樣結束了。她要我請好好欣賞舞台劇，幫我付了咖啡錢。」

「就這樣啊……」松宮把身體靠在椅背上，像是大失所望。

「抱歉讓你有所期待，但眞的就只是這樣，沒別的了。」

「是嘛。那麼，你對她的印象如何？你很久沒見到淺居小姐了吧？見面之後，有沒有感覺到什麼？」

松宮的話讓加賀皺起眉頭。

「你又來了，怎麼能以我的印象爲依據？不過，我認爲她比五年前更沉穩了，也可以說是看開了吧。」

「有沒有隱瞞犯罪事實的樣子？」

「這個嘛，我就不予置評了。」加賀從錢包裡挑出零錢，一一放在桌上。兩人一起用餐時，一定是各付各的。

松宮望著那些零錢，咕噥一句「錢是怎麼來的……也是疑問」。

「錢？」

「住在小菅公寓的越川睦夫啊。他的收入是怎麼來的，現在還不知道。既沒有在工作的跡象，也沒有存摺，這一點和遊民一樣。可是，他每個月都準時繳交房租和水電費，你覺得這是爲什麼？」

加賀露出思索的神情，說道：「有人給他錢。或者，他有一大筆錢。」

「公寓裡一塊錢都沒找到。」

「一塊錢都沒有？那太不自然了。應該是有人拿走了。」

「我也這麼想。可是光靠想像，是不會有進展的。」松宮點點頭，打開錢包，拿出咖啡錢。

「多虧恭哥，案情有了很大的進展，但還是有種剛到門口的感覺，完全找不出兩名死者的共通點。押谷道子小姐也就算了，越川睦夫這個人的情報實在太少了。沒有照片，沒有辦理住民登記，當然也沒有加入健保。連有所來往的人都找不到。他生前過著什麼樣的生活，查不出任何端倪，那究竟是什麼樣的人生啊。」

「這就不知道了。但反過來想，如果查得出來，也許就能破案了。」加賀看看手表，站起來說：「好了，我要回署裡了。就像我剛才說的，我有很多事要處理。」

「我也要回專案小組了，時間就是金錢常盤橋。」

加賀一臉訝異，「你說什麼？」

松宮聳了聳肩。

「最近在我們之間頗流行，是小林先生帶頭說起的冷笑話。」

「他也會說冷笑話？眞難得。」

「因爲越川屋裡的月曆上面寫了字，有常盤橋、日本橋之類的，只不過看不出是什麼意思。」松宮收好咖啡錢，準備走去櫃檯結帳，右肩卻突然被用力往後拉。

松宮回頭問：「幹麼？」

只見加賀一臉嚴肅，用足以刺穿人的目光盯著他。

「把這件事詳細告訴我。」他拉住松宮的袖子。

「這件事……？」

「月曆的事，上面寫了些什麼？」

「你先放開我啦。」

松宮擺脫加賀的手，回到原來的座位。加賀也和剛才一樣，坐在對面。

松宮把寫在那份小狗月曆上的內容大略說了一遍。

「四月是常盤橋，沒錯吧？然後，一月是柳橋。二月呢？是哪一座橋？」加賀一個勁地問。

「是哪裡啊？」松宮歪著頭，他並沒有把順序記得很清楚。

「是不是淺草橋？」

「好像是。」

「那麼，三月是左衛門橋，四月是常盤橋，五月是一石橋。」

松宮倒抽一口氣，凝視著眼前的表哥，激動得身體發熱。

「恭哥，你知道那些文字的意思？」

加賀沒有回答，剛才的殺氣消失了，像戴上面具般面無表情。

「如果你知道，請告訴我。那些文字到底是什麼意思？我們問了很多熟悉日本橋的人，但誰也不知道。爲什麼你會知道？」

加賀緩緩將食指抵在嘴唇前，「別那麼大聲。」

「可是——」松宮看看四周，放低音量：「請你協助辦案。」

「我沒說不幫。何況，還不知道幫不幫得上忙，也許是我猜錯了。」

「究竟是怎麼回事？」

加賀斂起下巴，望著松宮說：「我要求你一件事，這是我一生一世的請求。」

8

遙遠的山頂上仍殘留著薄薄的雪。雖不巧遇上陰天，但前方廣闊的草原仍綠油油的，令人感受到強韌的生命力。

「沒想到這次會和恭哥一起行動。」松宮拿著裝了咖啡的紙杯說。

「我也一樣。因緣際會對你的工作多說了幾句，火星卻突然噴到我身上。所謂的『始料未及』，指的就是這種狀況吧。」坐在旁邊的加賀回答。他手上拿的是這次命案相關調查資料的影本。

「不過，也許這樣會加速破案。」

「但願如此。」加賀的說法很保守。

兩人在東北新幹線列車「隼號」上，目的地是仙台。此行是要去見一個人。

昨天傍晚，松宮與加賀同在警視廳某一室中。在他們對面的有小林，係長石垣，以及管理官富井。富井是這次命案的實際負責人。一看到加賀，他便說「好久不見」，露出笑容。加賀也鞠躬說「好久不見」。松宮這才知道，原來加賀在搜查一課時，是富井的部下。

但問候也到此為止，隨即進入正題。小林先將十幾張照片並排在桌上。這些照片拍的都是放大的文字，有的是「橋」，有的是「淺草」，有的是「日本」。

「就結論而言，」小林看著加賀開口：「越川睦夫屋裡的月曆上的文字，還有加賀老弟提出的筆記，兩者的筆跡經過詳細鑑定的結果，是出自同一人物之手。」

松宮察覺身旁的加賀身體一僵，松宮本人也感到十分振奮。

「你帶來的筆記是令堂的遺物，是吧？」石垣問加賀。

「是的。嚴格地說，是家母屋裡的筆記，所以我無法確定是不是家母的東西。筆跡明顯與家母不同。」

所謂的筆記，是在A4紙上寫下的下列文字。

一月　柳橋
二月　淺草橋
三月　左衛門橋
四月　常盤橋
五月　一石橋
六月　西河岸橋
七月　日本橋
八月　江户橋
九月　鎧橋
十月　茅場橋

十一月　湊橋
十二月　豐海橋

當加賀拿出筆記時，松宮大受衝擊，因爲內容與越川睦夫月曆上所寫的文字完全一致。加賀本人同樣震驚，才會對松宮說是「一生一世的請求」，拜託他向專案小組建議，針對雙方文字進行筆跡鑑定。

加賀告訴富井等人，母親曾和名叫綿部俊一的男子交往。

「所以，筆記很有可能是這位綿部先生寫的，但他究竟是何許人，我完全不知。我曾設法查過這些文字是什麼意思，依舊查不出所以然。」

「令堂的遺物中，有沒有其他與這位綿部先生相關的東西？」石垣問。

「也許有，但我無法分辨。不過，若是可能對這次調查有所幫助，我願意無條件提供母親所有的遺物作爲調查參考資料。」

聽到加賀的話，三名長官滿意地互相點頭。

「關於這件事，我向搜查一課課長和理事官報告過了。」富井說，「我們有必要解開這些筆記之謎，而且本案也需要日本橋警署的協助，現下應該已與署長聯絡。從此刻起，請你加入調查。可以吧？」

「遵命，請多指教。」加賀說完，行了一禮。

「有一個問題要問你。」小林說，「你說對綿部這號人物一無所知，那你知道認識綿部先生或是見過他的人嗎？」

「有的，有一位。」加賀立即回答。

「還在世嗎？」

「應該還在世，住在仙台。」

「好極了！」小林起勁地說，接著將一張紙遞給加賀，就是那張越川睦夫的人像素描畫。

「上工吧。你馬上去找那個人。」

松宮看看手表，快十一點了。

「還要一會。」加賀也看表確認時間，然後把本來在看的資料收進公事包。

「你知道多少？」

「知道什麼？」

「去世的舅媽。我只知道舅媽在仙台過世，是你一個人去接回骨灰和遺物的。」

松宮在加賀的父親隆正病倒時聽說這件事，是母親克子告訴他的。

「你問這個做什麼？」

「也沒有要做什麼，就是想知道，不方便嗎？你可能忘了，但我們是親戚耶，而且不是一般的親戚。是舅舅救了我和我媽，舅舅是我們的恩人。我當然會想知道恩人爲什麼會和太太分開啊。」

聽松宮說這些話的時候，表情本來有點苦澀的加賀，像是想開了似地點點頭。「也對。應該可以說了吧，我爸都走了。」

「有什麼特別的祕密嗎？」

「不是的，只是有點難以啓齒罷了。」加賀苦笑，又正色繼續說：「我帶著骨灰回東京之後，去見好久沒見的老爸，想告訴他我媽在仙台過的是什麼樣的日子。我媽在小得可怕的屋子裡，過著簡陋的生活。我把這些告訴我爸之後，問了一個一樣是很久沒問的問題。我小時候到底發生了什麼事，我媽到底爲什麼離家出走？在那之前，我一直以爲一切的原因都出在我爸。我一直猜想，一定是我爸不顧家庭，無論是家裡的事，或孩子的教養，他把摩擦衝突不斷的人際關係引發的問題全推給我媽，我媽再也受不了才會離開。可是我去了仙台一趟，認爲事情可能不是我猜想的那樣。我媽對身邊的人說，一切都是她不好。」

「舅舅怎麼說？」

加賀聳聳肩。

「起初他不肯說，只說什麼過去的事就過去了，如今再提也沒有用，就想敷衍帶過，於是我吼了他。我說，難得媽肯委屈嫁給你這種人，你還不能讓她幸福。那麼，至少要在她的骨灰前編出像樣的藉口，給她一個交代。」

「哦，恭哥凶了舅舅……眞難得。」

加賀笑了。

「是不知分寸、不懂事才會說那種話，那是我最後一次責怪我爸。」

「那舅舅有什麼反應？」

「終於肯張開他的金口了。我爸頭一句話是這麼說的，『百合子的話不對。她沒有半點錯。如果要怪誰，還是要怪我。』」

松宮皺起眉頭，「怎麼說？」

「接著，我爸就說起往事。首先是和我媽的相識的契機，他們是在新宿的俱樂部認識的。我媽當時在那家店坐檯，但我爸不是去當客人的，是查出某件案子的嫌犯會在那裡出入，請我媽協助辦案。因爲這個機緣才開始交往。」

「恭哥的媽媽也做過那一行……」

加賀看著松宮，微微點頭。

「對喔，姑姑以前也在酒店工作過。」

「在高崎的時候，是舅舅幫助我們以前的事了。因爲親戚都討厭我媽，我媽無依無靠。一個女人家想把孩子拉拔長大，還是只能做那一行。」

「這就是現實吧，但親戚不光是討厭姑姑而已，我家也一樣。」

「恭哥家？爲什麼？」

「所以才會提到坐檯這件事。系出名門的加賀家長男，偏偏去娶一個酒店小姐，像話嗎？當時被親戚這樣群起圍攻。不過加賀家是名門這回事，我倒是頭一次聽說。」

「那是職業歧視，嚴重的偏見。」
「那個時代和現在不同。而且聽我爸說，我們親戚有很多是老古板。我跟他們沒有來往，所以不太清楚。」
「這麼說來，舅舅三週年忌日的時候，也沒有半個親戚來。」
「我自己是不太記得了，但我媽還在家的時候，似乎常和親戚起衝突。我爸工作很忙，平時和親戚之間的來往只能交給我媽。可是每當遇到那種場合，他們都堂而皇之地欺負我媽。這件事我媽一直隱忍沒說，最後還是傳進我爸耳裡。我爸氣壞了，要跟親戚斷絕往來。結果事情鬧得更大，親戚更加敵視我媽。這時候如果我爸能幫忙擋一擋就沒事了，但他因爲工作，連家都很少回。另一方面，我外婆又癱瘓，我媽必須照顧外婆。再加上要負責養育一個調皮的兒子，精神上當然會難以支撐。」
「眞的，光聽就覺得好辛苦。」
加賀皺起眉頭，嘆了一口氣。
「後來，我外婆去世了。我爸的說法是，我媽沒有因此感到輕鬆，可能反而失去了心靈的支柱。在那之前，雖然有吃不完的苦，但還有外婆這個肯站在她這邊、聽她說話的人。外婆肯定經常鼓勵她吧。可是，這樣的支柱不在了，她眞的變成孤伶伶一個人。年幼的獨生子又無法當她的精神支柱。說起來，這些我爸也是過了很久才想到的，當時他根本沒有發現我媽的變化。」
「變化？」

「精神上的變化。在我爸看來是沒有變化，但我媽內在發生了很大的變化。我爸會發現這件事，是因爲我媽某天晚上的態度。晚飯吃到一半，我媽突然哭了起來，說自己是個一無是處的人，既當不了好妻子，也當不了好母親，再這樣下去，會害兩人不幸。我爸愣住了，我媽哭了一陣子，突然清醒過來，跟我爸道歉，說請忘了剛才那些話。當時的情況，我有模糊的印象，不過也許是錯覺。」

「這個……」松宮猶豫著不知該不該把浮現腦海的事說出來，但他認爲這不是客氣的時候，便說：「是不是……憂鬱症？」

加賀緩緩吐出一口氣，點點頭。

「這種可能性很高。自我評價低，失去活下去的氣力，都是憂鬱症典型的症狀。我爸也是很久以後才開始這麼認爲的。當時一般人幾乎都沒有憂鬱症的相關知識，我想連我媽也不認爲自己生病了吧。」

「這樣的話，她一定很痛苦吧？」

「恐怕是的。我媽沒有把她的痛苦顯露出來，繼續隱忍了好幾年，終於到達極限，才會離家出走。我是沒看過，但據說她留了信，上面寫著：我沒有自信再當你的妻子，當恭一郎的母親。看了信，儘管我爸沒有憂鬱症的知識，卻也將我媽的出走解釋爲精神上超過負荷。」

「舅舅怎麼沒有去找她？」

加賀一邊嘴角揚起，笑了。

「他認爲去者不追，對彼此才是最好的。就算原因是憂鬱症好了，沒能注意到妻子的變化，沒能幫她解除精神上的負擔，全是他的錯。百合子沒有半點過錯——我爸這麼說，又加上一句『她臨死之際，應該很想看親生兒子一眼』，還說他一想到這一點就心痛。」

松宮並不是頭一次聽到這些話，他想起幾年前的事。

「原來舅舅和恭哥是約好的。就算舅舅病危，也不要恭哥在身邊。舅舅一定早就決定獨自一人死去吧。而且，舅舅斷氣的時候，恭哥也眞的待在醫院外面。」

「他大概認爲這是對我媽最起碼的歉意吧，或許當中也有男人的意氣。我理解他的心情，才配合他……」加賀的神情有些苦澀。松宮看到表哥的表情，不禁心想，當時的決定是否正確，表哥自己恐怕還沒有答案。

「舅舅應該是認爲，這樣算是給舅媽一個交代了吧。」

「也許我爸是滿足了，可是我不同。」加賀露出嚴峻的眼神，望向松宮。「無論如何我都想知道我媽離家之後，是如何度過她的下半生。如果她把我和我爸都忘了，過起嶄新的人生，那就好。要是她對我們還有一絲牽掛，用心體會就是我的責任。再怎麼說，如果沒有她，我就不會出生在這個世上。」加賀以強硬的語氣說完，有些害臊似地笑了。「抱歉，我太激動了。」

「不會，我明白你的心情，而且我對舅媽的生活也很感興趣。」

「總之，就是這麼一回事，所以我無論如何都想多了解綿部這個人。可以的話，最好是設法把他找出來。」

「我看也是。其實昨天恭哥回去以後，富井管理官就說了。恭哥，好幾年前他就找你回搜查一課，對不對？」

加賀皺起眉頭，「你是要說這件事啊。」

「可是不知為何，恭哥的志願一直是調到日本橋警署，不是嗎？原來是為了要找綿部這個人。」

「是啊，我想解出筆記上寫的那十二座橋的意義。我認為要解出來，就必須在那個地方落腳。可是你不必擔心，我不會公私不分，更不會妨礙你們辦案。」

「我從來就沒擔過這種心。」松宮搖搖手，注視著加賀的雙眼。「謝謝你告訴我這麼重要的事。」

「我遲早得跟你說的。」加賀露齒一笑。

這次的工作內容不包括在仙台市內查訪，上司表示可以省略向當地警方打招呼這個行程。一到仙台車站，兩人便搭乘JR仙山線列車，前往東北福祉大前站，因為這是距離目的地最近的車站。

下車之後要步行，而且是相當陡的上坡。身為刑警，走路走慣了，但松宮不禁想，一般人日常生活怎麼辦？不過，看到一群像是小學生的孩童們開心地走著，他領悟到對於住在這裡的人來說，這種程度的坡道根本不算什麼。

國見之丘是個閑靜的住宅區。比鄰而建的宅邸，每一戶都優雅又氣派。

加賀停在一戶掛有「宮本」門牌的大門前。他按下對講機，傳來一聲「喂」。

「我是從東京來的加賀。」

「好的。」

過了一會，玄關的門開了，一名白髮女士探出頭來。她一臉驚訝，隨即露出滿面笑容，緩緩走下台階。白色毛衣上，披著淡紫色開襟衫。

「加賀先生，你變得這麼體面。」金邊眼鏡後的眼睛笑瞇了。

「好久不見，上次多虧您的照顧。」加賀行了一禮，「這次又突然麻煩您，真對不起。」

「怎麼會呢，反正我閒得很。不過昨天接到電話的時候，的確有些吃驚。」她邊說邊將視線移到松宮身上。

「我來介紹，這位是警視廳搜查一課的松宮巡查。」

松宮接著加賀的話，說聲「您好」，行了一禮。

「聽說你是加賀先生的表弟。我是宮本。好高興，竟然有年輕人來訪，而且一次兩個呢。」

白髮老婦人雙手貼在胸口。她的芳名是康代，來這裡之前松宮便聽說了。

他們被帶到有沙發的起居室，宮本康代爲兩人泡了日本茶。

聽到她在這個家裡獨居四十年，松宮吃了一驚。

「我丈夫走得很突然，或許是這樣，我才會想僱用百合子。因爲我也很寂寞。」說完，宮本康代朝加賀淡淡一笑。

「我想，是宮本女士救了家母一命。如果當時您沒有收留家母，眞不知她會變成什麼樣。」

加賀說明百合子可能患有憂鬱症一事。

「是嗎？這麼一說，我覺得有幾點滿符合的。」約莫是想起往事，宮本康代頗有感觸。

「昨天在電話裡也向您詢問過，綿部俊一先生後來還是沒有任何消息嗎？」

「是的，很遺憾。」

加賀點點頭，向松宮使了一個眼色。松宮從公事包裡取出五張紙。

「關於綿部俊一先生，宮本女士還記得他的長相嗎？」

松宮一問，宮本康代略略挺直背脊，輕輕點一下頭。

「若是見到應該認得，看照片應該也可以。」

「那麼，我要請您看五張畫，都是男性的人像素描。如果其中有長得像綿部先生的人，請告訴我們。」

「好的。」

松宮將五張人像素描畫在宮本康代面前排開。人像素描畫已事先翻到背面，隨機排列，他自己也不知道順序。

看到第四張畫時，松宮注意到宮本康代的眼睛睜大了，但他仍若無其事地擺好第五張畫。她朝那張畫瞄了一眼，但視線立刻回到第四張上。

「您覺得如何？」其實用不著問也知道答案，不過松宮還是問了。

宮松康代的手毫不猶豫地朝第四張畫伸過去。

「這張畫很像綿部先生。」

「請讓我確認一下。這裡只有五張畫。您的意思是，當中勉強要說像的話，就是這張，或者是確實很像呢？」

「確實很像。我認識的綿部先生如果上了年紀，應該就是這種感覺。比方眼角有點下垂、鼻子比較大，這些特徵都畫出來了。不只是明顯的外形，該怎麼說呢，還有那種喜怒不形於色的感覺，我覺得都很像綿部先生。」

松宮與加賀對看一眼，輕輕點頭，宮本康代的回答令人滿意。她手上拿的那張，正是越川睦夫的人像素描畫。她看過畫的感想，也符合他們的期待。她不僅指出長相的特徵，還敘述了看過畫之後的印象。過去警方經常使用的合成照片手法之所以優勢不再，便是因爲太具體，無法傳達抽象的印象。反倒是人像素描，由於是畫家聽目擊者的描述，運用想像力描繪出來的，以印象爲優先，容易刺激人們的記憶。

這一趟沒有白跑——松宮心想。越川睦夫，曾自稱綿部俊一。

「找到這個人了嗎？」宮本康代問。

「是的，上個月不幸遇害了。」

接著，松宮簡要說明發生命案。聽到這些事，她不禁摀住了嘴，朝著加賀看。

「是的，」加賀露出若有所失的笑容，「終於找到綿部先生了，但他已不在人世。」宮本康代把人像素描畫放在桌上，「眞不知道該說什麼才好……」

「可是恭哥的——」松宮以手背擦擦嘴角，再度開口：「加賀想調查綿部俊一先生來歷的心意不變。最重要的是，我們必須逮捕殺害他的凶手。關於命案，無論是什麼都可以，若您想到任何事，請告訴我們。」

宮本康代痛苦地皺起眉頭，擠出無數細紋。

「我很想幫忙，但我對綿部先生眞的一無所知……我也是現在才知道他住在那樣的地方。」

加賀從西裝外套內袋取出一張紙，「這個呢？」

宮本康代接過去，松宮從旁探頭看。紙上寫的是「一月　柳橋　二月　淺草橋……」等文字。

「這是從家母遺物中的筆記抄下來的。」加賀說，「小菅公寓的月曆上也有一樣的內容，我完全不明白這指的是什麼。宮本女士，您有沒有想到什麼？」

沒有呢——她歪著頭，小聲說：「抱歉。」

「宮本女士不需要道歉。身爲兒子我卻不懂母親遺物的意義，是我不對。」加賀把那張紙收回懷裡。

宮本康代有些躊躇地開口：

「唔，到了現在，我是這麼想的。我覺得百合子和綿部先生的關係，並不是一般的男女關係。不僅如此，也許他們甚至不是戀愛關係。」

加賀驚訝地皺起眉頭，「您的意思是……？」

「當時，我沒有這麼想過。可是回過頭來看，我覺得他們之間沒有情愫，也沒有歡愉之類的感覺。倒是很像……心靈受傷的人互相取暖。」

「心靈受傷……」

「對不起，可能是我想太多了，請忘了吧。」宮本康代過意不去地在面前雙手合十。

「哪裡。既然宮本女士這樣覺得，我想一定不會錯。我會把這張畫當作參考資料。」說完，加賀行了一禮。

人像素描畫得到確認是一大收穫，但看來從宮本康代這裡無法問出更多情報了，於是松宮開口告辭。

「難得能夠見面，眞是遺憾。下次請務必再來玩，我請你們吃美味的仙台名產。」送他們到門口的宮本康代說。

松宮和加賀同聲道謝，離開宮本家。

與來時一樣，他們步行到東北福祉大前這一站。一看時間，還不到下午兩點。照這個樣子，傍晚就能回到東京。

「可以稍微繞去一個地方嗎？」加賀邊走邊說。

「可以啊，要去哪裡？」

「萩野町。」加賀回答，「是我媽住過的地方。」

松宮停下腳步，「恭哥，話不是這樣說的。」

加賀也停下來，回頭問：「怎樣？」

「這不叫繞路，是一定要跑一趟。無論身爲人子，還是身爲刑警，都應該要去。」

加賀笑著點點頭。

距離當地最近的是仙石線的宮城野原站。從東北福祉大前這一站過去，在仙台車站換車後，再坐兩站。

一到宮城野原站，加賀便露出有些疑惑的表情，看了手機上的地圖好一會，總算邁開腳步。馬路右側是廣闊的公園，在那之後有個看似運動場的地方。馬路左側則是好幾棟氣氛嚴肅的建築物，停車場也很大。看得到「國立醫院機構仙台醫療中心」這幾個字。

「和你上次來的時候不一樣嗎？」松宮問。

「是啊。我記得有醫院，但規模好像沒有這麼大。」

他們繼續向前直走，看到前方有條像是貨運用的鐵路，馬路從鐵路下方穿過。過了鐵路就是萩野町。加賀不時停下腳步環視四周，神情有些茫然地走著，似乎沒有什麼自信，但松宮也只能跟著他。

這個地方和國見之丘不同，各種不同的建築物擠在一起。有圍牆環繞的獨門獨院，也有像岩塊般悄然孤立的小房子。巨大的社區旁有雙層木造老公寓。不僅有餐飲店、零售小店，也有工廠和倉庫。緊鄰美容院的託兒所，目標客層大概是從事八大行業的女性吧。

在相似的路上來回走著，最後加賀停下來的地方，是一座旁邊就是細渠道的停車場前。看起來應該能停十多輛車，但此刻只停了四輛。地面沒有鋪裝，最近似乎下過雨，有幾個水窪。

「就是這裡沒錯。」加賀看著停車場，喃喃低語。

「這裡原本是公寓嗎？那就是拆掉了？」

「看來是拆掉了。」

「這樣啊，是受到震災的影響嗎？」

「這就不知道了。我上次來的時候，公寓已相當老舊。很可能還沒發生震災就拆掉了。」

聽了加賀的話，松宮環視四周。一想到表哥的母親就是在這裡過世的，就有種不可思議的感覺。對她來說，這裡應該是舉目無親的陌生之地。

臨死之際，她一定很想看親生兒子一眼，想到這一點就十分心痛——加賀父親的話在心中響起。

「走吧。」說完，加賀邁出腳步。

9

男演員台詞說到一半，諏訪建夫就一腳踹飛旁邊的鐵椅。

「太慢了，這樣時間點根本不合。到底要我說幾次？這時候出現空白就整個不對了。站在觀眾的立場想想看。觀眾正期待接下來會出現什麼，既緊張又興奮。要是台詞講完了，停頓那麼一下，整個場面就全毀了。」

看來鄙訪罵的，不是說台詞的演員，而是針對躲在旁邊桌子後面的年輕男子。他縮著脖子，過意不去地道歉。

旁邊的其他演員都面無表情，像是專注於自己的演技，但也像是怕隨便幫別人講話反倒遭到池魚之殃，而刻意切割。

松宮來到劇團「巴拉萊卡」位於北區王子的排演場。在宛如小型體育館的空間裡，擺有桌子、紙箱等等，團員把這些當成大道具來排戲。爲了下個月的公演，正加緊排練。

請問——有人從旁邊向他搭話。是個嬌小的年輕女子。她穿著防風夾克，戴著粗布工作手套。

「看這個狀況，不知道什麼時候才會休息，可以請你到另一個房間等嗎？」

「有這樣的房間啊？」

「有的，不怎麼乾淨就是了。」

「好的，請妳帶路。」

女子帶他去的房間裡，有大約可供八人圍坐的桌椅。四周的架子上放著小道具和工具。桌上的菸灰缸裡堆滿菸蒂，這是近年難得看到的景象。

女子問他要不要喝茶或咖啡，松宮婉拒了，因爲她一定也有很多工作要做。聽說「巴拉萊卡」的大型道具會發包請人做，不過小道具和服裝基本上是由演員自行準備。她現在雖然是做幕後工作，但有時候應該也要上台。

松宮無意識地將雙手交抱胸前，嘆了一口氣。

在新小岩被燒死的屍體就是租用小菅公寓的越川睦夫，而他真正的身分是曾與加賀母親有一段情的綿部俊一——這是很大的進展。然而，接下來案情卻停滯了。押谷道子與越川睦夫兩樁命案應該有所關聯，但至今仍無法查出兩人的交集。松宮他們已要求宮城縣警協助，設法取得綿部俊一這個人物的相關資料，依舊沒有得到任何線索。

松宮來找曾與淺居博美結婚的諏訪建夫，也不是有特定的目的，只不過是消去法。他是來確認這裡應該無法得到任何情報的。

呆呆等了一個鐘頭，松宮正打算去買飲料的時候，門突然開了。

進來的是在馬球衫上套了羽絨背心的諏訪建夫。

「不好意思，讓你久等了。今天沒有多留預備的時間。」他冷淡地說，在椅子上坐下來，意思似乎是有話快說。

「很抱歉，百忙中打擾了。我是警視廳搜查一課的松宮。」

「之前有別的刑警來過，說什麼淺居國中時代的朋友遇害，問我有沒有什麼線索，我也只能回答沒有。我和淺居結婚是很久以前的事，而且我對她在滋賀縣的那些日子一無所知。」他蹺起二郎腿這麼說。銳利的目光，高挺的鼻子，以及結實的下巴，在舞台上一定十分搶眼。據說諏訪曾是舞台劇演員。

「不好意思，耽誤你的時間，有個東西想請你幫忙看看。」松宮從公事包裡取出一張紙，放在諏訪面前。就是那張越川睦夫——綿部俊一的人像素描畫。

「這是誰啊？」諏訪問。

「就是想知道他是誰，才會到處詢問。諏訪先生認識的人當中，有沒有長得像這張畫裡的人呢？」

「不僅是我認識，而且是和淺居有關的人，是吧？」

「這一點可以先不用列入考慮。」

「話是這麼說，但你明明是從淺居那條線找到我這裡來的啊？」諏訪瞄了畫一眼，放回桌上。「沒有，我不認識這樣的人。」

「可以請你再仔細看看嗎？不用非常像，光是神韻相似也沒關係。如果有的話，可以告訴我們嗎？我們絕對不會造成對方的困擾。」

諏訪的視線再次落在畫上，嘆了一口氣。

「因爲工作的關係，我認識很多演員，其中也有老牌演員。給他們看這張畫，請他們演出有這種神韻的人，他們可以說變就變。從這個角度來說，這樣的人多得數不清。」

「可是，這張臉應該是未經修飾的。既沒有化妝，也沒有演技。」

「一樣啊。有些演員平常也不會露出眞正的面貌，隨時都在塑造形象，就連我也不知道這種人未經修飾是什麼樣子。」

「原來如此。」松宮表示了解，暗自佩服他不愧是導演。專案小組裡沒有一個人會有這種想法。

「那麼，在那些人當中，有沒有最近不見蹤影，或是失去聯絡的人呢？」

聽到這個問題，諏訪微晃著身體苦笑。

「這也是多到數不清。畢竟這是個不安定的行業，我想你也知道。哪個藝人不知不覺間消失在螢光幕上，是很難發現的。舞台劇演員亦不例外。」

聽他這麼一說，或許眞是如此，松宮不得不點頭。

「那麼，除了演員以外，有沒有相似的人？」

諏訪一副不耐煩的神色，又看了一次畫。「這個人大概幾歲？」

「正確的歲數不知道，推測大約是七十多歲吧。」

「七十多歲啊……勉強要說的話，算是像阿山兄吧。」他自言自語般低喃。

「阿山兄？」

「山本先生。他是舞台照明的專家，以前常一起合作。淺居應該也請他幫過幾次忙吧。」

「你知道怎麼聯絡這位先生嗎？」

「知道是知道，可是不曉得電話號碼有沒有換。」諏訪從褲子後袋取出手機滑了滑，把螢幕朝向松宮。「就是他。」

手機螢幕上顯示著山本的電話號碼和電子郵件帳號，松宮逐一抄在記事本上。

「不好意思，可以請你現在打電話給他嗎？」

「咦，現在嗎？」

眞是抱歉——松宮說著，低頭行了一禮。

諏訪一臉不滿地撥號，將手機貼在耳朵上。

「電話響了……啊，阿山兄？我是諏訪。好久不見……不是啦，其實是有警察來找我，說找阿山兄有事。我請他聽。」

松宮接過諏訪遞來的手機。

「喂，請問是山本先生嗎？」

「我是。」一道低沉的男聲困惑地回答。

「我是警視廳的刑警松宮，冒昧來電眞是抱歉。只是想確認一下，請您不要放在心上。那麼，我把電話交還給諏訪先生。」

松宮歸還手機，諏訪一臉莫名其妙地接過去，再度將手機貼在耳朵上。

「喂，不好意思打擾了……其實我也不知道啊……嗯，下次再慢慢聊……好的，謝謝。」掛了電話後，諏訪一臉訝異地轉向松宮。「打這通電話究竟有什麼意義？」

「剛才那位是山本先生本人，沒錯嗎？」

「我想沒錯，聲音聽起來是他。」

「這樣啊。」

當然必須再度確認，但多半是山本本人吧。換句話說，又落空了。

「刑警先生，你不適當透露一些消息，我沒辦法協助。」諏訪的話中帶著怒氣。

「抱歉。其實，這張人像素描畫上的男子已不在人世，警方認爲他是遭到殺害。」

諏訪的表情嚴肅了些。

「殺害……與淺居的同學遇害的案子有關嗎？」

「我們認爲很有可能，但目前的問題是還查不出死者的身分。」

「原來如此，所以才會用人像素描畫……你們要一個一個去問？這麼麻煩？」

「沒辦法，這是我們的工作。諏訪先生，你對『越川睦夫』，或是『綿部俊一』這兩個名字有印象嗎？」松宮翻開寫著這兩個名字的記事本，望向諏訪。

「越川……綿部……沒有，我沒聽過。」諏訪搖搖頭。

松宮闔起記事本，伸手去拿人像素描畫。

「有沒有其他與這張畫相像的人呢？」

「我想不起來了，不好意思。」

「是嗎？」松宮點點頭，把人像素描畫收進公事包。

「她果然是被懷疑了嗎？」諏訪問，「我是說淺居。」

「不是的，我們會針對所有相關人士進行調查。」

「那麼，也查了我嗎？」

「這個嘛，或多或少。」松宮含糊其詞。

諏訪忽然笑了，「我已不是相關人士。」

「可是，你曾與淺居小姐結婚。」

「我剛才也說了，那是很久以前的事，而且才短短三年。」

「似乎是如此。」松宮聽加賀說過兩人離婚的原因，但這時候不宜有所表示。如果被問到是怎麼知道的，會難以作答。「不過，你們婚前應該交往了一段時間吧？又在同一個劇團，不是應該比誰都了解彼此嗎？」

諏訪彷彿在說「沒這回事」般搖搖手。

「我什麼都不知道。我們在一起的時間的確很長，但彼此的話題永遠是戲劇。我不太清楚她的出身。她對我的過去似乎也不感興趣，從來不過問。」

「我以爲一般人都會想知道喜歡的人的一切。」

「那是一般人，我們不是。我們等於是被彼此的才能吸引才結婚的。」

「你的意思是，你們之間沒有愛情？」

「說完全沒有是騙人的。我愛她，是把她當一個女人來愛，但她是怎麼想，我就不知道了。也許打從一開始就沒有『愛』這種情感吧。」

「不至於吧。不會是因爲分手了，你才這麼想的嗎？」

「刑警先生什麼都不知道才會這麼說。淺居她啊，從來都不想要我的孩子。如果她愛我，應該不會這樣。」

聽加賀提起時，松宮就感覺到這一點了，但他不能輕易表示同意，便說：「你的意思我明白，但不能一概而論吧？」希望誘使諏訪多說一些。

「不光是這樣而已。」諏訪果然沒讓他失望，繼續說下去：「在我之前，淺居有一個關係匪淺的男人。她大概是一直無法對他忘情吧。」

這是不能錯過的情報，「可以請你談談詳情嗎？」

「沒有什麼詳不詳情的，我也只知道這一點。我不知道對方是什麼人。她身邊有人，我是從別人那裡聽來的，一個跟淺居很要好的女演員。啊，不過她現在不演戲了。」

諏訪說，她的藝名叫月村琉美。

「淺居二十四、五歲的時候，樣子有點怪怪的，經常發呆，排練也不專心。我罵她到底在搞什麼，最後是惠美子告訴我內情。惠美子是月村琉美的本名，她說淺居跟男朋友之間出了問題，好像分手了。」

「實際上是怎麼樣呢？」

「不知道。過了一陣子，淺居恢復正常，不久之後，我們就在一起了。」

「也就是說，和前男友分手，再開始和你交往。」

「表面上是這樣，實際上是怎樣就不知道了。」

「你懷疑淺居小姐忘不了前男友？」

「對，是這個意思。」

「你爲什麼會這麼想？」

「沒有爲什麼。只能說，我就是這麼覺得……」諏訪歪著頭想了想，靈光乍現般抬起頭，應道：「如果要用一句話來說，就是她是個女演員。」

「這是什麼意思？」

「就是字面上的意思。因爲她是女演員，會視情況扮演需要的角色，不能相信女演員的表面。」諏訪看看手表，從椅子上站起來。「時間差不多了，到此爲止吧。雖然規模不如淺居，但我這邊也是有大公演要準備的。」

離開排練場後，松宮站在路旁打電話給加賀。電話一接通，加賀劈頭便問有什麼事。

「我想問一下目前的狀況。」

日本橋警署的調查員應該是在調查月曆與橋的關係。

「我們這邊的調查方針已呈報給專案小組的石垣係長了，現在正依據方針行動。」

「這我知道。我想知道有沒有什麼消息。」

「你只要辦交代給你的事就好了。」

「我很好奇啊。再怎麼說，這件案子畢竟有親戚牽涉在內。」

手機彼端傳來加賀的嘆息聲。

「你倒是找到一個好藉口。老實說，沒有進展。我拿那張人像素描畫四處打聽，卻問不出有用的情報。我準備要去繞一圈，不過不抱任何期待就是了。」

「繞一圈？」

「橋。月曆上寫的橋，分布在神田川和日本橋川上，我想搭船去看看這兩條河。」

「船？」松宮握緊手機，「那艘船從哪裡啟程？」

「淺草橋。」

「幾點出發？」

「三點。」

松宮看了看手表，快兩點半。

「恭哥，拜託，讓我一起去。」他邊說邊舉起手，迎面正好來了一輛空計程車。

「你要搭船？爲什麼？」

「我也想去啊。有機會能把月曆上寫的橋全跑一遍，怎麼能錯過。」

「你要來是可以，千萬別遲到。我可沒時間等你。」

「我知道。我在路上了。」松宮坐進計程車，告訴司機到淺草橋。

抵達神田川畔的船塢時，再幾分鐘就要三點了。加賀在入口處等他。

「你還眞趕上了。再晚一分鐘，我就要出發了。」

「你的搭檔呢？」松宮問。

「沒有，就我一個。」

「那多等我一下有什麼關係。」

「那可不行。這是我請船家協助辦案，特地在休息空檔出船的，沒辦法配合你的時間。」

松宮跟在加賀身後爬上樓梯，走進船塢。那裡有一間小小的辦公室，他們從前面經過。在搖晃晃的船塢上等待他們的，是一艘可以塞進二十人的船。甲板上有一張長椅。

松宮上了船，坐在長椅上環視四周，神田川上停留著大大小小各式各樣的船。理所當然，河畔的建築物全在他們頭頂上方。即使在東京住了許多年，松宮也是頭一次看到這樣的景色。

一個頭髮染成咖啡色的男子上了船，年紀大約三十四、五歲吧。體格很好，看來臂力挺強。

加賀向他打招呼：「麻煩你了。」看來是認識的人。

松宮想拿名片，男子見狀，皺眉擺擺手。

「不用了、不用了。是加賀先生的朋友吧？這樣就可以了。」

男子自我介紹姓藤澤。

「藤澤先生和加賀認識很久了嗎？」松宮問。

「算久嗎？是加賀先生調到日本橋警署以後才認識的吧？」男子向加賀徵求同意。

「是啊。」加賀點點頭。

「他劈頭就問我一個怪問題：有沒有像拜七福神一樣，把所有的橋去過一遍就會得到神明保佑之類的說法？不管我再怎麼強調沒聽過這種事，他就是不肯接受。」藤澤苦笑道。

果然，加賀從很久之前就在調查十二個月份與橋之間的關係。這麼想著，松宮的心口一陣發熱。

松宮忽然想到一件事，打開公事包。「有個東西想請你看一下。」

「如果是那張人像素描畫，我請他看過了。」加賀說。

「這樣啊。」松宮抬頭看藤澤。

「剛才加賀先生給我看過了。很抱歉，我不認識長得和那張畫相像的人。因爲我載過的客人太多，也許載過，但我們的規矩是不可以盯著客人的臉一直看……不好意思。」

「哪裡，沒關係。」松宮把公事包收好。

「人像素描畫很難處理。」加賀說，「因爲憑藉的是人類的感性。像宮本康代女士那樣的例子，其實非常罕見。」

松宮認爲加賀的話一點都沒錯，默默點頭。

引擎發出巨大的聲響啓動了，接著船慢慢移動。朝著神田川的上游，彷彿要趕過並排在旁邊的屋形船般前進。

「你看兩旁的大樓。」加賀說，「有些大樓朝河岸的窗戶很多，有些則極端地少。你知道是爲什麼嗎？」

不知道——松宮歪著頭說。

「這和興建的時期有關。以前主流的想法認爲，面河這一側只不過是建築物的背面，所以窗戶很少。最近的主流想法則認爲能俯瞰河川的屋子有其價值，所以積極開設窗戶。」

「哦，原來還有這個緣故。」

「當然是從藤澤先生那裡聽來的。」說著，加賀朝駕駛座露出笑容。

顯然之前他這樣繞過橋好幾次了。

第一座橋從前方逼近。

「這是左衛門橋。」加賀指著橋說，「現在右邊是台東區，左邊是中央區，但一過橋，左邊就變成千代田區。」

「按照月曆上寫的，」松宮打開記事本，「三月的左衛門橋之後，四月是常盤橋。」

「我想你也知道，常盤橋是日本橋川上的橋。」

「這艘船會到日本橋川嗎？」

「當然。過了水道橋，就有岔路。」

接下來好一陣子，船都是筆直前進。從河上望出去的風景，在松宮的眼中非常新鮮。萬世橋的車站舊址有明治時代的氛圍。過了聖橋便是綠意盎然的溪谷，如果不是四周的高樓大廈，幾乎會令人忘記這是東京。

「我還是頭一次這樣觀看東京。」

「只從單一角度看，無法了解本質，人和土地都一樣。」

松宮贊同加賀的話，應道：

「的確如此。我去見了淺居小姐的前夫。他姓諏訪。他說淺居是女演員，不能相信她表面的樣子。」

接著，松宮又將諏訪懷疑淺居忘不了前男友這件事告訴加賀。

「心中永遠的摯愛嗎？這也有可能，畢竟她似乎是個意志堅定的人。」加賀轉向松宮，「專案小組還在懷疑她？」

「還是在名單上，不過她的嫌疑減輕不少。姑且不論押谷道子，大部分的同事都認爲越川睦夫命案不可能是女人幹的，但如果有共犯就另當別論了。」

「給她看過人像素描畫了嗎？」

「坂上先生給她看過了。她舉出了幾個相似的人的名字，但所有人都還在世。」

「對綿部俊一這個名字的反應呢？」

「她說不知道，不過不能相信她。再怎麼說，她都是女演員。」

「原來如此。」

船過水道橋，繼續向前，便來到河流的分歧點。左邊的水道幾乎以直角岔出去，這就是日本橋川了。

「我好像從來都沒有留意過日本橋川。」松宮不禁低聲說。

「其實我也是。」加賀說，「你很快就會知道原因了。」

船改變航向，朝日本橋川順流而下，四周突然變暗了。因爲首都高速公路就在正上方。支撐高速公路的粗大梁柱，一根根排列在河中央。

「就是因爲這東西。」加賀指著上方，「再往前，一直快到和隅田川會合的地方，一路都是這掃興的高速公路。爲了一九六四年舉行的東京奧運，非建高速公路不可，卻又找不到用地，迫不得已選出的路線就是這裡。以至於現在去查谷歌地圖，也會因爲高速公路而幾乎不會注意到日本橋川。經過橋下的時候，也沒有走水路的感覺，而是彷彿從公路底下鑽過去。因此，就連住在東京的我們，平常都不會注意到這條河。」

「原來如此，難怪啊。」

「江戶時代，這條水路對經濟和文化都有很大的貢獻。」加賀看著昏暗的河面嘆息。

船繼續往下行駛，愈來愈接近常盤橋。

「一月柳橋，二月淺草橋，三月左衛門橋，四月常盤橋……」松宮打開記事本，將自己的筆記內容念出來，「這究竟是什麼意思？是每一座橋完工的月份嗎？」

這回換加賀打開自己的記事本。

「柳橋是在昭和四年（一九二九）七月完工，淺草橋是昭和四年六月，左衛門橋昭和五年九月，對不上。」

不愧是加賀，早就調查過了。

船鑽過常盤橋下，石造的拱形橋令人不禁遙想歷史。

「小菅公寓裡的月曆，是每月一張，對吧？」加賀邊收起記事本邊問。

「對，是附有小狗照片的月曆。」

「橋的名字就寫在角落，每個月一座橋？」

「是啊，怎麼了？」

加賀低吟一聲。

「拿現在四月來說好了，月曆一角只寫著『常盤橋』。換句話說，會不會是四月這個月不必去考慮其他的橋？」

松宮回想月曆掛在牆上的狀況，點點頭。

「如果用備忘的角度來看，很可能就是這個意思。」

「越川睦夫遇害是三月，四月以後的月曆上都已寫好橋名。多半是一拿到月曆就寫上去了，表示這件事非常重要。」

下一座橋慢慢靠近，是一石橋。

「一個月過去，到了五月，月曆就翻一張。」說著，加賀做了翻月曆的動作。「這麼一來，就會出現寫有一石橋的那一頁。看到那一頁，越川睦夫會怎麼想？」他雙臂環胸，「五月是一石橋。那麼，這個月必須到一石橋去……會不會是這麼想的？」

「也許是，不過是五月幾日？」

「不知道。不過，會不會是五月五日？但一石橋和兒童節沒有任何關聯，和五月三日行憲紀念日也無關。」

一石橋過去了，接著靠近的是西河岸橋。松宮轉頭看看四周，尋找與六月有關的事物，但河邊只見大樓林立。

西河岸橋之後，就是日本橋了。

「說到七月，就想到七夕。日本橋有沒有什麼活動？」松宮問。

「有個『七夕浴衣祭』。」

「咦！是嗎？」

「七月七日是『浴衣日』。聽說這一天，銀行和旅行社的櫃檯人員都會穿上浴衣。」

「那麼，越川睦夫可能是每到這一天就來日本橋。」

「遺憾的是，這和橋本身幾乎無關。這項活動舉辦的範圍很廣，向東一直延伸到淺草橋，我想跟這個無關。」

「原來是這樣啊。」松宮雖然感到失望，卻又滿心佩服，原來加賀已做過種種調查。

從船上仰望日本橋，打了光的麒麟像散發出莊嚴的氣氛。

接下來，他們陸續經過江戶橋、鎧橋、茅場橋、湊橋，鑽過豐海橋下，來到隅田川。朝上游行駛，便會到達隅田川與神田川的合流處。固定的觀光路線是從這裡繼續往隅田川北上，最後到達晴空塔附近，但今天直接駛入神田川。

經過柳橋下，回到出發地點淺草橋。

「如何？」下船之後，藤澤問松宮。大概是認為不能打擾刑警交談，駕船時他幾乎沒說話。

「是一次很好的經驗，下次我想來趟私人行程。」

「請一定要來。我也很推薦隅田川到小名木川的路線。那裡有扇橋閘門，是利用兩道水門，讓船在水位完全不同的兩條河之間通行，十分有趣。」

「好的，下次我一定會試試。」

藤澤燦然一笑，點點頭。然後，他略帶躊躇地開口：

「聽到兩位的談話，我有一件事想請教。」

「什麼事？」

「你們提到了七夕，不是嗎？說是雖然有『浴衣祭』，但和日本橋本身無關。」

「這件事怎麼了呢？」松宮問，「其實有關嗎？」

「不，『浴衣祭』和橋本身八成是無關的，我也從來沒聽說過。我不是指這個，我是想到，如果是橋本身的話，七月還有一項更盛大的活動。」

「什麼活動？」

「洗橋。」

加賀「啊」了一聲，「對，還有洗橋。我記得那也是七月。」

「洗橋？」

「是拿長刷和鬃刷來清洗日本橋的活動。」藤澤回答，「還會有灑水車向橋噴水。」

松宮取出手機上網搜尋，立刻找到許多圖片。也有照片拍到大批群眾聚集在橋四周，看著噴水的情景。

「眞的，相當盛大呢。」

「借我看看。」

加賀這麼說，松宮便把顯示圖片的手機遞給他。

仔細查看圖片後，加賀若有所思地將手機還給松宮。

「怎麼了？」松宮問。

「如今這個時代，人人都隨身帶相機。不論職業或業餘，只要問問拍攝洗橋情景的攝影師，應該可以收集到爲數可觀的照片。」

「那當然了，網路上有的就這麼多了。」

「反過來說，如果去看洗橋活動的話，就有可能被人拍到。」

「話是沒錯……你是說，越川睦夫可能被拍到了？」

加賀默默點頭，然後轉向藤澤道謝：「今天眞的很謝謝你。」

「但願幫得上忙。」

「有的，我先告辭了。」加賀大步向前走。

松宮也向藤澤道謝，匆匆追上加賀。

「要收集洗橋的照片嗎？」

「我是想試試看，首先要拜訪主辦單位。」

「收集照片做什麼？我們又不認得越川的長相。」

「只能先找和人像素描畫長得像的人了。然後再選出幾個人，請認得越川的人來看。視情況，可能要麻煩宮本康代女士。」

「等一下！你知道那會有多少照片嗎？而且又不知道越川是不是眞的去看了。」

「一點也沒錯，所以徒勞無功的可能性很大。」

「明知如此，你還是要試？」

「當然，這就是我們的工作。」

來到大馬路上的加賀，朝遠方望去。看來是想攔計程車。盯著他的側臉，松宮想起一件事。

「白走多少路，調查結果就會有多不同——對吧？」

加賀看著松宮笑了，「對，一點也沒錯。」

松宮說的那句話，正是加賀亡父的口頭禪。

10

約定碰面的店位在銀座，一家一樓是西式甜點店的咖啡廳。金森登紀子爬上樓梯，就在窗畔看到那道身影。他正以認眞的表情看著放在桌上的筆記型電腦。

「啊，果然在。我就說他很少遲到的。」她對跟在身後的佑輔說。點著頭的佑輔顯得有些緊張，因爲他是第一次見到刑警。

他們走近餐桌，大概是察覺有人，加賀抬起頭，看到登紀子便站起來。「妳好。不好意思，要妳特地跑這一趟。」

「好久不見，你好嗎？」登紀子問。

「還過得去。」

「去做健康檢查了嗎？」登紀子抬頭瞪他。

「準備下次去做。呃——」加賀一臉尷尬，視線移向登紀子身後。

「我來介紹，這是我弟弟佑輔。」

「這樣啊。這次提出無理的要求，眞的很不好意思。」加賀遞出名片。

「我拍的照片眞的能幫上忙嗎？」佑輔也遞出自己的名片。臉上雖然還留著學生般的稚氣，但他其實是知名出版社的攝影師。

「目前還在收集資料的階段，能收集到愈多愈好。」

三人一坐下，服務生就過來了。加賀請兩人點自己想喝的，登紀子便點了冰奶茶。佑輔表示很快就得離開，婉拒了。

「謝謝你這麼忙還抽空過來。」加賀很客氣地行禮。

「你是要日本橋洗橋的照片吧。」佑輔從夾克口袋裡取出一張記憶卡，放在加賀面前。「這個就是了，我想裡面有一百張左右。」

「可以讓我先看一下嗎？」

「當然可以。」

加賀利用讀卡機，讓電腦讀取記憶卡的內容。他的嘴角露出淡淡的笑意，眼神卻很銳利。這副表情，讓登紀子想起她負責的病患加賀隆正——加賀的父親。一個自尊心極高，擁有鋼鐵般意志的人物。因爲分手的妻子孤寂地死去，他決定獨自面對死亡。雖然登紀子認爲配合他這個決定的兒子也有問題，最後還是尊重他們的決定。她實在很想向這對刻意在不同的地方訣別的父子說上一句：「不應該是這樣的！」

昨天傍晚登紀子收到加賀的簡訊，表示希望登紀子與他聯絡。醫院的工作剛好告一段落，登紀子便打了電話，他說「有件事想請教令弟」。

「我記得妳弟弟在出版社當攝影師，是嗎？」

登紀子吃了一驚，加賀說的沒錯。

「你怎麼知道？」

「請妳幫忙辦法事的時候，恰巧聽到。」

登紀子幫忙加賀辦法事是事實。聽到他一週年忌沒辦，三週年忌也沒辦，儘管自知雞婆還是開口了，但她不記得提過弟弟。

「他是在當攝影師沒錯，怎麼了嗎？」

於是，加賀又問了一個更奇怪的問題。

就是他有沒有拍過日本橋洗橋。

「洗橋？那是什麼？」

「是個有名的活動。令弟既然在出版社當攝影師，也許去拍攝過。可以請妳幫我問問看嗎？」

登紀子沒有理由拒絕，於是答應加賀。掛了電話後，立刻與佑輔聯絡。「有啊。」弟弟立刻回答，「三年前要做江戶特集，我去拍過。怎麼了？」

她又打電話給加賀，轉達佑輔的話之後，加賀表示希望能夠借用當時的照片，可不可以請她幫忙拜託一下弟弟。

居中連繫實在麻煩，終於說好今天三人碰個面。

「原來如此，不愧是專家。拍得眞好。」加賀把筆電轉過來。液晶螢幕上出現的是日本橋的特寫，灑水車正朝著「日本橋」這三個石刻字噴水。

「據說這個活動頗有歷史。」佑輔說，「對了，我是向公司報備過了，不過如果萬一會用到這裡面的照片……」

「請放心，我一定會和你聯絡。」加賀明確地說。

「麻煩你了。」

飲料送來了。或許認爲這是一個好時機，佑輔拿起他的東西站起來。「那麼，我先走了。記憶卡用完後，交給姊姊就可以了。」

「好的，我會妥善保管。」

「還有就是……請問加賀先生是單身嗎？」

聽到這個問題，登紀子驚訝地抬頭看佑輔，這傢伙想幹什麼？

「是啊。」

這樣的話——佑輔說，「下次，可以請你跟姊姊約會嗎？吃飯、喝東西都好。」

「你亂講什麼啊！」

「我姊姊快銷不出去了。看起來好像很年輕，其實三十好幾了。我爸媽也一直說她，要她趕快找個對象。所以……呃，只看不買也沒關係。」

「神經病！誰跟你只看不買！要走快走啦！」

「那就麻煩了。」佑輔舉起一手，起身走下樓梯。

加賀似乎有點吃驚。登紀子說聲「不好意思」，行了一禮。

「那傢伙老是這個樣子，滿嘴不正經。他是開玩笑的，請不要理他。」

「很有趣的弟弟，而且攝影技術高超。」說著，加賀的視線轉向筆電螢幕。

登紀子喝了口奶茶，「加賀先生現在負責的案子，和洗橋有關嗎？」

加賀銳利的視線轉向她。對不起——登紀子立刻舉起雙手，「這是不能說的吧，辦案必須保密。」

加賀闔上筆電，喝起恐怕早就涼了的咖啡。

「是與案子有關沒錯，但與我本身的關係更大。」

登紀子「咦」了一聲，問：「與加賀先生本身有關？」

「目前還不能確定。最近發生的命案的死者，和我在仙台過世的母親之間很可能有什麼關係。所以只要破得了這件案子，也許就能多了解我母親一些。」

「原來是這樣啊……」

「當然，公私不分是大忌。」加賀以開朗的語氣說。

「你還是很想了解令堂吧。」

聽到登紀子這句話，加賀露出一絲苦笑。

「我母親去世這麼多年了，但若是查得出來，我還是很想知道，我母親到底是什麼樣的心境。哎，就是老大不小的男人的戀母情結吧。」

「雖然不清楚詳情，但我想令堂臨終的時候，一定只想著獨生子吧。」

「會嗎？」

「一定是的。」登紀子不禁噘起了嘴，「以前我聽一名患者說過。她知道自己的病好不了，可是她一點都不悲觀，反而很期待去到另一個世界。你知道爲什麼嗎？」

加賀無言地搖搖頭。登紀子望著他繼續說：

「她有孩子。一想到能夠在九泉之下看著孩子今後的人生，她就無比期待——她是這麼說的。還說，只要看得到，就算失去肉體也沒關係……」

想起這名患者，登紀子差點哽咽，但她深呼吸後，注視著加賀說：「我想加賀先生的母親一定也是這樣。」

加賀回以眞摯的眼神，微微一笑，點頭致謝。

「對不起，我只會說些自以爲是的話。」

「哪裡，妳總是會告訴我一些刑警不知道的事。」

「因爲我是護理師呀！」登紀子挺起胸膛，「但願能夠找到與令堂有關的線索。」

加賀說聲「是啊」，把咖啡喝完。然後，他像是想到什麼，對登紀子說：「剛才妳弟弟說的，別當成玩笑，妳意下如何？」

「啊？」

「就是……我想，等這次案子解決之後，出來吃個飯怎麼樣？」

哦——登紀子點點頭。

「當然好。到時候，就能聽到令堂的故事了吧？」

「但願如此。」加賀面向窗戶，望著遠方。

11

昨晚開始下的雨，到下午停了。由於冷氣團南下之類的原因，空氣冷得不像四月。松宮十分後悔沒穿大衣出門。

離開專案小組前，松宮向小林報告了去處與此行的目的。小林也認同，但表情不太好看，大概是對能否有所收穫不抱期待吧。松宮自己也這麼認爲，難怪小林會這麼想。跟他去找諏訪時一樣，只不過是依照消去法的步驟進行罷了。

案情依舊膠著。連日動員了大批人力調查，卻沒有得到有力的線索。

加賀那裡也沒有任何聯絡。松宮相當了解他，一定是眞的在著手收集洗橋的照片。他甚至可以想像加賀一張張仔細查看那數不清的照片的模樣。從過去的來往經驗，松宮很清楚爲了找出眞相，那個表哥會發揮非比尋常的耐力。

松宮來到代官山。那是距離車站步行數分鐘的一個住宅區，路上是一戶接一戶的漂亮獨棟住宅。事前已確認好地點，所以他順利找到要去的人家，沒有迷路。那是一幢以深褐色爲基調的西式住宅。門牌上寫的是「岡本」，看起來才蓋好沒幾年。

松宮按了對講機，一個女性的聲音前來回應。

「妳好，我是剛才聯絡過的松宮。」他並沒有說出「警視廳」這幾個字。四周雖然不見人影，但誰也不知道會不會有人偷聽。

對講機傳出一聲「請進」。松宮開了大門，走到玄關門口。玄關的門很快就開了，出現一名女子。不愧是當過演員的人，眉眼五官十分立體，皮膚很好，看起來實在不像四十幾歲。

「岡本惠美子小姐嗎？」

她回答：「我是。」

松宮出示警徽後，拿出名片。

「妳好，我是警視廳的松宮。這次突然來訪，真是抱歉。」
「哪裡……」
「妳要在家裡還是換個地方？找個地方邊喝茶邊聊也可以。」
「不了，請進吧。在家裡我比較安心。」
「是嗎？那我就打擾了。」
在「請進」聲中，松宮進了屋內。玄關門廳有著淡淡的芳香劑味。寬敞的脫鞋處沒有放多餘的鞋子，只有一雙較大的球鞋，和一雙靠著角落放的涼鞋而已。
「有客人嗎？」松宮問。
「剛才我兒子放學回來了。」她朝旁邊的樓梯瞥了一眼。門廳挑高，抬頭可望見二樓的扶手。
松宮被帶到緊鄰餐廳的起居室。雖然松宮請岡本惠美子不必費心，她還是泡了茶。松宮說聲「那我就不客氣了」，喝了一口。
松宮放下茶杯，環視室內時，她問：「有什麼不對嗎？」
「我在想屋裡會不會掛著妳演員時代的照片。」
岡本惠美子露出苦笑。
「我不會掛那種東西。我當演員的日子很短，而且都是配角，沒有任何代表作。『月村琉美』這個藝名，如今恐怕沒有人知道了吧。」

「那可不見得。我在網路上一查，立刻出現許多資料。」

聽到松宮的話，前女演員皺起了形狀漂亮的眉毛。

「我實在受不了網路。我從來沒向我兒子提過我的演員時代，他卻因爲網路知道了……眞的很令人困擾。」聽起來，她顯然深受其害。

她曾是劇團「巴拉萊卡」的女演員，來自神奈川縣川崎市。本名岡本惠美子，結婚前姓梶原——在網路上搜尋「月村琉美」立刻就能得知這些資訊，還有她年輕時的照片。對一般人來說網路確實方便，但對離開演藝圈的藝人而言，或許是種討厭的工具。

「我從諏訪建夫先生那裡聽說了妳的事。」松宮說，「先前在電話裡也提到，有些關於淺居博美小姐的事想請教妳。據說，妳在演員時代，與淺居小姐很熟。」

「是啊。我想我們當時的確走得比較近，可是現在幾乎沒有聯絡了。」岡本惠美子的說法十分愼重。

「我想向妳請教妳們走得很近那時候的事，就是淺居小姐與諏訪先生結婚前那段時期。據說淺居小姐曾和別的男性交往，而妳知道這件事。」

岡本惠美子露出不解的神色，「要問這麼久以前的事啊？」

「我是聽諏訪先生說的。他說有一段時間淺居小姐的樣子怪怪的，不知道她發生什麼事，是妳告訴他，淺居小姐好像和男朋友分手了。」

岡本惠美子露出有點尷尬的表情。

「的確有這件事，是我才二十四、五歲的時候。原來諏訪先生連這個都記得啊。」
「當時，淺居博美小姐有男友，沒錯吧？」
「我想應該沒錯。」
「對方是什麼樣的人？妳知道他的名字嗎？」
「不，我沒有問他的名字，連他是什麼樣的人都不清楚。」
「可以請妳把知道的事都告訴我嗎？」
岡本惠美子縮起下巴，以懷疑的眼神看著松宮。
「這是在調查什麼案子嗎？如果警方想知道這些事，去問博美本人不就好了？」
「之後我們可能會去問本人，但先請教身邊的人，是我們的做法。」
「博美涉入了什麼案子嗎？」
松宮露出笑容。
「我們正針對某件案子的被害人相關人士進行各種調查，淺居博美小姐也是其中之一。淺居小姐與案件本身是否有關，目前還不確定，請妳當成是爲了釐清關係所做的調查。」
「這麼久以前的事有幫助嗎？」
「這就不知道了。也許最後會發現沒有幫助，但我們警方的工作便是如此，還請妳體諒。」
松宮低頭行了一禮。
岡本惠美子的表情顯得不甚滿意，但還是點了頭。

「由於我們同年，我和博美很要好是事實。可是，她有男朋友的事，她一直不肯告訴我，我是碰巧知道的。」

「怎麼說？」

「博美生日的那天晚上，我想送她禮物，所以去她的住處找她。因爲她說那天沒有什麼計畫，會待在家裡。」

「大概是幾點的時候？」

「我想是八點或九點左右。」

「妳是一個人去的嗎？」

岡本惠美子笑了。

「我當時也有男朋友，是和他一起去的。不過他在車上等我。」

「原來如此。然後呢？」

「發現博美不在家裡，我很失望，於是回到男朋友的車上，正好在這時候，她回來了。而且是和一個男人一起。我們待在車上，所以他們好像沒發現。我不知道怎麼辦才好，還在猶豫的時候，就看到他們在公寓前……」岡本惠美子做了一個小小的鬼臉後繼續說：「在黑暗中來了一個道別之吻。」

「這樣啊。」

「看博美進了公寓，男人才離開。然後我拿著禮物，再度造訪她家。她很驚訝，但還是相當高興。不過，對於她剛回到家我就來了這一點，她似乎也有點訝異。所以我老實承認看到她和她男朋友。她一臉羞澀地請求我不要告訴別人。」

「妳看到那個男人的長相嗎？」

岡本惠美子搖搖頭。

「那時候四周很暗，角度也不好，我看不清楚。」

「關於那個男人，淺居小姐沒有跟妳提過詳情嗎？」

「博美說那個人從以前就很照顧她，就沒再多說。我也不太喜歡追問。」

「她和對方分手，也是她本人告訴妳的嗎？」

「不，那是我的想像，因爲她不再戴那條項鍊了。」

「項鍊？」

「一條紅寶石墜子的項鍊。她平常都戴著，但從某個時期起，就不再戴了。啊，她的生日是七月。」岡本惠美子忽然想到似地說，「紅寶石是七月的誕生石，所以我才會猜那大概是男朋友送她的禮物。」

「諏訪先生說淺居小姐樣子怪怪的時候，正好就是那段時期？」

「是的。」

松宮點點頭，岡本惠美子的話聽起來很合理。推測項鍊是男朋友送的禮物，多半八九不離十。

「我知道的只有這些，其他沒有什麼能說的了。」

「除了妳以外，還有沒有什麼人可能認識淺居小姐的男朋友？」

「這個……我就不知道了。」

「最後想請教您一個問題。綿部俊一，或是越川睦夫，聽到這兩個名字，您有沒有什麼印象？字是這樣寫的。」松宮打開記事本，將寫有兩人名字的那一頁給岡本惠美子看。

她皺眉注視著記事本，搖頭說：「很抱歉，這兩個名字我都沒有印象。」

一回到專案小組，松宮發現氣氛有點不同。幾名刑警正圍著小林討論，其中也有坂上。看他們的樣子，松宮感受到許久未有的活力。

「喔，查得怎麼樣？」小林問松宮，語氣聽起來似乎輕快了些。

松宮報告了剛從岡本惠美子那裡問來的資訊。

「不知道那男人的眞面目嗎？好吧，沒辦法。我想應該跟這次的案子無關。了解，這件事就到此爲止吧。辛苦了。」

松宮行了一禮，順便看了一下辦公桌，上面放著時刻表。而且是很舊的時刻表，日期是將近二十年前。

「這時刻表是……？」

「這個嗎？」小林拿起時刻表，「是日本橋警署的加賀提供的——他母親的遺物裡就有時刻表。我們也弄到一本，正本在鑑識人員那邊。」

「時刻表怎麼了？」

「鑑識人員有重大發現。他們查驗時刻表封面上的指紋，結果與越川睦夫屋裡採到的好幾對指紋一致。」

松宮睜大眼睛，「眞的嗎？」

「他們說絕對沒錯。這下就客觀證明，越川睦夫和過去待在仙台的綿部俊一是同一人物。據鑑識人員說，從指紋的數量和附著的地方來推斷，使用那本時刻表的不是加賀的母親，極可能是綿部俊一。」

聽了小林的話，松宮點點頭。

「加賀警部補說，他的母親很少外出，應該不太會用到時刻表。這的確是一大發現。」

「令人吃驚的還在後頭。鑑識人員還驗了時刻表每一頁上面的指紋。結果發現，指紋集中在特定一頁。」小林拿起放在桌上的照片給松宮看。

照片拍的是打開的時刻表某一頁。因爲太暗，看不出是哪一頁。但頁面兩端，浮現好幾枚綠色指紋。看樣子是以特殊光線和濾鏡拍攝的，這是最新的指紋檢驗技術。

「就是這一頁。」小林打開時刻表。

那一頁是仙石線的時刻表，連接仙台與石卷的鐵路。

「鑑識人員更進一步詳細檢驗的結果，發現指尖頻繁接觸過這個車站。」

小林指的是「石卷」這一站。

「這就表示，他曾頻繁來回仙台和石卷之間？」

「頻不頻繁不知道，但肯定來回過仙台和石卷之間。問題是，他爲什麼去石卷？」

「說到石卷……就是漁業嘍？」

哈哈哈——身後傳來笑聲，是坂上。

「你跟我說一樣的話，一般人都會這麼想嘛。」

「不是嗎？」松宮問小林。

小林得意一笑。

「網路世代沒用過紙本的時刻表，才會單純地這麼想。目前看到的是仙台開往石卷的時刻表，聽到『石卷』這兩個字被碰過，就以爲那裡就是最終目的地了。」

「啊！」松宮驚呼一聲，「對喔，可能是在那裡轉車。」

「沒錯。其實別的頁面也驗出很多指紋。」小林翻開時刻表的下一頁。

那一頁是石卷線的時刻表。這條鐵路兩端分別是小牛田站和女川站，石卷站位在中間。

「這頁的時刻表上也有手指摸過的痕跡，就是這一站。」小林指出來。

「女川站……」

松宮低聲念出來，小林正色點頭。

「這是石卷線的終點。這裡是盡頭，哪裡都去不了了，可以合理推斷綿部的最終目的地是女川。」

「說到女川——」

「就會想到核能發電廠。」又有話聲從後面響起，但這次不是坂上。松宮一回頭，只見加賀朝他們走過來，手上提著一個紙袋。

「抱歉，要你特地過來。」小林說。

「哪裡，我在電話裡也說了，我正想與您聯絡。」加賀來到他們身旁，將紙袋放在地上。「聽說時刻表上驗出了指紋。」

「對，這就是有指紋的那一頁。」小林指著石卷線的時刻表。

加賀拿起時刻表，小聲說道：

「在我手邊這麼久，我卻完全沒有發現。」

「這也難怪，指紋是無法用肉眼看出來的。反倒是你，從來沒有直接碰觸過，省了我們許多工夫。」

「那是習慣使然。」

「你說，你對核電廠有印象？」

加賀將時刻表還給小林，應道：

「是的。聽宮本康代女士說，家母提過綿部俊一先生從事電力方面的工作。剛才我在電話中向宮本女士確認過了，果然沒錯。只不過是否是核電廠，她就不清楚了。」

「現在因爲震災交通不便，不過當時女川和仙台只要一個半小時就能來回。綿部俊一如果是核電廠的作業員，那麼平常待在女川，假日到仙台去的可能性很高。」

「我也有同感。據宮本女士說，綿部先生經常要到外地工作，每隔一段時間就會離開宮城縣。而許多核能作業員在定期檢查結束之後，就會移動到別的核電廠找工作。」

「工作來了。從女川核電廠的作業員找起——喂，來分配工作。」

被點名的刑警應聲「是」，和其他人一起圍在辦公桌旁。

「總算向前一步了，這樣係長的顏面就保住了。」小林一臉安心地把時刻表放回桌上。

「今天石垣先生不在？」加賀問。

「和管理官一起到本廳去了。對了，你說有事要向他報告，是吧？由我代爲轉告。」

加賀從放在地上的紙袋裡取出一本厚厚的相簿。

「也許您已從松宮刑警那裡得知，我著眼於七月的洗橋活動，並收集照片。這是其中一本。」

「這件事我聽說了。著眼點是不錯，但工程實在太浩大了。你究竟收集了多少張？」

加賀微微偏著頭答道：「到處找的結果……全部加起來大概快五千張吧。」

小林嘴巴張得大大的，轉頭去看松宮，松宮也說不出話來。

「你要從這裡面找出可能是越川，也就是綿部俊一的人嗎？光靠一張人像素描畫？」

「這的確是一項困難的作業。只要一看到有空檔的同仁，我就請他們來幫忙，但進展有限。

所謂的人像素描畫，每個人的看法都有所不同。」

「我想也是。那麼，你今天有什麼事要報告？」

加賀翻開手上的相簿。

「目前還不知道能不能找到綿部先生，但我發現有一張照片拍到非常重要的人物，才帶過來。」

「重要的人物？」

「您看了就知道。」

加賀指出的那張照片，拍的是一群孩子用刷子清洗橋面的情形，附近的大人拿著相機爲他們拍照。

但在這張照片裡，那些只不過是背景。攝影師明顯把焦點放在近前的一名女子的側面上。略粗的眉毛，長長的眼睛，微微彎曲的鼻梁，以及緊閉而令人感到堅強意志的嘴唇——是淺居博美沒錯。

「哦，這個啊。原來這張照片也混在裡面，眞是不好意思。」矢口輝正拿起照片，縮起脖子。他大約四十四、五歲。身材雖然矮小，但肉倒是不少，穿著毛衣的肚子圓滾滾地凸出來。

「看日期，這似乎是八年前拍的。」

加賀一問，矢口輕快地點頭。

「一點也沒錯。是他們找我拍洗橋的第三年，正是我開始抓到拍攝重點的時候。」

「就這張照片看來，不像是剛好拍到的樣子。」

「這是……對，是故意的。」矢口窘笑，右手放到腦後。「我在拍孩子們洗橋的時候，無意間朝附近一看，就看到角倉博美。她一直戴著太陽眼鏡，所以我沒發現，只有那時候她把眼鏡摘下來了。我以前滿喜歡她的。她現在好像很少演出了，可是女演員畢竟是女演員啊，臉上的光芒和一般人就是不同，於是我偷偷按了快門。對喔，有這張照片，我都忘了。早知道在交給刑警先生之前，應該要先看一遍的。」

松宮和加賀在銀座的咖啡店。他們與自由攝影師矢口約在這裡碰面。矢口受某旅行社之託，從十年前便持續拍攝日本橋的洗橋活動，而這張照片就摻雜在其中。

「只有拍到這一張嗎？」加賀問。

「拍到角倉博美的只有這一張。要是被本人發現，事情搞得很麻煩就糟了。而且就像我剛才說的，她摘下太陽眼鏡就那麼一下子而已。」矢口啣嘴含住吸管，喝著冰咖啡。

「她是一個人嗎？沒有人和她同行嗎？」

不知道——矢口歪著頭說：

「或許有吧，可是我沒看到。我記得不是很清楚，不過我覺得她是一個人站在那裡。」

「是嗎？一個人……」

「請問——」矢口說著，輪流看了看加賀和松宮。

「這是在辦什麼案子嗎？這張照片有什麼問題嗎？」

「不是的，絕對不是這樣。」加賀回答，「前幾天也向您解釋過，有件案子可能和洗橋活動有關。分析了向您借的照片，發現只有這張拍到女演員，所以我們猜測是不是這一年發生過什麼特別的事。」

「原來是這麼一回事。沒有，應該沒發生什麼特別的事，跟往年一樣。就像我剛才說的，因爲恰好看到角倉博美，拍了一張而已。」

「是嗎？您和角倉小姐交談了？」

「沒有。」矢口擺擺手。

加賀的視線轉向松宮，意思是還有問題要問嗎？

「您在洗橋活動中看到角倉小姐，只有這一次嗎？」松宮問。

「是的。也許她每年都去，但我沒看到。」

聽到矢口的回答，松宮行禮說：「謝謝您的合作。」

一走出咖啡店，加賀便問：「你覺得呢？」

「中了，錯不了。」松宮立刻回答，「月曆上那些文字和淺居博美有關。八年前的七月，她在日本橋上，而且那顯然是私人的行動。搞不好她一月去過柳橋，二月去過淺草橋，三月是……」

「左衛門橋，然後四月是常盤橋。」

「沒錯。就像這樣，她會依照那份月曆上寫的順序去那些橋，搞不好是每年都去。」

「有這個可能。」

「如果這個推理沒錯，淺居博美就跟押谷道子和越川睦夫這兩名死者連接起來了。」

「是這樣沒錯。」加賀的語氣稍微沉了下來。

「我懂恭哥的心情，你不想懷疑淺居博美吧？可是，事情到了這個地步，不能不把私情丟開。」

松宮說到這裡時，加賀意外停下腳步。

「如果說我完全沒有私情，那是騙人的，我不想懷疑她也是事實。不過，正因如此，更要仔細確認。查看那五千張照片的時候，我心裡或許是希望不要找到她的。」

「找到她？恭哥，原來你不是在找人像素描畫上的人？」

「表面上是。在那個階段我要是擅自找起淺居小姐，對你們不是很失禮嗎？」

「原來是這樣，難怪我覺得有點奇怪。」

「就算我再有耐性，也不認為光憑一張人像素描畫，就能從五千張照片裡找出一個素未謀面的人。」

「那你還說請年輕同事幫忙？」

加賀苦笑，「那是個小謊。」

「原來是這樣啊。換句話說，恭哥也覺得淺居博美有問題嘛。因爲是舊識，一下子就想到了。」

加賀一臉嚴肅地朝松宮胸口一指，「就是這個。」

「什麼？哪個？」

「我一直覺得有件事很奇怪，就是這次的命案和我個人的關係太多了。越川睦夫是綿部俊一，這一點無所謂。當了這麼久的刑警，難免會遇到死者是自己認識的人的狀況。但就連嫌犯都是，未免太巧了，我認識這兩個人的途徑是完全不相關的。」

「我也是這麼想，但實際上就是發生了，也不能怎麼樣。總不能用太過巧合這個理由，就把淺居博美從嫌犯名單裡排除。」

加賀搖搖頭，「我說的不是這個。」

「不然是什麼？」

「我要說的是——這不是巧合，其中必定有原因。」加賀的視線望向遠方。

12

博美一如往常走進明治座的辦公室，一個眼熟的女員工過來說：「角倉小姐，有您的客人。是這一位。」

看到她遞來的名片，博美有不祥的預感，卻裝作沒事，輕快地問：「妳請他在哪裡等？」

「會客室，我帶您過去。」

房門一開，博美只看到一個背影。對方還沒回頭，她便朝那寬闊的背影說：「久等了。」

加賀回頭，站起來。

「抱歉，百忙之中前來打擾。」說完，他行了一禮。

「我的確是沒什麼時間，不過如果你是要告訴我觀劇的感想，歡迎之至。」博美請他坐下，自己也在對面坐下來。「怎麼樣？《異聞．曾根崎殉情》的表現如何？」

加賀挺直了背脊。

「一句話，太感動了，只有『精采』能形容。回到家，我發現雙手都紅了，是拍手拍出來的。」他攤開掌心。

「聽你這麼說，我就放心了，不會要我還錢了吧。」

「値得付雙倍的價錢。我很想向其他人推薦，但公演就快結束了吧？」

「眞的一轉眼就過了。不過，看樣子應該能順利落幕，我也鬆了一口氣。話是這麼說，還不能鬆懈就是了。」

「因爲舞台劇和電影不同，每一場都是眞人上台演出嘛。希望到最後都很順利，沒有任何意外。」

「謝謝。加賀先生，」博美看看手表，「我很想多聽聽你的感想，但時間上有點……」

「不好意思。」加賀作勢要站起來。

一時之間，博美以爲他眞的是來分享感想而已。但加賀似乎改變主意，停頓一下，又再次落座。「可以問妳一個奇怪的問題嗎？」
「什麼問題？」
加賀伸手到西裝外套內袋，取出一張照片。
「妳對這個有印象嗎？」
接過照片一看，博美一驚，因爲上面拍的就是她自己。從背景判斷，她立刻明白那是什麼時候。
「加賀先生怎麼會有這張……」
「我在調查一件案子，收集了日本橋洗橋的照片，結果剛好發現。」
加賀長長的手臂伸過來，博美把照片還給他。
「嚇我一跳，我完全不知道被拍了。」
「我想也是。據說這是八年前拍的，妳每年都去參觀洗橋嗎？」
「沒有，只有那一次。」
「有人同行嗎？」
博美猶豫著該如何回答，最後說：「我是一個人去的。」
「妳是爲了看洗橋，專程去日本橋嗎？」
「不是，是恰巧經過。當時我只覺得人好多啊，不知道是在做什麼。請問……這有什麼不對嗎？」

「不是的，我以爲妳對橋有興趣。」加賀把照片收進懷裡。

「橋……嗎？」

「今年一月，妳好像去過柳橋？」

「啊？」博美皺起眉頭，「柳橋？你在說什麼？」

「妳沒去嗎？這就奇怪了。」加賀取出記事本，打開來，疑惑地歪著頭。

「怎麼回事？」

「沒什麼，有人說今年一月在柳橋附近看到妳，還說那是妳絕對沒錯。不過，對方不記得是一月的哪一天了。請妳仔細想想，會不會是忘記了？」加賀注視著博美的雙眼問。

博美迎著他的視線，笑了笑，輕輕搖頭。

「沒有，我沒去那個地方，我從來沒靠近過柳橋。那個人一定是認錯人了。」

加賀點點頭。

「是嗎？既然妳這麼說，應該不會錯。抱歉，我本來以爲，要是妳一月去過柳橋，或許會對一月一橋的規則有所了解。」

「一月一橋的規則？那是什麼？」

「就是這個。」加賀攤開記事本，轉向博美。

上面寫著「一月　柳橋　二月　淺草橋　三月　左衛門橋……」，十二個月與對應的橋名。

「另一位刑警也讓我看過這個，好像是坂上先生吧？他拿了一張奇怪的人像素描畫來，問我曉不曉得這是什麼意思。加賀先生，你是在調查那起命案嗎？押谷道子小姐遇害的案子……」儘管早就隱約猜到，博美還是露出這時候才明白的神情。

「的確是關於這起案子。這裡寫的橋，全在我們的管區內。」加賀以指尖戳了戳記事本，「妳覺得這是什麼意思？」

「我完全猜不出來。而且日本橋的事情，加賀先生應該比我更清楚吧。」

「所謂丈八燈塔，照近不照遠，我也只是問問看。」

「對不起，辜負了你的期待。」博美再次看手表，「你想問的就只有這件事嗎？」

「就只有這件事。抱歉，百忙之中還占用妳的時間。」加賀收起記事本站起來，朝門的方向邁出腳步，隨即又停下，轉身回頭說：「可以再問一個問題嗎？」

「什麼問題？」

「那時候，妳爲什麼會來濱町？」

「濱町？」

「濱町公園的運動中心。妳來找我，說希望我教孩子們劍道。如果要學劍道，去附近的道場就行了。爲什麼特地到離妳家和辦公室都不近的濱町來？我很好奇。」

「這個啊……那時候我在網路上搜尋，找到日本橋警署主辦的劍道教室。你要問我爲什麼，我也只能回答不爲什麼了。你怎麼會想到要問這個？」

「我來這裡的路上，看到濱町公園，忽然有了這個疑問。沒什麼特殊原因就算了，請忘了吧。我這就告辭，祝今晚公演順利。」

「我也祝加賀先生辦案順利。」

「謝謝，我會努力的。」加賀開了門，走出會客室。

博美又看了時間。眞的非走不可了，但她實在站不起來。一看掌心，滿手是汗。

今年一月，有人在柳橋附近看到妳——

這句話多半是誘餌，不可能有這種人，因爲博美今年一月眞的沒去柳橋。然而，加賀卻懷疑她去過。應該是推測她每個月會依照順序去每一座橋，才會想賭一把，試探如果說有目擊者，博美是否會承認。

大方向雖然對了，但加賀什麼都不明白。

可是，如果加賀的問題是「今年三月，有人在左衛門橋看到妳」，又會如何？這樣自己還能不爲所動嗎？——博美問自己。

13

搭乘東海道新幹線和東海道本線新快速鐵路一共近三小時，兩人抵達目的地的車站時，是下午兩點多。

「總算到了啊。」站上月台，坂上伸了一個懶腰。「沒想到竟然會再來滋賀縣。就看這回會有什麼發現了。」

「那份情報眞的很令人期待。」

「一點也沒錯。不過，就算那份情報是眞的，也得查清楚和命案之間究竟有何牽連。」平常說話老是不正經的坂上，今天的神情一直相當嚴肅，可見十分重視這次出差。

由於加賀找到的照片，專案小組認爲這次的命案和淺居博美脫不了關係。這麼一來，遭到殺害的越川睦夫，即綿部俊一，便極有可能是押谷道子和淺居博美都認識的人。然而，她們的交集只有國小、國中時代。因此專案小組向滋賀縣警尋求協助，尋找當年她們身邊是否有三十歲以上、如今行蹤不明的男人。

昨天傍晚傳來一則値得注意的情報。押谷道子她們國二的級任導師苗村下落不明。而且追查他當時居住地點的住民票，發現十五年前便已失效。

到目前爲止，沒有找到其他行蹤不明的人，專案小組不能放過這則情報，於是緊急派松宮和坂上前往調查。

從車站東口出站，旁邊就是派出所。可能是去巡邏吧，沒看見制服巡查的人影。倒是有一個穿西裝、戴眼鏡的男子坐在裡面。年約四十，短髮、膚色黑，個子小但肩膀很寬。

松宮他們一走過去，男子便站起來。

「兩位是警視廳來的嗎？」他以關西口音問。

松宮回答「是的」，男子便從外套內袋取出名片夾。

「遠道而來辛苦了，我是從東近江警署來的。」

他姓若林，是刑事課的巡查部長。松宮他們也拿出名片，分別做了自我介紹。

「感謝貴署這次提供的寶貴情報。」坂上正式道謝。

「幸好幫得上忙。」

「根據貴署今天早上傳來的資料，苗村老師沒有家人？」三人隔著桌子坐下之後，松宮提問。

「是的。雖然他曾結婚，但十九年前離婚了，好像當時就搬出住了很久的公寓。可是，苗村先生並沒有變更住民票。因此當其他人住進公寓那戶之後，區公所的郵件依然寄到那裡。住戶向區公所投訴，才註銷他的住民票。」

「十九年前……」松宮從公事包裡取出檔案資料，「苗村老師辭掉國中的教職，就是在那時候吧？」

「正是。三月三十一日是最後一天上班，緊接著他就離婚了。我想這兩件事應該有關聯。」

「請問您知道他前妻的聯絡方式嗎？」

今天早上送來的資料上沒有。

「知道，但很遺憾的是，她已過世。」

「這樣啊。」

「聽說她離婚後回到位於大津的娘家，在家教人縫製和服。八年前發現罹患大腸癌，過了兩年她就去世了。」

「這些您是聽誰說的？」坂上從旁問。
「她妹妹，現在她娘家是妹妹夫妻在住。」
「方便去拜訪嗎？」
「我想應該沒問題，稍後我聯絡看看。」
「對了，」松宮說，「苗村老師的照片呢？貴署表示會幫忙向學校洽詢？」
這個啊——若林把本來放在腳邊的紙袋放上膝頭。
「畢竟是很久以前的事了，只剩下畢業紀念冊。我借了兩本來。」他將紙袋裡的紀念冊放在桌上，「這本是押谷小姐她們畢業那一年的，這本是苗村老師辭職那一年的。」
坂上說聲「借看一下」，打開較新的那一本，松宮便拿起舊的那一本。
照片是黑白與彩色各半。男生穿高領制服，女生是水手服。松宮花了一點時間才找到押谷道子，因爲只看大頭照認不出來。當年她是個大眼睛、長相可愛的少女，身材也很纖細。
他本來要找淺居博美，又想起這本紀念冊上不會有她，於是轉而去找苗村老師。
最後在三年三班的團體照中找到苗村老師。年紀大約是坐三望四，或是更大一點。頭髮略長，長相和身材都給人略微圓潤的印象。
松宮想起那張人像素描畫。這個人三十年後會變什麼樣子？會變成那麼陰鬱、瘦削的老人嗎？
「你那邊怎麼樣？」坂上問。

「我覺得好像不是。」松宮將打開的紀念冊直接轉向坂上。

「是嗎?我倒覺得就是他。」

看到坂上所指的照片，松宮頓時倒抽一口氣。那也是一張團體照，但裡面的苗村瘦得嚇人，表情也很灰暗，簡直判若兩人。

「原來一個人會變這麼多啊……」他不禁低聲說。

「從這時候再經過將近二十年，變成那張人像素描畫上的人物也不奇怪吧。」

「的確……」

「畢業紀念冊可以暫時放在我們這邊嗎?」松宮問若林。

若林回答「當然可以」時，不知誰的手機響了。只見若林從懷裡取出手機，拿到耳邊。

「喂……啊，不好意思……是嗎?……嗯，我這邊的人到了……好的，那待會見。」掛了電話之後，若林轉向兩人。「人好像都到齊了。其中一位經營餐廳，他願意提供場地。從這裡走過去大約十分鐘。」

「是苗村老師的學生們，對吧?」松宮確認道。

「是的，國二時押谷道子小姐的同班同學。」

「老師那邊呢?」坂上問，「我是指與苗村老師同一時期在學校任教的那些老師。」

「我們也安排了。」若林的視線落在手表上，「因爲大家的住處分散，我們請老師們到另一個地方集合。我們署裡的人應該很快就會開車到了，我請那位同事帶路。」

「是嗎？——那麼我在這裡等好了。松宮，你去吧。畢業紀念冊方便留給我嗎？」

「好的。」松宮拿起公事包，站起來。

松宮走出派出所，跟在若林身後。他環顧四周，發現車站建築是弧形的嶄新設計，有些吃驚。他提出這件事，若林顯得很高興。

「最近人口增加不少，很多東西都換新了。公共交通工具的班次變多，通勤到京阪神也很輕鬆。」

若林說，現在車站另一側開發得更多，有購物中心等等生活機能相當充實，反倒是本來作爲車站大門的東側冷清了些。

兩人沿著小商店林立的馬路向前走，的確有滿多拉上鐵門的商店。黃金週期間將舉辦大特賣的廣播不斷空虛地播放著。

若林停了下來。

「兩位問到的『淺居洋行』，以前在這條馬路上，就是那塊空地。」他指著馬路對面。

松宮望著雜草叢生的方形空地，又看了看四周，無法想像三十年前是什麼光景。

「淺居洋行」在淺居博美接受社福機構安置之後，便易主拆掉了。本來土地就是租用的，但商店所有權等等結果如何不得而知。

失去父親，也失去家的淺居博美，是懷著什麼樣的心情度過那段期間？光是想像松宮就感到有些難過。

又走了幾分鐘，若林在一家餐廳前停下腳步。

「就是這一家。」

那是一家舊式的食堂，展示窗裡陳列著拉麵和親子丼之類的餐點樣品，現在掛出了「準備中」的牌子。

松宮跟著若林進入店內。裡面有許多方桌，其中一張桌位坐著一個男人和兩個女人。三人應該都和淺居博美同年，但看起來比她老了許多。不過，其實淺居博美才是特例吧。

「讓大家久等了。這一位是警視廳的松宮先生。」若林向三人介紹。接著，他伸手指向男人，「這一位是這家店的老闆，濱野先生。」

「謝謝您的協助。」松宮低頭行了一禮。

這位濱野先生伸手摸逐漸稀薄的頭髮。

「警察先生說要找國中同學，所以我先找了幾個馬上就能聯絡到的。其他還有幾個男生，今天都因爲工作不能來……」

「這樣就夠了。不好意思，麻煩你了。那麼，可以先請教各位的姓名和聯絡方式嗎？」

「我已請這幾位寫好了。」若林從懷裡取出一張折起來的紙。

上面寫著三人的姓名、住址，以及電話號碼。松宮看著這張紙喊了每個人的名字，一一確認名字的主人是誰。

「首先想請問，」在椅子上坐下之後，松宮開了頭：「之前各位知道押谷道子小姐不幸身亡嗎？」

三名男女都搖頭。

「完全不知道。這次才聽說，嚇了我一大跳。」說這些話的，是身材略微發福的谷川昭子。對照名單，她出嫁前是姓鈴木。

「我也是。我記得押谷同學，可是不知道她現下在哪裡做什麼。」頭髮燙得很鬈的橋本久美附和。

「聽說她是被人殺害，是這樣嗎？」食堂老闆濱野問。

「我們認爲可能性很高。」

三人臉上彷彿都蒙上陰影。

「各位國中、國小都和押谷小姐同校吧？」見他們點頭，松宮繼續問：「押谷小姐小時候是什麼樣的人呢？」

三人互看幾眼，最後是由女生們開口：

「要說是什麼樣的人……」

「她沒有特別引人注目，也不至於不起眼……」

「眞要說的話，算是活潑吧。妳覺得呢？」

「成績好像普普通通？」

「嗯，不是那種會當幹部的類型。」

兩名女子妳一言我一句地說完，濱野低聲冒出一句「我不太記得」。
「有沒有什麼與押谷小姐有關、你們還有印象的事情？」
三人對這個問題的反應也不怎麼熱烈。
「有嗎？」
「不知道耶……」
「我只記得她會打躲避球。」
說話的照例是女生們，濱野默不作聲。
「那麼，不是和押谷同學特別有關的事情也不要緊，可以請大家告訴我當時讓你們印象深刻的事情嗎？」
三人對這個問題的反應就熱烈了。他們說起商店街失火，小學遭小偷，國中的文化祭有出身當地的音樂人來訪等等。松宮逐一記在記事本裡，內心卻有股徒勞之感。再怎麼想，這些事情都不像跟押谷道子與淺居博美有關。
此時，一名應該是濱野妻子的女性出現，爲所有人端上咖啡。松宮不好意思地向她道謝。
他試著接觸話題的核心。
「對了，你們記得淺居博美小姐嗎？」
或許是沒想到會聽到這個名字吧，三人顯得有些驚訝。
「就是角倉博美吧？以前演過戲的。」谷川昭子說。

「是的。在這裡她也是名人吧？」

「這就難講了。」濱野歪著頭說：「我是大概十年前聽別的同學提到的，在那之前我完全不曉得。我幾乎不記得淺居，而且我根本不知道有角倉博美這個女演員。」

「因爲她是演舞台劇的啦，很少上電視，感覺內行人才會知道。不知不覺間就沒看到她的消息了，演藝圈果然不好混。」橋本久美說。

看來，押谷道子果然與淺居博美特別要好，恐怕從她還在當演員時就一直很關心她吧。

「淺居博美小姐是什麼樣的學生？」

濱野唔了一聲，「我應該沒跟她說過話吧。」

「兩位呢？」

「我記得她。」谷川昭子說，「那時候我不覺得她漂亮，反而覺得她長得有點凶。而且看起來個性很倔強，讓人不敢跟她說話。」

「嗯，以前感覺她沒有那麼搶眼。」

「關於淺居小姐，有沒有什麼令你們印象深刻的事？」

谷川昭子露出有些困窘的神色，「這件事不知道可不可以說？」

「發生過什麼事嗎？」

「嗯……不過我想先問，淺居同學怎麼了嗎？押谷同學遇害和她有什麼關係嗎？」谷川昭子覷著松宮。

「因爲事情發生在東京，我們正針對押谷小姐在東京的所有朋友進行調查。而淺居博美小姐也住在東京，算是其中一環。」這是早就料到會有的問題，所以松宮流暢地回答。

儘管不是全然接受，谷川昭子還是點點頭。

「這麼久以前的事，不知道有沒有用。」

「再小的事都沒關係，請說。」

「……因爲是很久以前的事，應該沒什麼問題吧，其實就是有點像現在說的霸凌。」

「霸凌？有人被霸凌了？」

「就是淺居同學呀。說是霸凌，不過不是打人那種，只是大家會一起講她的壞話之類的而已。」

在旁邊聽的濱野問：「有這種事？」

「有有有，我記得。」橋本久美睜大了眼睛，「雖然時間不是很久。我記得濱野也一起欺負過她。」

「咦！有嗎？我完全不記得。」濱野猛搖頭。

都是這樣吧——松宮聽著他們的對話暗想。被霸凌的人心中留下一輩子的傷痛，加害者往往卻連霸凌過別人都不記得。

「霸凌的原因是什麼？」

「大概是淺居同學家裡的狀況。她媽媽離家出走，後來她家開的店也有問題，似乎有流氓出入……感覺就是這一類的吧。」

「押谷小姐也加入霸凌嗎？」

「沒有，我想應該沒有。」橋本久美說得篤定，「她們很要好。我有印象，只有她一個人幫淺居同學說話。」

「啊，好像是。」

「押谷小姐這麼做，很可能會一起被霸凌吧？」松宮試著問。

「沒有，我不記得她被霸凌。」谷川昭子說，「而且，對淺居同學的霸凌也沒有持續很久。因爲導師發現了，警告好幾個人。」

導師——這是重要的關鍵字。

「而且沒多久淺居同學就轉學了，不是嗎？」橋本久美向谷川昭子確認。

「啊，對喔。」濱野也恍然大悟般地雙手交抱胸前，「所以我才不太記得淺居。」

對呀對呀——谷川昭子點頭，「沒錯，後來她很快就轉走了。」

「你們知道她轉學的原因嗎？」

「妳知道嗎？不知道吧？」谷川昭子徵求橋本久美的同意後，看著松宮說：「她突然就沒來上學，後來才聽說其實她轉學了。」

「因爲她父親去世了，她被安置在社福機構，這件事各位不知道嗎？」

「社福機構？原來是這樣！我根本不知道。」谷川昭子的語氣不是很關心。

看樣子，在他們的眼中，淺居博美並沒有什麼分量。

啊，不過——橋本久美露出想起什麼的表情。

「我們曾寫信給淺居同學，老師叫我們寫的。」

「信？請問那是……？」

「我記得不是很清楚，好像是要大家一起寫鼓勵的信給轉學的淺居同學，最後是做了一張大卡片。」

「啊，我有一點印象。原來那時候的大卡片，就是寫給她的啊，我現在才知道。」谷川昭子這麼說。濱野大概還是不記得，一臉沉悶，默不作聲。

「您說的老師，是級任導師苗村老師吧？」松宮認爲是時候了，便切入最重要的話題。

是的——三人點頭說。

「現在還聯絡得上嗎？」

昔日的同班同學面面相覷，所有人的表情都不是很開朗。

「我畢業以後哪個老師都沒見過。」

「我也是。在高中同學會上見到以前的導師，可是國中國小的導師就很疏遠了。」這麼說的是橋本久美。

這時候，谷川昭子「啊」了一聲。

「怎麼了嗎？」

「妳提到同學會我才想起來，幾年前押谷同學曾打電話給我。」

「爲了什麼事？」

「就是爲了同學會。她說想辦同學會，問我願不願意出席，我當然是回覆如果時間可以就會去。大約是七、八年前的事了。」

「那麼，您出席同學會了嗎？」

谷川昭子搖搖頭，「沒有，因爲根本沒有辦。」

「沒有辦？是大家的時間不能配合嗎？」

「不是的，因爲老師不能來。」

「老師？」

「級任導師。接到押谷同學的電話的時候，她還問我知不知道老師的聯絡方式，可是我不知道。後來聯絡不到老師，同學會就流會了。」

濱野碰地一聲拍了桌子。

「這件事我也知道。我現在才想起來，她也問過我。」

「現在呢？取得老師的聯絡方式了嗎？」

「我不知道後來怎麼樣，不過應該還是找不到老師吧。」谷川昭子回答。

松宮點點頭。苗村老師不知去向，畢業學生之間的交流也隨之中斷。

「我想換個話題，請問各位認識的人當中，有沒有像苗村老師這樣，目前找不到人的？年齡比各位大二十到三十歲，男性。」

三人討論起有沒有這樣的人。

「很多人離開這裡，有些可能是跟著爸媽走的。這些人後來怎麼樣，老實說我不是很清楚。」濱野的語氣不是很有把握，兩名女子也不太確定地點點頭。

松宮從公事包裡取出一張紙。就是那張人像素描畫。

「請問各位當時認識的人當中，有沒有哪位年紀大了之後會像這張畫上的人？要請各位發揮一下想像力了。」

三人看了畫，同樣都是一臉迷惘，完全沒有頭緒。

松宮暗想，果然不出所料。他們的國中時代，已是距今三十年前的事了，要發揮想像力也有限。

「好比苗村老師，他上了年紀會不會變成這樣？或者，你們覺得老師再怎麼變也不會變成這樣？希望能告訴我你們的意見，不要客氣。」

聽到這個問題，三人更加困惑了。濱野甚至痛苦地歪著嘴。

「那時候的苗村老師，身材感覺更有肉。」

「可是，上了年紀就很難講。有時候人一瘦，眞的會像變了一個人。」

「嗯——我覺得看起來不是，但似乎又有一點像。」

結果松宮沒得到明確的回答。過了三十年，一個人的容貌會發生巨大的變化。更何況，給他們看的不是照片而是人像素描畫，這樣的反應可說是理所當然。

松宮判斷再耗下去也不會有收穫，便將人像素描畫收進公事包。

「眞對不起，我們沒幫上忙。」濱野過意不去地說。

「哪裡，請不用放在心上。各位的話十分值得參考。最後，我想再請教一個關於苗村老師的問題。他是一個什麼樣的老師？」

「什麼樣的老師啊，嗯，還滿不錯的，對吧？」濱野徵求女生們的同意。

「印象中他很熱心教育，不過可能有點太認眞了。」谷川昭子說，「他不太會說笑話什麼的，他是教社會科的，可是他的歷史課，老實說眞的很無聊。」

「這倒是眞的。」橋本久美也有同感，「不過他人很好、鮮少生氣。如果有學生跟不上，他會耐著性子教。叫我們寫信給淺居同學的時候，我雖然覺得好麻煩，卻也覺得他是眞的把學生放在心上。而且，那時候信似乎是老師自己拿去的。」

「拿去？意思是……？」

「意思是說，不是用寄的，是去找淺居同學，直接交給她的。這一點我確定。我記得老師在班會上提到他送信去給淺居同學，淺居同學非常高興。」

「妳的記憶力眞好。」濱野佩服地看著她，「我根本不記得。」

「你從剛剛就一直什麼都不記得。」谷川昭子一副受不了的樣子。

「請問……」橋本久美訝異地看著松宮。

「剛才那張人像素描畫是什麼?是殺害押谷同學的凶手嗎?」

松宮「呃」了一聲，有些吃驚：「不，不是的。」

「眞令人好奇。那張畫可能是苗村老師，對不對?」

「還不知道，所以才會向各位請教。其實這次的案子裡，有人目擊到一個人。可是，既沒有人名，也沒有照片，才製作了人像素描畫。只是這樣而已。」

松宮沒有說出「這張畫裡的人也被殺了」這件事。

「都被警方畫成人像素描了，一定是犯人啊。」谷川昭子用手肘撞了撞橋本久美，「所以警方認爲苗村老師有嫌疑啦。」

「咦!不會吧!眞教人不敢相信……」

「各位，不是這樣的——」

松宮的話說到一半，濱野開口：「這很難說，畢竟都過了三十年。天曉得這三十年裡發生什麼事。搞不好不只長相變了，連性格都變了。」

「太可怕了吧!」橋本久美臉色驟變。

松宮認爲再說也是白費力氣，便不再解釋了。

14

茂木和重抬頭看向那幢灰色建築物，吐出好大一口氣。都四月了，今天一早還是好冷。冷歸冷，腋下仍猛冒汗。

「別這麼緊張。」加賀拍拍他的肩膀，「又不是要當場逮捕犯人。」

「話是這麼說，可是我實在不習慣做這種事。」

「爲什麼？每次發生案件和意外事故的時候，你不是都要應付幾十個新聞記者嗎？也要處理投訴電話吧？和那些比起來，這只是小事一樁。」

茂木的手在加賀面前搖了搖，「你根本不懂。」

「我不懂？」

「我們的工作是發布情報，不是收集情報。問話等於是收集情報，不是嗎？我要再次提醒你，我幾乎沒有辦案的經驗。」

「別擔心，只要按照我告訴你的一步步來就行了。」

「眞的沒問題嗎？」

「都來到這裡了，還怕什麼？來，走嘍。」

加賀朝正面大門走去，茂木只好不情不願地跟上。

他們在電梯大廳確認要去的辦公室，「健康出版研究所」位於四樓。主要是出版運動相關的雜誌，但茂木連這家出版社的名字都沒聽過。

他們搭電梯來到四樓。一出電梯，入口就在眼前，此刻門是敞開的。

「要先請你去打招呼了。」加賀說。

「我知道啦。對方是叫……呃……」

「榊原先生。出版部榊原部長。」

茂木將這個名字刻在腦袋裡，踏進辦公室。

室內約有二十名左右的員工。有人接聽電話，有人面向電腦作業，有人在看資料之類的東西，各忙各的，也有人看起來根本只是在發呆。文件櫃和辦公桌上，書本、雜誌和紙箱等物品亂堆。

旁邊本來在處理雜務的年輕女子向他們詢問來意，看樣子她身兼櫃檯服務人員。

茂木取出名片，「我們和榊原先生有約。」

「請稍候。」

女子拿著名片離席，走近窗邊的一名男子，出聲叫喚。男子點點頭，看向茂木，點頭致意，然後向那名女子說了些什麼。

女子返回，說道：「麻煩這邊請。」

他們被帶到辦公室深處一個隔起來的空間。那裡擺放著簡易的客桌椅。

「榊原部長說，他有一通電話要打，馬上就會結束。可以請兩位在這裡稍等嗎？」

「好的。」茂木回答，和加賀並肩坐下。

女子端茶過來。「不好意思。」茂木表達謝意。

「加賀，你也是頭一次來這裡嗎？」茂木端起茶杯問。

「當然。」

「可是，你不是接受過訪問嗎？」

「那時候是請對方到道場，因爲對方說想拍我穿劍道服的樣子。」

「原來如此。不過，虧你肯答應這種邀約，眞不像你的作風。」

聽他這麼說，加賀皺起眉頭，直盯著茂木。

「幹麼？怎麼了？」

「我也不想答應。可是，上層說這可以提升警視廳的形象，要我務必受訪，我只好答應。」

「誰啊？」

「你們單位當時的課長。」

茂木「啊」一聲，「原來如此，那眞是不好意思。」

「當初眞不該答應。」

「可是，搞不好就是因爲你答應了，才能接回你母親的骨灰。」

「這個嘛，我倒是不能否認……」

加賀和茂木是警察學校的同期，但後來走的路線截然不同。加賀全心投入調查案件，茂木輾轉待過幾個轄區之後，最後在公關課落腳，主要的工作是案件和意外事故的對外處理。平常面對的既不是嫌犯也不是被害人，而是記者和媒體相關人士。

而茂木接到加賀的聯絡，表示希望他能幫忙。

聽完加賀的說明，茂木吃了一驚。原來新小岩命案的死者，竟與加賀有關。據說十幾年前，他母親過世後，就是這名死者將他的住址告訴喪禮主辦人的。

加賀說，他思考過這名人物如何得知自己的住址。他搬過幾次家，去世的母親不可能知道。當時他的父親還在世，但父親表示並沒有任何人來詢問過。

警察不會隨便公開自己的住址，加賀也是如此。這麼一來，一個毫不相關的陌生人要如何找出他的住址？加賀絞盡腦汁拚命想。

於是他想起，在那之前自己曾接受劍道雜誌的訪問。加賀在全國警察柔道暨劍道大賽中奪冠，訪問便是針對這場比賽。雜誌上當然沒有刊登他的住址，不過他將住址告訴了出版社，因爲出版社希望將該期雜誌寄給他。當時他任職警視廳的搜查一課，但並不是經常都在廳裡。

加賀說，他曾數度考慮詢問出版社。之所以沒這麼做，是因爲他認爲以一般人的身分去問，出版社也不會好好回答，可是又不能利用警察的頭銜來處理私事。聽他這麼說，茂木覺得這實在很像他的作風。加賀從以前就是任何事都要合情合理，否則不肯妥協。

那麼，爲何會需要借助茂木的力量？他向加賀問起，加賀回答，因爲不希望出版社把這當成一件大事。如果他們知道這與什麼案件相關，很可能會不肯說眞話。原來如此，刑警在問話之前要考慮這麼多啊——茂木再次感到佩服。

剛才那名男子帶著笑容出現，「你好、你好，不好意思，讓兩位久等了。」

茂木和松宮站起來，重新打招呼。

「加賀先生，一切都好嗎？」榊原坐下之後說，「這方面如何？現在還在練嗎？」他比出揮竹刀的樣子。

「是的，定期練習。」

「是嗎？最近在比賽中都沒看到加賀先生的名字，感覺好像少了什麼啊。」

這話說得親暱，但據加賀說，這是他們頭一次見面。也許對出版劍道雜誌多年的榊原而言，加賀是很熟悉的存在吧。

「呃，那麼，關於採訪報導方面……」茂木開口。

「是這個沒錯吧。」榊原將帶來的雜誌翻開，放在茶几上。

雜誌上刊登的照片，是穿著劍道服的加賀，相當年輕，身材比現在更結實。

茂木說「借看一下」，拿在手上，掃視了採訪報導。內容提到加賀是在母親建議下學習劍道，劍道所培養出來的技能與素質，對警察這個工作很有幫助等等。

「那時候的事我記得很清楚。」榊原說，「去採訪的是一名女記者，因為加賀先生太帥，回來的時候她好興奮。這篇報導怎麼了嗎？」

「是的。其實，這次我們要整理這類公關活動的成果。好比這篇報導，想請您告訴我們有什麼樣的反響。」茂木說。當然，這些話都是加賀教他的。

「反響……是嗎？自然是很好啊。」榊原露出客套的笑容，顯然是隨口回答。

「例如，有沒有人針對這篇報導詢問了什麼？像是想見加賀選手啦，希望出版社透露聯絡方式等等。」

「這我就不知道了。如果有粉絲來信之類的，應該已轉交給賀先生了。至於希望透露聯絡方式的……的確會有這類特別的讀者，但我想當時並沒有。」

「同業方面如何呢？」茂木問，「有沒有哪家雜誌社表示想要報導加賀選手？」

「這個嘛，」榊原想了想，「如果有的話，應該會轉告加賀先生吧？」

「是的，其實是有幾次。」加賀回答。

「果然有啊。」

「奇怪的是，也有些人直接寫信來表示希望進行採訪。我在想，會不會是這些人向貴出版社詢問了我的住址。」

「這絕非是在追究責任，我們是在調查這類公關活動的相關效益，請您儘管回答，不必有所顧慮。」茂木連忙加上這幾句。

榊原顯得十分困惑，一副不知該如何回答的樣子。

「可能沒辦法立刻回答……畢竟有些時日了，我得問問其他人。」

「那麼，可以麻煩您嗎？」加賀說，「若您無法給一個確實的答覆，只怕會得到公關活動沒有用處的結果，那麼警視廳往後可能會不願意幫忙。」

榊原的眼神游移，說聲「請稍候」，暫時離席了。

「沒問題嗎？他好像覺得情況不對勁？」茂木悄聲問。

「強調過不會追究了，應該沒問題。」加賀冷靜地拿起茶杯。

剛才加賀說曾有幾件採訪邀約是假的，實際上並沒有這麼一回事，他卻能說得臉不紅氣不喘，難怪會被稱讚手腕幹練。

榊原遲遲沒有回來。剛才那名女員工又端茶進來，可知他不是忘了他們。她向他們道歉，說不好意思讓兩位一直等。

結果等了將近三十分鐘，榊原總算現身，身後跟著一名戴眼鏡的女子。

「哎呀，眞抱歉，花了這麼久的時間，因爲我查了很多資料。」

「查到什麼了嗎？」茂木問。

「是的，我請她來說明。」

榊原介紹了這名女員工，她是個人資料管理處實際上的負責人。

「現在雖然有個資法，但在個資法通過之前，敝公司對資料便已嚴加管理，防止外洩。」她生硬地開始說明，「只是，這畢竟牽涉到所謂的人際關係，還是有通融的時候。對於我們判斷值得信賴的個人、法人，也會有破例提供資料的情形。這次，關於加賀先生的資料是否外流，說實在的，因爲時間相隔太久不得而知，況且人事也有異動。不過，敝公司即使要提供資料，也絕對不會提供給來路不明的人。如同我剛才說的，一定是我們判斷足以信賴的人。」

「那麼，貴出版社有提供過資料的名單之類的紀錄嗎？」加賀問。

「沒有正式的文件，這是臨時準備的。會這麼耗時，就是爲了這份名單，大致上是如此。」

女子拿出的A4紙上，列著一排公司和個人的姓名。

「抱歉，麻煩你了。」走出大樓後，加賀說。

「接下來你要怎麼做？」茂木問。

「這還用問嗎？就是按照名單去問。」加賀揮揮一個大型的牛皮紙信封，裡面裝著剛才的名單。

「你一個人去？」

「是啊。這種小事，怎麼能拜託專案小組。」

「要打電話問嗎？」

加賀苦笑，搖搖頭。

「那樣是很輕鬆，但在電話裡說我是警察，對方也不會相信，直接找人快多了。」

「這樣的話，時間再多也不夠用吧？」

「沒辦法，幹刑警這一行就是如此。」

「可是……這項作業很難嗎？」

「這就不好說了，不試試看不會知道。你怎會這麼問？」

「沒有啦，」茂木皺起眉，又搔了搔眉頭。「我在想有公關課的頭銜會不會比較好辦。」

加賀恍然大悟般點點頭。

「可能吧，不過不能再麻煩你了。」

茂木邊吸鼻子邊走到加賀身邊，拍了一下他強壯的上臂。

「既然幫都幫了，也不差這一點。」

15

「這個嘛，說到是什麼樣的老師，就是各方面都很平均的老師吧。不是特別優秀，但也不差，家長們的評語也一樣。」杉原雙手握著茶杯，背脊挺得筆直說道。他的年紀應該將近八十歲，但口齒非常清晰。

和苗村誠三的學生談過之後，松宮與坂上聯絡。前輩刑警表示他正要前往近江八幡，去見苗村離開教職時擔任教務主任的老師，於是松宮前去會合。這位前教務主任便是此刻在他們眼前的杉原，松宮和坂上在純和風的杉原家中，享用日本茶。

「聽學生說，他以前是富有教育熱誠的好老師。」

聽了松宮的話，杉原呵呵笑了。

「那眞是好極了。教那群學生的時候，大概是那樣吧。老師和學生之間，還是要看合不合得來。老師也是人，有合得來的學生和合不來的，而且也要看時期。好比剛當上老師的時候，即使懷抱理想，幹勁十足，但一再遇到挫折，或時間不夠，妥協的情況會愈來愈多。說得難聽一點，若不學會稍微偷懶，老師這份工作是很難做下去的。」

老人的話聽來似乎相當不負責任，但也很現實。

「您的意思是，苗村先生快辭去教職的時候，變得像您說的那樣，純粹把當老師視爲一份工作了嗎？」坂上問。

「他是不是只把教育當工作，我就不知道了。印象中，他不會率先主動去做些什麼。說起來，算是心思已不在教育工作上，或是失去熱誠了吧。這是很久以前的事了，我沒有什麼把握。」

「苗村先生爲什麼會辭去教職呢？」坂上繼續發問。

「關於這一點，我記不起來了，但一定是個人因素，錯不了。在我的記憶中，並沒有發生什麼醜聞，他是順利離職的。」

「苗村先生離職不久便離婚了。您知道這件事嗎？」

「這樣啊，我後來好像聽說過，但我記不太清楚了。」杉原不以爲意地回答，大概從當時就對辭職的人不感興趣吧。

接下來，兩人又問了幾個問題，但都沒問出什麼。找了適當的時機結束話題，他們便起身告辭了。

這天晚上，他們預訂了位於八日市的一家商務飯店。去飯店前，他們先在車站前的餐廳吃晚飯。等餐點上桌的空檔，坂上與專案小組聯絡。打完電話的前輩刑警，臉色不是很好看。

「被說了什麼嗎？」松宮問。

「沒什麼，就是叫我們不要有疏漏，要好好幹。」坂上嘆了一口氣，「傷腦筋啊，都掌握苗村老師這把鑰匙了，卻找不到對的鑰匙孔。再這樣下去，就要空手回東京了。」

坂上說，今天除了杉原，還見了四名退休老師。每個人都記得苗村，卻都不知道苗村的近況，甚至連他下落不明都不知道。其中有一人認爲苗村是以辭職爲由離婚的，但不清楚詳情。而所有人都表示苗村在某個時期之前是熱中教育的老師，這一點與杉原的話一致。

對於人像素描畫的反應，四人與苗村的學生類似。也有人回答不知道他現在是什麼樣子，所以不敢下定論。

「坂上先生覺得呢？你認爲苗村老師就是越川睦夫，也就是綿部俊一嗎？」

「我希望是，畢竟我們沒有別的線索了。可是，就算是眞的，要證明也不容易。越川連一張照片都沒有，那張人像素描畫太不可靠。」

「而且其中的關聯性不明。」

「一點也沒錯。爲什麼一個在滋賀縣當國中老師的人，會跑到女川的核電廠去工作，這也就算了，最後竟然在新小岩的河堤被殺，簡直莫名其妙。」坂上將送來的啤酒倒入杯裡，一口氣喝了半杯。「這麼一提，聽說核電廠那邊也沒有好消息。」

松宮停下筷子，「這樣啊。」

「畢竟是很久以前的事了，當時的紀錄根本沒有留下來。與作業員相關的文件保存期限是三年，而且是正規人員才會保存。你也知道，那一行是外包再外包，全日本來路不明的人都集中在那裡。僞造住民票、冒用別人的名字在那裡工作，根本是家常便飯。假如綿部俊一使用假名，要從紀錄裡找到他，恐怕比登天還難。」

「坂上先生，你好清楚。」

「我以前逮捕過一個核電廠的作業員。他說那工作根本不是人做的。」坂上說完，動筷子吃東西，卻看不出享受的樣子。

他們預訂兩間單人房，辦理好入住手續之後，便各自到房間休息。松宮把今天打聽到的內容輸入平板電腦以後，自己也反芻了一下。

他一直強烈感到自己似乎漏了什麼重要的事。明明就在眼前，卻沒看見、看不到，他有種不安定的焦燥感。

忽然間，松宮興起打電話給加賀的念頭，卻又改變主意。松宮不知道該如何形容這種焦急。更何況，加賀也有加賀要做的事，此刻他全副精力一定都投注在工作中。

第二天吃過早餐，松宮前往名爲「琵琶學園」的社福教養機構。不用說，淺居博美就是在那裡度過國二中途至高中畢業爲止的時光。

坂上則是前往米原，那是苗村誠三的出生地。他出生的房子早就不在了，但還有親戚，而且幼時就讀的學校也都還在。

「希望我們至少能找到鑰匙孔的遺跡。」在飯店前分頭出發時，坂上這麼說。是啊——松宮如此回答。

「琵琶學園」外觀有如小而精緻的社區。從正面大門一進去，左側有管理室，旁邊掛著許多名牌，一看就知道哪個孩子外出。

松宮向管理室裡的女子打了招呼，介紹自己的身分。他已事先知會今天要來訪。

他被帶到會客室，正等著，便聽到敲門聲，進來的是一名戴眼鏡的女子。她身穿牛仔褲和毛衣，大約五十歲左右吧。染成深褐色的頭髮髮根變白了，左手抱著一份厚厚的檔案。

松宮站起來，遞出名片，做了自我介紹。對方也取出名片，上面寫著「吉野元子」，頭銜是副園長。

「感謝您在百忙之中抽空協助。」坐回椅子之後，松宮鄭重道謝。

「聽說您想了解三十年前的事？」

「是的。不好意思，要向您請教這麼久以前的事。」

「在這裡，我的資歷最長。現任園長是十年前左右來的，所以由我來回答您的問題。您想了解些什麼呢？」

「是這樣的，當時貴學園應該有個名叫淺居博美的女孩，我想請教幾件關於她的事。」

松宮感到吉野元子的雙眼發亮。

「我記得淺居博美。前幾天才有人來詢問她的經歷，是角倉博美吧？在演藝圈發展得不錯呢。」

松宮對這個回答感到十分驚訝，她的反應和昨天見過的同學們明顯不同。

「您看過她的戲嗎？」

「看過，在她還上台演出的時候。當時劇團曾在京都舉行公演。」

「最近呢？」

「最近就難得有機會了。」吉野元子微微一笑，搖搖頭說：「我記得她執導的舞台劇現下正在東京公演吧。呃，劇場是……」

「明治座，您眞清楚。」

「那當然了，她每次都會寄邀請函和節目冊來。」

「您是說淺居小姐嗎？」

「是的，每次明信片回函上都是勾選無法出席，我實在很過意不去。」

看樣子，這裡才是淺居博美視爲故鄉、老家的地方——松宮猜想。

「只寄邀請函和節目冊回來嗎？她會不會打電話什麼的……」

「以前有時候會，這一、兩年都沒有了，大概是很忙吧。」

「您還記得她在這裡時的事情嗎？」

吉野元子大大點頭。

「記得很清楚。她總是沉著一張臉，剛來的時候都不肯開口說話。仔細想想，倒也難怪。畢竟她突然失去了雙親。」

「貴學園這樣的孩子很多嗎？」

「當時很多，現在不同了，幾乎都是遭到父母虐待的孩子。被社福單位保護之後，最後送到我們這裡來。」

女副園長微微歪著頭，繼續說：

「博美也算受到虐待。她離家出走的母親等於放棄教養子女，而留下她自殺的父親也放棄了扶養的義務。不幸中的大幸是，她父親沒有帶她一起尋死。」

她述說的細節之正確，令松宮十分吃驚：「您眞的記得好清楚。」

「因爲那是我剛來這裡不久的事情，當時我才二十多歲。我本來立志當保母，但因爲學生時代來當義工，最後成了職員。」

「原來如此。您當時二十多歲，那麼，應該和淺居小姐很合得來吧？」

「博美本來不願跟任何人說話，但頭一個讓她卸下心防的就是我。我們慢慢熟悉起來，聊喜歡的演員和電影聊得不亦樂乎。常有人說，我們簡直就像姊妹。」

「這麼說來，淺居小姐會走進戲劇圈，也是受到吉野女士的影響？」

吉野元子微微瞇起眼，緩緩搖頭。

「辦劇團的人當中也有一些善心人士，會請孩子們觀賞戲劇。博美也是這樣去看了戲，才啓發了她對那個世界的興趣。一開始聽她說立志要當演員的時候，我吃了一驚。不過，仔細想想，她念繪本給小朋友聽的時候念得非常好，所以她一定很喜歡帶給別人歡樂。」

「也就是說，她找到自己的天職？」

「我是這麼認爲沒錯。」吉野元子露出笑容，然後問：「她涉入什麼案件嗎？」眼中似乎出現了不同於懷念的神色。

松宮遲疑了，不知該如何說明。他希望盡可能不要提起押谷道子的命案。

「就算眞的多少涉及了，」吉野元子搶先說，「博美也絕對不會犯罪。沒有多少女性能有像她那麼純淨的心，這一點我可以保證。」

這話說得斬釘截鐵，她臉上寫著：我不知道你要問什麼，但如果你有什麼質疑淺居博美的言行，恕不招待。

松宮決定改變談話方向，他有一個腹案。

「其實，」他開口，「我們正在尋找某一人物的行蹤。」

「某一人物？」

「一個名叫苗村誠三的男子，他是淺居博美小姐國二時的導師。」

吉野元子說聲「請等一下」，打開檔案夾，手指迅速在翻開的頁面上滑動。「是她轉學前的學校老師吧？」

「是的，紀錄裡有嗎？」

「關於苗村先生，」吉野元子看著檔案繼續說：「只記錄了他是淺居博美的級任導師而已。」

「請問有沒有類似會客紀錄的文件，可以確認苗村先生曾來探望淺居小姐？」

吉野元子從檔案裡抬起頭，隔著眼鏡看著松宮。

「我沒有干涉警方辦事的意思，不過事情一旦和本學園的人有關，就另當別論。可以請您告訴我，爲什麼要追查苗村先生的行蹤嗎？」

松宮深呼吸後才開口：

「我們在調查某個案件，發現苗村先生可能涉案。然而經過調查，得知苗村先生大約二十年前便失蹤了，於是我們針對他當時的行動範圍一一進行查訪。昨天訪談了幾名他過去的學生，聽說他曾特地親自送信來給淺居博美小姐。我想，會不會在那之前他也來過幾次。」

吉野元子以懷疑的目光直盯著松宮，忽然笑了，闔上檔案夾。

「如果是這樣的話，很遺憾，您今天是白跑一趟了。這裡沒有您想要的情報。」

「若是如此，也沒有辦法，我們習慣白跑了。不過，倘使您還記得任何事情，可以請您告訴我嗎？再細微的事情都沒關係。」

「關於苗村老師我記得很清楚，他的確來探望過幾次。因爲願意這麼做的老師很少，我們很感動。」

「當時，有沒有什麼讓您印象深刻的事？好比兩人曾發生爭吵，或是有什麼狀況？」

吉野元子緩緩搖頭。

「完全沒有這個印象，他們總是很愉快的樣子。苗村先生失蹤固然令人擔心，但我想和博美沒什麼關係。她離開我們這裡到東京之後，也定期和我們聯絡，從來沒提過苗村先生的名字。」

吉野元子語氣平靜，卻有不容質疑的味道。

看樣子，只能撤退了。

「好的，謝謝您的協助。」松宮道謝，站了起來。

吉野元子送他到大門口。

「很抱歉，沒能幫上忙。」

「哪裡，我才抱歉，耽誤了您的時間。」

告辭了——松宮行了一禮正要離開的時候，吉野元子叫住他。

「請問松宮先生見到淺居博美了嗎？」

「只見過一次就是了……」

「她好嗎？」

「看起來非常好。雖然正忙著公演，她卻一點疲累的樣子都沒有。」

「是嗎？那我就放心了。對不起，叫住了您。」

「哪裡，我先告辭了。」松宮行了一禮，轉身邁開腳步。

松宮心想，吉野元子可能會聯絡淺居博美，那也無妨。如果淺居博美與命案無關，不會有任何問題，若是有關，便會動搖她的心理狀態，也許她會因此有所反應。小林他們也交代過，不需有所顧慮。

離開「琵琶學園」時，松宮的手機響了，是坂上打來的。他邊走邊接起電話，「我是松宮。」

「我是坂上。你那邊情況如何？」

「我剛離開教養機構，很遺憾，沒有什麼收穫。」

「是嗎？我這邊也差不多。剛才若林巡查部長打電話給我，說苗村誠三前妻的妹妹肯見我們。她在大津，我這就把住址和電話傳給你，你去一趟。」

「好的。坂上先生呢？」

「我找到苗村的高中同學了，要去見他。從這邊到大津要一個小時以上，所以大津那邊就交給你了。」

「了解。」

掛斷電話不久，坂上的簡訊就來了。對方名叫今井加代子，住在大津市梅林。

松宮立刻撥打電話。對方也是使用手機，所以接起電話的是本人，是一個說話平靜優雅的女子。聽到松宮自稱是警視廳的人，她也沒有吃驚的樣子，可見對事情已有所了解。

大約三十分鐘後，松宮抵達大津市梅林這個住宅區。四周民宅林立，感覺得出屋齡都不小。他很快便找到掛著「今井」門牌的房子，是一幢採用舊式屋瓦、和洋風格兼具的宅邸。

今井加代子是個嬌小的女性。身形豐腴，臉上皺紋也少，看起來像才四十多歲，但實際年齡應該將近六十歲。

「雙親去世之後，家姊獨自住在這裡。我們是四年前搬來的，至今仍慎重保留家姊的東西。」今井加代子冷靜地說。

她帶松宮到可觀賞庭院的起居室。松宮坐在籐椅上，與她隔著玻璃茶几相望。茶几上擺著成套杯碟的咖啡杯。

今井夫妻另有一戶獨棟房子，由於兒子結了婚，便將房子讓給兒子媳婦住，自己搬進這棟房子。

「令姊的東西裡，有屬於苗村先生的物品嗎？」

今井加代子頓時皺起眉頭。

「東近江警署的人來詢問的時候我也說過，家姊全部處理掉了。我查看過所有的東西，不會有錯。」

「連照片也沒有？」

「一張也沒有，連結婚照都燒掉了。這也難怪，畢竟家姊受到那種委屈。」

「『那種委屈』是指……？」

今井加代子眨了好幾次眼睛，像要壓抑湧上心頭的情緒般深呼吸。

「我實在很不願提起，不過既然是警方來調查，我會配合。請您千萬不要隨便傳出去。」

這是當然——松宮以嚴正的神情說。

今井加代子喝了一口咖啡。

「事情很簡單，就是他有了家姊以外的女人。」

「您的意思是，他出軌了？」

「如果是出軌還好，但他是認眞的，結果他拋棄了家姊。」

「對象是誰？」

今井加代子輕輕搖了搖頭。

「不知道。無論家姊再怎麼問，直到最後他都沒透露。從頭到尾他只對家姊說同一句話『我對不起妳，我們離婚吧』。家姊實在能忍。外人看不出來，但那對夫婦每天都像活在冰窖裡。誠三姊夫……他不吃家姊做的菜，每天都在外面吃過飯才回家，而且是夜深了才回家。兩人不同房，他一早就出門。每天都是這樣。」

松宮的腦海浮現兩張照片。畢業紀念冊裡的苗村在辭職前非常憔悴，原來是因爲過著這樣的生活？

「令姊曾找您商量嗎？」

「沒有。我得知一切時，他們已離婚。據家姊說，她下定決心，在仍有一絲能夠挽回的希望時，不告訴任何人。」

連單身的松宮也能理解她這份心情。

「可是，最後她還是同意離婚？」

「家姊說，因爲無法挽回了。他沒和家姊商量一句，擅自辭掉學校的教職，很快就離家出走了，只留下紙條和離婚協議書，所以家姊才死了心。她自行提出離婚協議書，退租公寓。」

「令姊退租公寓……」松宮略略傾身向前，「其實苗村先生失蹤了。您有沒有任何線索？」

「這件事我聽東近江署的警察說了。我什麼都不知道。而且，我們本來就沒有什麼來往。」

「您有沒有聽說，令姊離婚後曾和苗村先生見面？」

「沒有。不可能會有這種事，請不要侮辱家姊。」

「不，我絕對沒有這個意思……對不起。」松宮縮起脖子。

今井加代子大大嘆了一口氣。

「家姊眞的太會忍了。發現他外遇之後，還忍了一年多……白白吃了這麼多苦。」

她的低語，引發了松宮的疑問。

「您說發現，是令姊發現的嗎？不是苗村先生自行坦白？」

「最後是這樣沒錯，但一開始是家姊逼問他的。家姊說，在那之前她就有所懷疑。」

「您說逼問，是以什麼證據逼問嗎？」

「是信用卡的帳單。家姊看了帳單明細，覺得有問題，便仔細查到底是買了什麼。結果是一樣他不可能會買的東西。」

「什麼東西？」

今井加代子微微變了臉色，似乎後悔提起這件事。

「我實在不願想起，卻又忘不了，那是一條紅寶石項鍊。家姊落寞地笑著告訴我的。」

16

一看手表，下午四點剛過。茂木發現自己正在抖腳，伸手按住膝蓋。旁邊的加賀小聲笑了。

「沒什麼好急的。對方都聯絡過，說會遲到十分鐘了。」

「我知道。可是我就是靜不下來。」

「你有什麼好慌的？你原本是不必來的。」

「這是什麼話？我從昨天就一直陪你耶。」

「誰要你陪了？我都說過不想麻煩你了。」

「我進警視廳以來，頭一次像在辦案啊。讓我自嗨一下有什麼關係。再說，有我幫忙你比較方便吧？」茂木看著加賀的眼睛。

「這……我當然是很感謝。」

「那就好。」茂木點點頭，把咖啡喝完。他站起來，走向飲料吧檯，心想：不知道有多少年沒進家庭餐廳了。孩子還在上小學的時候，每週都會去。

他們今天要在這裡和一名娛樂線的資深女記者碰面。

根據「健康出版研究所」給的那份名單，茂木和加賀一個個拜訪，幸好幾乎都在東京都內，但昨天奔波到晚上九點多。多禮的加賀要請他吃晚飯，他拒絕了，還宣稱要陪加賀查訪到最後。

因爲他認爲這樣的經驗恐怕不會有第二次。

今天也是一早就到處奔波。茂木懶得去數同樣的話究竟說了多少次，但他不覺得厭煩。親身體驗刑警的工作，他感到萬分佩服。刑警們只能在無盡的徒勞奔走中，找出通往眞相的足跡啊。

然而，找到時的喜悅，足以將這一切的徒勞感一掃而空。這一點，茂木在一小時前切身體會到了。

對方是體育線記者，由於他正在採訪職棒隊，茂木他們趕往橫濱。

他們沒有白跑，終於得到苦苦追尋的答案。

男子承認曾向「健康出版研究所」詢問加賀的聯絡方式。但並不是他自己要的，而是受跑娛樂線的朋友之託。只是，他不記得朋友要聯絡方式的目的，於是加上一句「也許我沒有問」。

他們立刻聯絡那名女記者，對方答應碰面，所以他們正在等待。雖然才短短兩天，茂木卻覺得像在迷路好久之後，終於看到終點。

茂木拿著咖啡杯回到座位，只見加賀打開記事本沉思，表情和昨天走出「健康出版研究所」時一模一樣。也許就要找到尋求已久的答案了，他卻感覺不出加賀有一絲雀躍。

茂木想起警察學校時代的加賀。加賀的經歷十分特別，在國中教過兩年書，但在同期當中成績出眾，而且劍道高超。雖然很多人都學過劍道，卻沒人比得上他。後來得知他拿過全日本學生冠軍，茂木才恍然大悟。

然而，茂木最欣賞加賀的，不是他的實力，而是他富有人性的一面。

某一堂課上，茂木遭到老師斥責。老師說，你在打瞌睡，是不是?他否認，老師卻不接受。突然間，後面位子上有人說話了。

茂木沒有打瞌睡，因爲自動鉛筆沒筆芯，他忙著裝筆芯——

這幾句話救了他。聽到這些話，老師雖然一臉不快，卻回頭繼續講課，沒再責備茂木。出聲的就是加賀。一般人會袖手旁觀，等待事情過去，認爲隨便插嘴惹火老師反而吃虧，但這個人就是沒有這種心機。後來茂木向他道謝，他卻笑著說「這沒什麼值得感謝的」。

因爲這次的事茂木才知道，原來加賀有一段心酸的過去。茂木想和加賀一起查訪，不光是想跟著辦案，也有想報答加賀當年拔刀相助的心意，只是他恐怕根本不記得吧。

入口處有人，一個穿薄大衣的女子正朝店內張望，年紀大約四十五歲左右。她提著一個黑紙袋，那是認人的標記，於是茂木舉起手。

他們起身等她走過來。

「是米岡小姐嗎？」

茂木開口確認，她行禮說：「對不起，我遲到了。」

三人交換名片後就座。女服務生來了，米岡町子點了檸檬氣泡飲。

「感謝您在百忙之中抽空協助。」茂木再次道謝。

「我做的事造成了什麼問題嗎？」她不安皺眉的表情依然充滿知性。

「沒這回事。如同在電話中說的，這次是調查警視廳公關活動的效益。具體做法是，從過去二十年的雜誌和報紙中隨機抽出幾篇報導，調查內容傳播的程度。而我們現在調查的，是劍道雜誌刊登的這篇報導。」茂木流暢地說著，將那本雜誌放在餐桌上。這些話他從昨天就向不同的對象重覆說過好幾次，很熟練了。

「原來警方也會做這種事啊？」米岡町子訝異地睜大眼睛，眨了眨。

「因爲公關活動是要花錢的，必須證實有一定的效益，一般民間公司也是如此。關於這篇報導……」茂木打開雜誌，翻到報導加賀的那一頁：「您說曾受託查出加賀選手的聯絡方式，您可以提供那位朋友的姓名嗎？」

米岡町子畏怯般縮起下巴，略帶懷疑地看著他。

「眞的不會給我朋友造成困擾吧？」

「當然。也許會去拜訪您的朋友，請教這篇報導是哪裡引起他的興趣，但頂多就是這樣而已。請您不必擔心。」茂木爽朗應道。因爲工作性質的關係，在臉上堆出笑容對他來說並不是難事。

米岡町子有點遲疑，最後看開似地點點頭，說出一個女性的名字。

茂木覺得這個名字有些耳熟，想再度確認，卻發現米岡町子一臉害怕，他吃了一驚。

茂木朝身邊的加賀一看，只見加賀的眼神，活像發現獵物的獵犬。

17

「眞的好棒喔。明治座是代表東京的劇場吧？能在那裡公演將近兩個月，而且場場都客滿，眞是太棒了。恭喜妳，我也替妳感到驕傲。」

吉野元子的語調高到走音。剛才談話的內容絕對算不上開朗，博美感覺得出她拚命想甩開陰沉的氣氛。

「大家都好嗎？」

「都很好。我們換了新的籃球架，員工們都迷上打籃球。每天都有人打到天黑。」

「眞好，感覺很開心。」

「博美要是有空也來玩呀，我也想聽妳談談舞台劇的事。」

「好，我會找時間過去。」

「一定喔。啊，這麼晚了。對不起，在妳這麼忙的時候打電話給妳。」

「不會。隨時都可以打給我，要保重身體喔。」

「博美也是，不可以太逞強。先這樣嘍。」

博美說完「請保重」，便掛了電話。她把手機放在辦公桌上，靠向椅背，嘆了好大一口氣。

她在六本木的辦公室。去明治座之前繞過來這裡，結果「琵琶學園」的吉野元子打電話來。

看到來電顯示的瞬間，她就有不祥的預感。

好久沒聯絡了，妳過得好不好——說完幾句這類必說的話之後，教養機構的副園長切入正題，內容是博美早就隱約預料到的。

刑警來過，問了很多博美和苗村的事。看起來像是特別在追查苗村的行蹤——吉野元子悄聲說，而且還搬出藉口：「因為怕博美會不會是被什麼案子牽連了，忍不住打電話來關心。」

博美回答「沒事的」，附帶說明刑警也來找過自己，但只是問了幾個形式上的問題，她也不知道是在辦什麼案子。

吉野元子聽起來卻不怎麼安心，還追問：

「博美，妳離開我們這裡以後，沒有再跟苗村老師碰面吧？」

博美立刻否定，反問她為什麼會這麼問。

沒什麼，只是問問而已——這是吉野元子的回答。

博美站起來，用熱水瓶的熱水和茶包泡了杯紅茶。

博美心想，也許吉野元子終究是注意到了。她以為自己夠小心，不會被機構的人發現，但從她進學園以來，和她最親近的就是吉野元子。博美找她商量過很多事，透露許許多多的煩惱。唯一的例外就是苗村誠三的事，不過似乎還是瞞不過她的雙眼。

博美回到椅子上，放下茶杯。紅茶表面略微晃動，很快便靜止了。看著茶水的表面，她想到因起風而揚起細浪的琵琶湖湖面，夕陽下白色遊艇停靠在岸邊。

那不是幻想的世界，是她親眼看過的光景。當時博美站在湖畔，身邊就是苗村。那是高中畢業典禮的第二天，說好要兩人單獨慶祝，於是他們去了琵琶湖。博美已確定四月就要前往東京了。

不久前，兩人才發展出特別的關係。在那之前，他們一直維持著國中恩師與學生的關係。然而，那純粹是形式上。博美轉學後，苗村也經常來看她，親切傾聽她的煩惱，爲她設想一切。她漸漸意識到苗村是個異性，國中時代單純的崇拜，到了高中發生明顯的變化。她由衷期待苗村來看她的日子，還會考慮當天該穿什麼。

博美也發現，自己並不是單戀。雖然不記得是什麼時候開始的，但苗村看她的眼神出現變化。博美知道他爲此自責，煩惱著是不是該與她保持距離。所以她認爲，要成就這份愛，只能主動出擊。

博美一點也不在乎苗村有妻子。她的確渴望與苗村結合，但從來沒有和他結婚的念頭，只是純粹以渴望一個男人的心情渴望他。

高三那年秋天，博美提出想要兩人單獨去旅行。那天，他們在草津市內的一家咖啡店見面。她上高中之後，苗村就不太來「琵琶學園」了。

聽到博美的話，苗村大爲震驚，露出僵硬的笑容，要她別開玩笑。

「我不是在開玩笑，我很想去，想和老師一起去。去哪裡都可以，只住一晚也好。」

從博美的語氣和表情，苗村似乎明白了她不是在開玩笑。不，其實打從一開始他應該就明白博美是認眞的。他收斂起笑容，沉默不語。

「對不起，」博美道歉，「好像爲難老師了。」

「也不是爲難什麼的，但這樣畢竟不太好，妳又還未成年。」苗村低著頭，囁嚅地說。

「我是未成年，不過可以結婚了。我爸媽都不在了，所以也不需要父母的同意。」

「結婚！這實在是……」

「請不要擔心。我沒有破壞老師家庭的意思，只是想在一起而已。」一個年紀輕輕的高中女生，卻說這麼大膽的話，當時可能是自我陶醉了吧。

「……聽妳這麼說，我很高興。可是啊……」

那天，苗村到最後仍在煩惱。

然而，下次見面時，苗村帶了一本旅遊書，翻開來給她看。上面是富士山的照片。

「妳不是說沒看過富士山嗎？所以我想不如就選這裡吧。」

這次見面也是在常去的咖啡店。要是在沒人的地方，博美可能會撲上去抱緊苗村的脖子，她就是那麼高興。

他們利用連假進行兩天一夜的旅行。博美向學園報備是和高中朋友去旅行。她不知道苗村是怎麼向妻子解釋的，也不關心。

他們投宿的是位於河口湖湖畔的度假飯店，景色優美，餐點可口。不過能夠和苗村兩人獨處，她開心得連這些都不在乎了。

他們就這樣在一起了，但博美完全沒有考慮兩人的未來。找出自己的生存之道才是首要任務，而她已有一個目標，就是戲劇。高二時受劇團招待第一次看舞台劇，舞台劇的魅力深深吸引了她。她希望能從事這方面的工作。

因爲招待學園看戲的是劇團「巴拉萊卡」，博美希望能夠加入這個劇團。高中畢業前的二月有一場徵選，她去東京報考。由於完全沒有演戲的經驗，她一點自信也沒有。然而兩週後，她收到合格通知。只是上面聲明，劇團無法保障收入，而且最初兩年都是見習的身分。不過也附注可以幫忙洽談打工，或介紹與見習生共同分租的住處。

打從一開始，博美便無法想像其他的路。她對自己發誓，一定要在戲劇的路上闖出一片天，爲此犧牲再多也在所不惜。博美想在畢業典禮的第二天兩人單獨慶祝，便是基於這樣的心情。

然而，她不知道苗村有什麼打算。不，事後看來，他似乎沒有放棄這段關係的意思。

博美到東京之後，苗村還是照例來看她。有時候在東京的飯店過夜，有時候會當天來回。每次都會關心她的近況，鼓勵她，有時候也給她金錢上的資助。對於當時靠打工勉強維持生活，又要排戲的博美而言，無論在精神上還是物質上，苗村都是寶貴的支柱。

時間轉眼流逝，博美順利從見習生晉升爲團員，上台的機會漸漸增加。主要也是因爲她獲得劇團年輕領導者諏訪建夫的青睞。

苗村在博美二十三歲生日那晚，說了一件令她大感意外的事。她在東京都內的餐廳，收下苗村的禮物。細長的盒子裡，是一條熠熠生輝的紅寶石項鍊。她開心地道謝，苗村露出有些生硬的笑容，點點頭說：

「其實我在考慮一件事。我想辭掉學校的工作。」
博美吃了一驚，眨了眨眼問：「爲什麼？學校發生了什麼事嗎？」
「不是的，我在考慮是不是也搬到東京來。如果我來了，就兩個人一起住吧？」
面對突出其來的提議，博美說不出話，她連想都沒想過。
「來這裡要做什麼？還是當老師？」
「很遺憾，那是不可能的。不過別擔心，我在這裡有許多大學時代的朋友，拜託他們幫忙，應該滿容易找到工作。其中有人在開補習班，說可以僱用我當講師。」
看樣子，苗村並不是臨時起意。
「家裡呢？你太太怎麼說？」
「那方面還沒有決定，但我想這陣子就告訴她。」
「告訴她……什麼？」
「告訴她眞相。我想老實向她坦白，我的心已在別的女性身上，無法再繼續婚姻生活。」
「你是說要離婚？」
「那當然了。」
「也要把我的事說出來嗎？」
苗村猛搖頭。
「不會的。我絕對不會把妳的事說出來，我會用別的理由說服她。」

「我覺得那是不可能的，你太太不會答應。」

「我也認爲她不會答應。但只要讓她明白別無選擇，她終究會死心。」

有這麼簡單嗎？——博美相當懷疑。假如這樣就能解決，世上夫婦之間的糾紛應該大大減少。

「怎麼樣？等我到東京之後，妳願意和我一起住嗎？」

博美十分爲難。這一切都出乎意料，她不知該如何回答。她也有她對未來的計畫，而那些並非建立在與苗村共同生活的前提之下。她好不容易才開始了解演戲是怎麼回事，逐漸體會到箇中樂趣。

「如果老師到東京來，我當然高興，可是很難馬上就住在一起。我又還不能獨當一面。」

「這我知道，我不是說馬上。畢竟我什麼時候會離婚，什麼時候能搬來東京，現階段都是未知數。我只是想告訴妳，我要朝這個方向走。」

博美以聽另一個世界的故事般的心情，聽著苗村熱烈的宣言。她依然愛苗村，想像起兩人的生活就很開心也是事實。但她早就看開，認爲不要做這種夢才是爲自己好。她懷著可能會毀了兩人的想法，這時候卻不能說出來，只好回答「謝謝」。

接下來，兩人之間暫時沒有出現這類話題。但過了一年多，某天苗村說「學校那邊我教到明年三月」。

「我知會過校長和教務主任，他們都答應了。」

「你太太呢？」

苗村苦著臉搖頭。

「還沒說，要是吵起來就麻煩了，我要採取強硬的手段。」

「強硬的手段？」

「我沒跟妳說過，不過我和妻子正在協議離婚，可是她一直不肯答應。這樣下去不是辦法，我決定自行離家。」

聽了苗村的計畫，博美十分錯愕。苗村說，到了四月，他就會留下離婚協議書和紙條，離家出走。

博美阻止苗村，勸他最好別這麼做，但他的心意不變。

「我撐不下去了。爲了應付世人的目光，假扮了一年多的夫妻，但我再也撐不下去了。這樣一來，兩個人都會完蛋，只有我離開才能解決。」

苗村說起這一年多來苦惱的日子。他完全不在家吃飯，衣服也在外面自己洗，回家就是睡覺而已。偶爾夫妻交談，他也只是靜靜承受妻子的責備。

博美心想，難怪最近苗村總是一副倦容。和之前相比，他瘦了很多。如果他一直過那種生活，當然會累到瘦成這樣。

博美雖然同情，卻也覺得無奈，這是苗村自己做的決定。而將他逼到這個地步，博美覺得自身也有責任。

翌年四月，苗村眞的來到東京，行李只有一個大背包。尚未確定正式的住處，但苗村先去找了短期租賃式的公寓。因爲家具雜物一應俱全，搬進去就能生活。

「我還不想讓別人知道我在哪裡，不能動住民票，暫時在這裡住一陣子吧。」苗村環視狹小的套房，露出解脫般的笑容。

在他的懷裡，博美感到難以言喻的不安。儘管是不健康的形式，但他們過去勉強維持了平衡，如今這個平衡開始大幅晃動。無法預測搖晃的結果會令他們墜落到什麼樣的深淵，她非常恐懼，卻不敢說出口。

電話鈴聲將博美拉回現實。眼前的手機發出亮光，喝到一半的紅茶都涼了。

看著來電顯示，她愣了一下。是好幾年沒見過面、連電話都沒通過的人，然而博美立刻猜到對方來電的目的。必須冷靜下來，不能讓對方發現她的震驚。博美大大吸了一口氣，緩緩呼出，才接起電話：「喂。」

「角倉小姐?是我，米岡。」米岡町子有點沙啞的聲音從手機彼端傳來。

「好久不見，妳好嗎?」

「算是苟延殘喘吧。倒是角倉小姐，妳在明治座的公演好精彩啊!恭喜妳大獲成功。」

「謝謝。託妳的福，總算沒有出大醜。」

「別謙虛了。這樣妳又更上一層樓了，眞的好厲害。」

「請別這麼誇我，我會當眞的。」

「本來就是眞的啊。我才不會說那種客套話——」

「不敢當、不敢當。對了，米岡小姐，妳有什麼事呢？」

「啊……其實是這樣的。」她的語調略略沉下來，「警察來找過我。」

米岡町子說的，和博美接起電話前的預期分毫不差，所以她才能夠平靜聽完。然而，她的內心深處卻有種什麼東西轟隆隆垮掉的感覺。

「所以我想或許警方也會去找角倉小姐。」

「是嗎？我知道了。妳不用擔心我，反正只要正常應對就好。給妳添麻煩，我才不好意思。對不起。」

「哪裡，別這麼說……那就先這樣。」米岡町子掛了電話。

博美望著手機螢幕，嘆了一口氣。吉野元子之後是米岡町子，大家都很講義氣地來電提醒。據米岡町子說，除了公關課的茂木，還有一個肩膀很寬、神情精悍的男子同行。儘管沒有說他是誰，但多半是加賀。他正扎扎實實的，一步步接近與他本身有關的眞相。

也許去找他終究是個錯誤，博美卻不後悔。她深深感受到，要得到「自己的人生是什麼」這個問題的答案，這是必經過程。雖然她不知道得到答案，對自己究竟有沒有幫助——

腦子裡正想著這些事時，對講機響起。今天應該沒有訪客，儘管感到奇怪，博美仍伸手拿聽筒。然而，她隨即停下動作。液晶畫面顯示出訪客的身影。

那是一個眼熟的人物，是她在這間事務所接待的頭一個刑警，記得他姓松宮。

顯然又來了一個帶來不幸之風的人了——她邊想邊拿起聽筒。

18

松宮回到專案小組所在的警署時，一名姓大槻的同組前輩刑警正從大門出來。他的身材矮小，臉卻很大，肩膀也寬。他是柔道三段的高手，耳朵完全變成俗稱的柔道耳。看到松宮，他打了聲招呼。

「怎麼樣，你那邊的情況如何？」明明不知道松宮出去查訪什麼也照問不誤，他總是如此。

「不太理想。」

「是嗎？那眞是遺憾啊。」大槻隨口回答，也不問是怎麼個不理想法。這些話本來就跟打招呼沒兩樣。

「大槻先生要上哪裡去？」

「神田。又有聯絡了，這次是從濱岡核電廠發來的。」

松宮「哦」了一聲，點點頭表示明白。「但願有好消息。」

「是啊，不過我不抱期待就是了。」大槻說聲「先走啦」，舉起一手離開了。

綿部俊一可能是核電廠作業員，而且是輾轉遊走各核電廠——根據這個假設，他們從各方面著手調查。其中之一，便是向各相關公司查詢，是否曾僱用名爲綿部俊一或越川睦夫的人，並且出示那張人像素描畫，詢問是否看過類似的人物。

當然，這不是輕鬆的工作。畢竟時間經過太久，而且相關公司爲數眾多。實際上僱用作業員的都是外包再外包的小工程事務所，連要找到負責人都有困難。加上現在因爲震災的影響，幾乎所有核能發電廠都停止運作，退出這個產業的公司也很多。不光委請全國各地轄區內有核電廠的警署協助調查，專案小組也同時派出專任調查員。他們連日查訪作業員的僱主、調度主管、前作業員，一取得情報，便送往專案小組。

大槻說濱岡核電廠有聯絡，表示有神似人像素描畫的人在當地工作過，也查出了姓名。他之所以前往神田，是爲了到放射線從業人員中央登錄中心，查證該作業員是否存在。要在放射線管區內作業，必須向中央登錄中心進行登記。其實綿部俊一、越川睦夫這兩個名字已查證過，沒有登錄。假如是以這兩個名字當作業員，只能在放射線管區外工作，但了解核電廠作業員工作情況的人認爲，這樣的可能性很低，因爲報酬完全不同。爲了賺取豐厚的酬勞，必須暴露在大量放射線下，是這個業界的常識。只不過，拿到的錢會被抽成。

來自濱岡核電廠的情報，究竟會不會有好消息？若打聽來的姓名在中央登錄中心中查得到，不僅可以得知他因爲工作承受多少放射線，也能一併得知他當時的住址、戶籍所在地與工作經歷。再查出該人物當時至目前的行蹤，以確認是否爲警方正在尋找的人物。

松宮暗自祈禱大槻單調而辛苦的調查能有成果，走進警署。

會議室裡，小林與石垣係長正在交談，兩人臉色都很難看。談話結束，石垣離開會議室之後，松宮才到小林那裡，報告他與淺居博美的談話內容。

「是嗎？她果然否認了啊。」小林一臉失望。

「她說記得苗村老師，以前受到他很多照顧。」

「但並不是男女關係，是吧？」

「她笑了，說她作夢都沒想到會有人這麼認爲。」

「你提了紅寶石項鍊的事嗎？」

「提了。她說的確有這麼一條項鍊，不過是她自己買的。」

「自己買的……是嗎？」

「我也問了她在與諏訪建夫結婚前交往的對象。若是方便，希望她透露對方的名字。」

「她怎麼說？」

松宮嘆了一口氣，雙手一攤。「她說不方便。」

小林的嘴角垮下來，「來這招？」

「她反問我爲什麼要查這些事。她不認爲這些事和押谷小姐的命案有關，如果有關的話，要我說明是什麼樣的關係。我解釋不能洩漏案情，所以不能說。」

「她看起來動搖了嗎？」

「看不太出來。」松宮歪著頭說：「她態度挺大方的，神情也十分從容。問我問題的時候，語氣很平靜。不過……」

「不過怎樣？」

「她是個女演員。」

「也對。」小林抓抓頭，一臉苦相。

「對了，我聽大槻先生說，又有一則新情報？」

小林拿起身旁的文件。

「姓名爲橫山一俊，二十年前曾在濱岡核電廠當作業員。當時的一名外包業者，也是工頭，看了人像素描畫，說非常像。而且當時橫山大約五十歲，年齡也符合。」

「他有沒有提到橫山是什麼樣的人？」

「很遺憾，他們除了工作沒有來往，不知道他是什麼樣的人。不過當時的名冊仍在他的手邊，所以只想得起名字。」

「那本放管手冊是眞的嗎？」

放管手冊，即爲放射線管理手冊。每一個在中央登錄中心登錄姓名的人都會發一本。核電廠作業員必須當場出示手冊，否則不得上工。

「因爲是很久以前的事，這名工頭記得不是很清楚。但他說如果是假的一看就知道，而且他也不會僱用那種可疑人物。依我看，他的話應該可信。」

然而，沒人能保證那個人是眞正的橫山一俊。這次松宮也知道了，放射線管理手冊發行的手續極度鬆散，有段時期甚至只要有住民票就能輕易冒名頂替，還曾發生實際上未滿十八歲的少年順利以僞造的住民票取得手冊的烏龍事件。直到最近，才將進入放射線管理區域者提出駕照或護照等附有照片的正式身分證明，明定爲義務。

苗村誠三——這個名字也沒有在中央登錄中心裡。然而，若是透過旁門左道，用別的名字取得放射線管理手冊，還是可能去當核電作業員。

越川睦夫是假名，綿部俊一也是假名，在新小岩遇害的人物本名很可能就是苗村誠三。這是松宮的推理。

果眞如此，淺居博美的嫌疑就更大了。加上押谷道子，與她相關的人就有兩人遇害。

然而關於動機，目前警方仍完全沒有頭緒。淺居博美與押谷道子有三十年沒見面，這段期間內也毫無聯繫，實在不可能突然冒出非殺害她不可的理由。

松宮坐在電腦前，思索著這些疑點邊打報告時，幾名外出的調查員回來了。其中一人代表向小林報告，神情不是很開朗。看樣子沒有什麼好的成果。

果不其然，小林也是一臉凝重。他嘴角垮下，雙手交抱胸前，叫喚松宮。

「請問有什麼發現嗎？」

「相反，什麼都沒有，什麼都沒查出來。」

「有任務嗎？」松宮遠遠看著回到專案小組的調查員。

小林取出兩張照片。

「抱歉，又要出差了，想要你跑一個地方。」

松宮一走進店裡，馬上就找到加賀的身影。他的手指正在平板電腦螢幕上滑動。

「久等了。」松宮將公事包放在加賀對面的座位上。

加賀抬起頭來，「時間上沒問題嗎？」

「車票我買好了，還有三十分鐘左右。」

這家店是自助式點餐，松宮到吧檯去買了咖啡，回到位子上。只見加賀專注地看著平板電腦，螢幕上是某座神社的照片，拍到好多人在走動。

「這是……？」

加賀豎起平板電腦，將螢幕轉向松宮，說道：「銀杏岡八幡神社。」

「銀杏……」

「是這樣寫的。」加賀的手指在螢幕上移動。出現一張寫有「銀杏岡八幡神社 節分 撒豆儀式」的海報照片，「是在淺草橋附近的神社。每年二月三日都會舉辦節分祭。我收集了那時候的照片。」

「二月淺草橋……是嗎？你是在找淺居博美有沒有被拍到，就像洗橋的照片那樣？」

「沒錯，但這次顯然很難。因爲沒有多少張。」加賀關掉畫面，抬起頭來。

松宮將小林交給他的兩張照片放在餐桌上，是從那兩本畢業紀念冊的照片翻拍的，放大了團體照裡苗村的臉。一張是押谷道子她們畢業時的照片，一張是苗村離職前的照片。

「好年輕啊。」加賀看過兩張照片後說，「這張臉，過了三十年會變得像那張人像素描畫一樣嗎？」

「就是要確認這一點。」

松宮接下來要前往仙台，目的是請宮本康代看這兩張照片，確認與綿部俊一是否爲同一人。剛才回來的幾名調查員便是拿這些照片去給協助製作人像素描畫的民眾看，但據說每個人都只是歪著頭無法肯定。因爲年齡差距太大，難以想像。

松宮之所以聯絡加賀，是要問有沒有事需要轉達宮本康代。結果加賀回答，沒有特別需要轉達的事，倒是有件事想先知會他，所以想見個面。於是就在松宮前往仙台之前，兩人約在東京車站附近的咖啡店碰面。

「你說他是淺居博美國二時的級任導師吧。」加賀把照片放在餐桌上，「而且很可能與淺居博美有男女關係。」

松宮是昨天從滋賀縣回來，當晚就在電話裡把大致的情況告訴加賀了。

「今天她本人否認了。」松宮收好照片，「可是我認爲沒錯，紅寶石項鍊是苗村誠三送她的。而苗村誠三就是綿部俊一，也就是越川睦夫。」

加賀的手肘撐在餐桌上，拳頭抵著額頭。

「國中老師愛上學生，最後拋棄妻子辭去教職，一起私奔了嗎？不是不可能，但實在太膚淺。她究竟愛上這種男人的哪一點？」

「淺居博美當時太年輕，沒有想太多吧。對了，恭哥，你不是當過老師嗎？無法理解他的心情嗎？」

「當是當過，但才短短兩年，也沒有學生會視我爲恩師。這個先不提，爲什麼會去當核電作業員……」

「爲了收入啊，要隱瞞身分做那種工作並不難。對苗村來說，不是再適合不過了嗎？」

「也許吧。」加賀似乎不以爲然。

松宮看看時間，問：「恭哥找我什麼事？」

「對了……」加賀從旁邊的公事包裡拿出一本劍道雜誌。他把雜誌放在餐桌上，翻開貼有標籤的那一頁。

松宮驚呼一聲。那一頁有身穿劍道服的加賀照片，看起來相當年輕。

「從這篇報導，我查出一件重要的事。」

加賀這麼開頭，接下來說出的內容，的確令人瞠目結舌——淺居博美曾以這篇報導爲線索，查出加賀的住址。

「怎麼回事？她說是碰巧在劍道教室認識恭哥的……」

「這就說明那不是碰巧。她是爲了接近我，才把孩子們帶去劍道教室。」

「她爲什麼要這麼做？」

「這就不知道了。但如果淺居博美和綿部俊一之間有所關聯，對我而言，就解決了一個多年來的謎。」

「就是舅媽去世時，綿部俊一爲何能把恭哥的住址告訴宮本康代女士，是吧？」

加賀點點頭，看了看手表，提醒：「你該走了吧。」

松宮確認發車時間，「說的也是。」

兩人離開餐廳，往同一個方向走。「關於滋賀縣那邊，」加賀說，「聽了你的敘述之後，我覺得有件事很奇怪。你說同學都不太記得淺居博美？」

「他們記得欺負過她，可是轉學那時候的事，幾乎沒有留下記憶，彷彿不知不覺間這個人就不在了。」

「不知不覺啊……」

「怎麼了？這有什麼好奇怪的？」

「到底是哪裡不對，我也不清楚。好像看得見，又好像看不見。明明看著，卻又看不出來，就是這種感覺。」

松宮停下腳步。加賀晚了他幾步也停下來，回頭看他：「怎麼了？」

「沒錯，就是這種感覺，我也有同感。」

「是嗎？」

「這就代表我身爲刑警的直覺，漸漸接近恭哥的水準了？」

加賀苦笑。

「你少無聊了，快走吧，不然會趕不上車。」

一看時間，的確是該加快腳步了。松宮說聲「那我先走了」，朝加賀揮揮手，小跑步去趕車。

驚險趕上隼號，約一小時四十分鐘後，松宮抵達仙台車站。從這裡再轉乘ＪＲ仙山線前往東北福祉大前站。因爲是第二次，他很熟了。

這次出了站仍是徒步前往。上次松宮也覺得要爬上坡道果然累人，而且一個人走，感覺距離更長。

國見之丘今天也十分安靜，家家戶戶的窗戶都透出燈光，不久便看得到宮本家了。來訪前，他已事先打過電話。

雖然加賀沒有一起來，宮本康代還是很歡迎松宮。她和上次一樣帶松宮到起居室，但這次她沒有奉茶，竟然是要端啤酒，松宮連忙婉拒。

「有什麼關係，天都黑了。」

「不好意思，執勤中沒辦法喝酒。您的好意我心領了。」

「這樣啊。眞可惜，我有好吃的醃茄子呢。」宮本康代一副打從心底感到遺憾的樣子，將啤酒和玻璃杯放回托盤，消失在廚房。

享用她再度出現時泡的日本茶之前，松宮先爲上次來訪的事道謝。

「有沒有稍微幫上忙呢？我一直很擔心，不知道後來怎麼樣了。」

「託您的福，我們的進展很順利。」偶爾撒個謊無傷大雅，松宮接著說：「其實，今天也是想請宮本女士看一個東西，這次是照片。」

宮本康代挺直背脊，回答：「好的。」

松宮將那兩張照片放在她的面前。

「因為時間相隔許久，給人不同的印象，但這兩張照片上是同一人物。您對這個人有印象嗎？」

宮本康代兩手各拿一張照片，輪流檢視。

松宮期待她會立刻有反應，露出吃驚的表情。

然而，宮本康代的發言出乎意料。她的回答是：「我不認識這個人。」

「請您仔細看。若您見過這個人，應該是比拍這張照片的時間晚了十年。可以請您將年齡增長這件事列入考慮，再看一下嗎？」

聽著松宮的話，她又檢視了照片一次，表情依然迷惘。

松宮心想，沒辦法，雖然很想避免誘導答案，但不得不有所取捨。

「這不是……綿部俊一先生嗎？上一次請您看過人像素描畫。」

宮本康代抬起頭。她的眼睛睜得大大的，似乎頗為吃驚，松宮以為她終於想起來了。

「怎麼可能。」然而她搖搖頭，篤定地說：「這不是綿部先生，是不相關的另一個人。」

19

松宮很晚才回到專案小組，石垣、小林以及大槻都還在，正圍坐在會議桌旁。

「辛苦你特地跑一趟。」石垣對松宮說，「早知如此，交給宮城縣警就行了。因爲只是看照片而已。」

宮本康代的回答，松宮已打電話向小林報告過了。上司低聲回覆「是嗎」，聽得出頗爲失望。

「不，我還是想親自去確認。但很遺憾，原本以爲這個推測是對的。」

「她說根本不是啊，那麼，可以視爲可能性爲零了吧？」

「從宮本女士的態度看來，我認爲沒有問題。她甚至沒有一丁點遲疑。她是少數曾與綿部俊一當面說過話的人，應該不會錯。」

「也對。那麼，苗村這條線就當沒有了，重新擬訂調查方針。小林，拜託你了。」

小林應聲「是」。石垣抓起披在椅背上的西裝外套，離開會議室，腳步一點都不輕快。

松宮看著小林，問：「組裡有進展嗎？」

小林朝大槻揚揚下巴，「這傢伙可能抽到上上籤了。」

松宮「咦」了一聲，視線轉往大槻。「是白天說的那個人吧？名字叫……呃……」

「橫山一俊，中央登錄中心裡有這個名字。」大槻看著手上的文件說：「當時的住址在名古屋市熱田區，和戶籍地相同。只不過，目前住民票已被註銷，也沒有轉出的紀錄，代表他居無定所。」

「家人呢？」

「結過兩次婚，兩次都離婚了。雙親早就去世。有一個姊姊，嫁到豐橋。」

「應該找得到兩位前妻和姊姊吧？」松宮問小林。

「已要求愛知縣警方協助，但我們也派了調查員過去，應當很快就會收集到詳細情報。」

坂上也是被派出去的調查員之一。

「名叫橫山一俊，是嗎？請問怎麼寫？」

「這倒是挺有意思的一點，要不是大槻提醒，我還沒發現。」

松宮根據小林的口述寫下名字，原來是「橫山一俊」。他看著自己寫的字，心想這哪裡有意思，忽然發現端倪。

「啊，是下面兩個字吧。前後對掉就成了『俊一』，綿部俊一的『俊一』。」

「沒錯。」

「要說巧，未免太巧了。」大槻鼻孔翕張。

「的確令人好奇，這個橫山也待過女川核電廠嗎？」

「重點就在這裡。據大槻訪查的結果，豈止待過女川，他的經歷有一半以上都是在女川。」

大槻的視線再度落在文件上。

「僱主是『白電興業』。不過這家公司的總公司在東京，應該不是直接僱用橫山一俊，眞正的僱主應該是當地外包的下游業者。」

「那麼，如果去女川請教那家業者——」

松宮話還沒說完，小林就搖頭：「辦不到。」

「爲什麼？」

小林轉向大槻，揚了揚下巴，像是在說「你告訴他」。

「這次，我們向管區內有核電廠的警察單位同仁，請求各方面的協助，」大槻解釋：「但福島和宮城方面無法提供協助。當地的外包業者全是震災受害者，連建築都整個消失了。以前的紀錄根本無從找起，要追查曾在該處工作的人的行蹤，等於是不可能的任務。」

松宮放下手中的筆，「原來如此……」

「我們不需要悲觀。」小林說，「只要找出認識橫山一俊的人就行了。曾和他一起在濱岡核電廠工作的作業員當中，還有幾個找得到的人。關於橫山一俊的背景，遲早會查清楚。問題是，他究竟是不是我們要找的那個人。」

「的確。」

松宮儘管表示同意，心裡仍蒙上一層陰影。就算警方的推論沒錯，橫山一俊眞的就是綿部俊一，他和淺居博美究竟有什麼關聯？這又是一道新的障礙。

小林忽然抬起頭說：「辛苦了，你今天可以回去了。」

「不，我要留下來。」

松宮一這麼說，小林便像趕蒼蠅般揮手。

「管理官不喜歡調查員沒事留宿，係長也是。你趕快回去，讓你媽多少安心一點。」

上司都這麼說了，只好聽令。「那麼，我先告辭了。」松宮行了一禮。

松宮和母親克子一同住在高圓寺的公寓。以前他們住在三鷹，住的是租來的老房子，但松宮被發配到搜查一課時，下定決心搬家。

「和母親兩個人住，小心會交不到。」前輩坂上曾笑著這麼說，他指的是女朋友，因爲會被人以爲是媽寶。這倒是眞的，所以松宮不太會向別人提起這件事。

松宮完全沒有關於父親的記憶，父親在他幼時便死於意外，而且對方也不是他正式的父親。那個人與其他女性結了婚，離婚還沒成立，就和克子生活在一起。

「我眞是沒有結婚的命啊。」克子至今仍不時這麼說。她結過一次婚，「松宮」是這位丈夫的姓氏。然而丈夫年紀輕輕就病故，後來克子才遇見松宮的父親。

松宮一路看著母親苦過來，所以就算多少有點不自由，他對母子同住的生活也沒有不滿。

回到公寓時，都快半夜十二點了，也許母親已入睡。他小心避免發出聲響，打開玄關的門，卻吃了一驚，裡面傳來克子開朗的笑聲。他一看玄關，擺著一雙好大的皮鞋。

松宮一進屋，便看到一男一女隔著餐桌對坐。餐桌上擺著啤酒罐，還有盛著醬菜的小碟子。

「啊，你回來啦。」說這句話的是克子。「從仙台趕回來嗎？眞是辛苦了。」身穿白襯衫的加賀接著說。只見他卸下領帶，捲起了袖子。

「你們在幹麼？」

「你恭哥突然來看我，還帶了人形町的豆腐和煎蛋捲，都好好吃。」克子的眼周微微泛紅。

「我覺得好久沒見到姑姑，想來看看。這陣子你很少回家吧？我想姑姑一定很寂寞。沒關係吧？我們是親戚嘛。」

「當然是沒關係啦。」

「那你就別傻站在那裡，先來一杯。今天的工作結束了吧？」

克子從餐具櫃裡取出玻璃杯，加賀往杯裡倒了啤酒。

松宮脫下西裝外套，在椅子上坐下。啤酒一入喉，全身的疲勞彷彿一擁而上，他今天也波奔了一整天。

「情況如何？」加賀問。

松宮搖搖頭，轉述宮本康代看過照片之後說的話。

「果然如此。」加賀的反應平淡。

「你早就知道不是嗎？」

「雖然不是很有把握，但總覺得不是。我不認爲我媽會看上那樣的人。」

聽了加賀的話，松宮恍然大悟。原來他喃喃說著苗村淺薄，不曉得究竟愛上這種人的哪一點，是對母親發出的疑問。

「苗村……是無關的人嗎?」

「不，現在就認定無關也太早了。」

松宮挾醬菜的筷子停下，「你是說，他涉及命案?」

「不知道是否直接相關，但我們不能不關注和淺居博美有關的人當中，竟然有兩個人消失的事實。」

「兩個人……一個是國中同學，一個是國中導師。不過，押谷道子不是消失，而是遭到殺害。」

「說到重點了，苗村老師的失蹤，或許也有查證的必要。」

松宮倒抽一口氣，「你是說，苗村也遇害了?」

「有這個可能。」

「假如他真的被殺，會是在什麼時候?」

「這就不知道了。」加賀搖搖頭，把玻璃杯拿到嘴邊。

「假如是這樣的話，凶手會是誰?也是——」松宮猶豫著，沒有說出「淺居博美」這個名字。

「現階段就這麼想，未免太武斷了。」加賀輕輕聳了聳肩。

「你們在講什麼?聽起來好嚇人。」默默聽著兩人交談的克子，露出不自然的笑容。

「不好意思，淨說些血淋淋的事。」加賀低頭行禮，而後看了看時間。「這麼晚了，真的打擾太久了。」

「有什麼關係呢，脩平也回來了。」

「不，得讓這小子好好休息。」加賀拿起西裝外套，站了起來。「謝謝姑姑。好久沒和您聊天，眞開心。」

「我也是，要再來玩喔。」

松宮交互看著母親和表哥，「你們都聊些什麼啊？」

「一些無關緊要的往事。」

「談百合子嫂嫂呀，你表哥的媽媽。」克子說，「我和百合子嫂嫂接觸的機會不多，但我記得她是個溫柔、責任感又強的人。她會離開家，一定是有什麼煩惱。所以，阿恭，你要原諒你媽媽。」

加賀苦笑，點點頭。

「我知道，您交代過好幾次了。」

「剛才說的事，也要考慮考慮喔。」

「嗯。」加賀一副不置可否的態度。

「什麼啊？你們剛才說了什麼？」

「百合子嫂嫂的法事，阿恭說從來沒有正式辦過。」

松宮「啊」了一聲，附和母親般看著加賀。他很清楚這位表哥根本沒把法事放在心上。

「等工作告一段落，我會考慮的。」

「眞的喔，這可是你說的。無論發生什麼事，百合子嫂嫂都是阿恭的母親，這一點是不會變的。到區公所去，白紙黑字記錄在冊，這是很了不起的事啊。像是脩平就沒有父親，哪裡都找不到這孩子父親的紀錄。光是這樣，阿恭就很幸福了。」

克子語帶哭腔，松宮急了。

「媽，別說啦。妳喝醉了嗎？」

「我才沒醉。我是想讓阿恭明白……」這下克子眞的眼眶含淚。

「傷腦筋。」松宮皺起眉頭，向加賀道歉。

「我明白姑姑的心情。」加賀靜靜地說：「我會認眞考慮，今晚謝謝您的招待。」

克子沒說話，點了點頭。

松宮送加賀到門口。穿上鞋後，加賀面向門就不動了。松宮覺得奇怪，正要開口詢問時，加賀轉過身來。

「也許我們漏掉了很重要的事。」

「咦？」

「我再跟你聯絡。」說完，加賀便離開了。

20

博美醒來時，全身冒著冷汗，腦中殘留著做了惡夢的感覺。希望這是因為明天就是公演最後一天，下意識緊張的關係。

然而，沖完澡站在洗臉台的鏡子前時，她又認為應該不是。她意識到的不是最後一場公演，而是步步逼近的那一刻一直縈繞在腦海，這份恐懼害她做了惡夢。

博美朝鏡子裡的自己露出嘲諷的笑容。她只感到失望，到頭來，自己終究是個軟弱的人，只是虛張聲勢地活過來而已。

她在臉頰上拍了兩下，瞪著鏡中的自己。失望什麼？夢想都實現了。沒有什麼好怕的，也沒有什麼好後悔的。只要想著今天和明天，盡力燃燒生命之火就好。

化完妝的時候，手機響了。看著來電顯示，她抿緊了嘴。

「早啊，加賀先生。」

「很抱歉一早打擾，現在方便說話嗎？」

「請說。」

「有幾件事想請教妳。現在過去妳家方便嗎？其實我已來到附近。」

博美深呼吸，思索他不到劇場也不到事務所，卻來家裡的原因。

「我時間很緊。」

「只要十分鐘，麻煩妳。」

就算這時候拒絕，結果還是一樣吧。加賀一定會用別的方法來達到目的。

「好吧，我等你。」

博美掛上電話，嘆了一口氣，環顧室內。雖然不怎麼乾淨，但也沒什麼不方便給別人看到的。她稍微整理一下茶几一帶，等候加賀來訪。

不久，對講機就響了。一接起來，便聽到加賀的聲音，於是她按下開門鍵。

接著是門鈴響起，博美調整呼吸，走向玄關。

轉開鎖，開了門，加賀站在門前，但他不是一個人。他身後還有一名身穿套裝，圓臉的美麗女子。

「請別在意她。」加賀說，「我只是認爲一個男人單獨造訪女性的房間不太妥當，於是請她同行。」

敝姓金森──女子行禮說，並沒有遞出名片。

博美請兩人到起居室。她很少請人到家裡，但家裡還是有雙人座的沙發和一人座的椅子。她請他們坐沙發。

「要喝什麼？咖啡的話，我馬上就能準備。」

「不用了，說好只待十分鐘。」

「好吧。」博美坐下來。

「首先想請教的是這個。」加賀從公事包取出一本劍道雜誌放在茶几上，「妳認識米岡町子小姐吧，她是娛樂線記者。」

先從這個開始嗎？這是博美意料中的話題，不難保持平靜。

「我認識。她告訴我，你去找過她。」

「若妳認識，那事情就簡單了。我想請問，妳爲什麼要調查我的住址？」

「爲什麼啊，」博美聳聳肩，「因爲我想針對劍道取材。既然要取材，就盡可能找最強的選手，我對米岡小姐也是這麼說的。」

「她的確是這麼說。不過奇怪的是，米岡小姐將住址告訴妳，妳卻沒有和我聯絡。」

「因爲沒有必要了，後來我選了不同的題材，只是這樣而已。所以後來在劍道教室見到你時，我眞的嚇了一跳，心想天底下竟然有這麼巧的事。」

加賀以銳利的目光注視著她，「妳說那是巧合？」

博美沒有轉移視線，嘴角揚起：「是的。」

「但妳從來沒說過。」

「我覺得不要說比較好。有些人聽到別人在背地裡打聽自己的住址，就會覺得很不舒服，不是嗎？」

加賀深呼吸，拿起劍道雜誌，追問：「爲什麼是我？」

「我剛才應該已回答，因爲我想向厲害的選手求教。加賀先生在某個大賽上贏得冠軍，對吧？所以我認爲你是很適合的人選。」

「厲害的選手很多，這本雜誌上也介紹了不少。」

「那是我的直覺。我們的工作不是全部都說得出道理，選角的時候也十分重視感覺。如果一定要問爲什麼選那名演員演出這個角色，我也只能說是直覺。」

「那麼，爲什麼是這本雜誌？」

博美擺出小小的投降姿勢。

「劍道雜誌有那麼多嗎？我去書店剛好就看到那本雜誌，只是這樣而已。」

「那就奇怪了。」

「爲什麼？」

加賀指著雜誌名稱的下方。

「請看出刊日期，這是在妳拜託米岡小姐的三年前出刊的。書店怎麼會擺那麼久以前的雜誌？」

博美的心底起了波瀾。沒錯，在那個時候已是過期雜誌，她完全忘了這件事。然而，她立刻消除了自身的狼狽。

「對不起，我不小心說錯了。不是書店，切確地說，是舊書店。」

「舊書店？爲什麼特地到舊書店去找雜誌？」

「不是特地，是剛好去的那家店就有，我心想正好需要就買了。當期的雜誌都很貴的。」

「可以請妳告訴我是哪家書店嗎？」加賀的手伸進西裝外套的內袋。

「我忘了，應該是神田的某一家吧。」

加賀的手放回原處，「眞可惜。」

「就是這樣。加賀先生似乎很在意，但我調查你的住址沒有特別的意思。老實說，我並沒有那麼關心加賀先生，不，是完全不關心。以前是，現在也是。」博美對刑警盈盈一笑，「你太臭美嘍。」

加賀也回以笑容：「是嗎？我知道了。」當然，他的眼神中看不出認同之色。

就在他將劍道雜誌收回公事包時，一直在旁邊默默聽他們談話的金森小姐，「啊」了一聲，皺起眉頭，一隻眼睛不停地眨。

「怎麼了嗎？」

「我的隱形眼鏡……不好意思，可以借用一下洗臉台嗎？」

「嗯，請用。在走廊的左邊。」

她說聲「不好意思」，暫時離席。看著她走出去之後，博美的視線回到加賀身上。

「好漂亮的小姐，她也是刑警？」

「不是，是不同部門的。」

「是嗎？——加賀先生，還有什麼事嗎？」

「前幾天，本廳的調查員去了妳的故鄉一趟，在那裡見到幾個妳國二時的同學。」

看樣子，他想從不同的地方進攻。博美保持柔和的表情，提高警覺：「這樣啊。這又怎麼了？」

「負責的調查員想不通，同學們爲何都不太記得妳。」

博美輕輕點頭。

「不無可能，我小時候沒什麼存在感。」

「可是有人記得欺負過妳。然而關於妳轉學這件事，每個人的記憶都模糊得令人吃驚。他們僅存的印象是，不知道什麼時候妳就不在了。」

「倒也難怪。家父去世，我被很多地方踢來踢去，最後被送到社福機構……連道別的機會都沒有。」

「妳當時肯定吃了不少苦。妳說令尊去世，請問他的死因是……？」

博美的臉頰一僵，「你們不是都調查過了嗎？」

加賀從外套內袋取出記事本，翻開查看。

「專案小組調查過妳的經歷。令尊的死因是自殺，記錄上是從附近的建築物跳樓。」

「你說的沒錯。」

「是什麼樣的建築物？公寓大廈嗎？還是百貨公司？」

博美用力搖頭，「我想應該是什麼大樓，但不記得了。我接到通知趕到醫院，後來才得知家父是跳樓身亡。」

「原來如此。不過眞不可思議，我不是很清楚，但我想那個城鎭不大吧？發生這樣的事，一般會造成大騷動，不是嗎？根據調查員的調查，當時發生的意外或事件，妳的同學們都記得很清楚，對於同學的父親跳樓自殺的事卻一無所知，這不是很奇怪嗎？」

「你問我，我也無法回答。只是有人盡力幫忙，讓父親的死不要宣揚開來。」

「是哪一位呢？」

「我當時的級任導師。」

加賀的視線先落在記事本上，才抬起頭問：「苗村誠三老師，是嗎？」

「是的。」

加賀用力闔上記事本，拿在手上，雙手環胸。

「可是，無論再怎麼努力，有些事就是瞞不住。因爲工作的關係，我去過跳樓自殺和發生失足意外的現場，眞的是鬧得沸沸揚揚。」

「就算你這麼說，我也只能說結果就是瞞住了。加賀先生，你究竟想說什麼？」

金森小姐回來了。加賀問她「還好嗎」，她說「還好，不好意思」，又在他的身邊坐下。

博美抬頭看牆上的鐘，「時間差不多了……」

「在專案小組那邊，」加賀打斷她的話，「妳的檔案是以教養機構『琵琶學園』所留下的資料爲主。令尊從鄰近建築物跳樓自殺的紀錄也是從那裡來的，但可以想見這些資料本身並非正式文件，或者是記述苗村老師的說法。換句話說，我懷疑令尊是在別的地方，選擇了別的死亡方式。」

金森小姐坐在加賀旁邊，表情十分僵硬。她來這裡之前究竟聽加賀說了多少？——現在不是想這些事情的時候，博美腦中卻出現這樣的疑問。

「妳的同學們都不知道令尊自殺。妳因此轉學，他們卻不了解當中的因果關係，我覺得非常不自然。不過，如果事情倒過來，就能理解了。」

「倒過來？」

「也就是妳不上學在先，令尊自殺在後。一般情況下，同學們可能會在意。但只要級任導師向大家說明，大家就不會放在心上了。然而，導師的說明並非事實。苗村老師對學生們說了謊，他知道妳沒上學的眞正原因。那又是什麼原因呢？有兩種可能：妳自己決定不上學，或是妳礙於什麼緣故無法上學。我推測是後者，妳想上學也不能去。當時妳與令尊一起去了遠方，不斷逃亡。是的，你們父女是所謂的趁夜潛逃。」加賀以清亮的聲音一口氣說完，定定地注視著博美，簡直像在威嚇她：無論妳的演技再高明，我也絕對不會上當。

「你說得像是搭乘時光機，飛回去看到過往的情景。眞想知道你是哪來的自信。」

「因爲這樣想才符合邏輯。令尊的死，恐怕是發生在遙遠的土地上。死亡證明是在當地開立，遺體也在當地火化，所以學校的同學什麼都不知道。苗村老師知道你們逃走了，並沒有將事情鬧大，而是靜觀其變，多半是同情妳吧。不久，校方得知令尊的死訊，苗村老師體恤妳，決定不告訴班上學生。無論如何都必須解釋交代時，他便說令尊並不是在逃亡的外地，而是在當地自殺，就是怕妳被烙上趁夜潛逃的不良形象。不，也許是妳拜託苗村老師這麼做的。」

博美回視加賀，輕輕拍手。

「眞是了不起的想像力，刑警都是這樣的嗎？」

「法務局的死亡證明保存期限雖然已過，但令尊是在哪裡、如何身亡，只要一查就知道。」

「那就請便吧。」

「妳不想訂正嗎？在這裡將實情說出來，對彼此都省事。」

「每個人都有自己的苦衷。爲了活下去，必要時多少會說謊。加賀先生，如果你的推理神準，家父眞的死在逃亡的外地，我又有什麼罪？謊報經歷？」

加賀皺起眉頭，搓了搓人中。「不會有罪吧，就這個狀況而言……」

「那不就不成問題嗎？或者，你只是想挖出我的過去？」

見加賀不回答，博美站起來。

「說好十分鐘的，時間超過很久了。可以到此爲止嗎？」

加賀抬頭看她。

「最近認識的護理師告訴我一段話，是一個生命沒剩多少時間的人說的。那個人說，想到能夠在九泉之下看著孩子今後的人生，就感到無比開心，因此失去肉體也無妨。如果是爲了孩子，父母會不惜抹滅自己的存在。關於這一點，妳有什麼想法？」

聽到這幾句話，博美差點昏厥，但她拚命撐住。

「我認爲很了不起。就這樣。」

「是嗎？」加賀點點頭，站了起來。「我明白了，謝謝妳的協助。」

博美送兩人到門口，加賀再次轉身面向她。

「明天就是最後一場公演了吧。」

「是的。」

「由衷祝妳一切順利。」

「謝謝。」

「我可以問一個關於《異聞．曾根崎殉情》的問題嗎？」

「請說。」

「對於妳選擇的題材，妳有什麼想法？滿足了嗎？」

看到加賀的神色，博美心頭一震。他的眼中充滿難以言喻的憐憫之色。

「當然，我認爲那是最棒的題材。」她挺直背脊回答。

「那就好。對不起，問了奇怪的問題。」

「那麼，告辭了。」加賀說完便轉身離開。金森小姐向她點個頭，跟著加賀走了。

鎖上門之後，博美匆匆走向洗臉台。一站在洗臉台前面，她便快速掃視四周，鏡子裡出現一張大驚失色的臉。

她打開抽屜，拿起放在裡面的梳子。

梳子上的髮絲似乎比今天早上看到時少。

21

松宮從目黑站搭乘前往日吉方向的東急目黑線列車，抵達第九站新丸子站時，是下午一點多。一出西口便是一條狹窄的商店街。咖啡店、藥局、花店、牙科和美容院，形形色色的商店並排在一起。也許是太習慣大型購物中心了，他才會對這樣一條商店街感到有些懷念。

然而，走了十分鐘，熱鬧的氣氛慢慢淡了。馬路兩旁是各式各樣的社區大樓。轉了幾次彎，馬路忽然變窄，有一幢老舊木造公寓沿著這條馬路悄然而建。松宮找不到公寓名稱，以手機確認位置，看來是他要去的地方沒錯。

今天，收到了關於橫山一俊的新情報。警方找到幾個因濱岡核電定期檢查而受僱於同一家公司、且在女川核電廠的時期也幾乎重疊的人。其中查出現居住址的，便是松宮接下來要去拜訪的男人，名字是野澤定吉。雖然想事先聯絡，卻不知道對方的電話。

木造公寓是雙層建築，但看住戶號碼，野澤的住處在一樓。五戶並排面對馬路，掛著門牌的只有兩戶，其中一戶就是野澤的居所。

松宮按了不知道會不會響的門鈴，鈴聲意外響亮。假如裡面有人，一定會聽到。然而，等了一會卻沒有任何回應。松宮又按了一次，看看手表。如果再等三十秒還是這種狀態，他打算稍後再來。

三十秒過去，松宮離開門口，思索著要怎麼辦。根據情報，野澤今年七十一歲，應該還十分健朗，也許只是稍微出去一下。要不要找個地方喝咖啡，一小時之後再回來——

正當他這麼想的時候，身後傳來聲響。他停下腳步回頭看，只見野澤的房門打開約二十公分，一個矮小的老人從門縫向外窺探。

「請問是野澤先生嗎？」松宮大步走回去。

老人像是嚇到了，隨即關上門。

「請等一下，我不是壞人。野澤先生，請開門。我有事想請教您。」松宮邊敲門邊說。鄰居可能在聽，他不能隨便透露自己是警察。

門緩緩開了。門後出現一張滿是皺紋的臉，訝異地望著松宮。

松宮出示警視廳的警徽，「您好。」

男子的眼睛睜大了些，說道：「我什麼都沒偷。」

「我知道。我不是爲了這個來的，是想請您協助調查。我想請教您在濱岡核電廠和女川核電廠時的事。」

老人明顯一臉厭惡，「我受夠那些了，麻煩死了。什麼無核家園，關我屁事！」

門又要關上，松宮抓住門把阻止。

「不是要請教您核電的問題，是想問有關人的事情，和您一起工作的人。」

「啊？哼，我早就忘了。」老人咳了一聲。

「說說您記得的部分就好。只要三十分鐘，不，十五分……」

「才不要……滾開。」老人又咳嗽了。

「不會給您添麻煩的，這是警方的調查。」

「那種事……我……」老人的狀態變得很奇怪。他的表情扭曲，劇烈咳嗽，當場跪倒。

「您怎麼了？要不要緊？」

然而，老人根本無法回答。松宮硬將門打開。只見老人蹲在玄關，「咿咿」地發出痛苦的呼吸聲。

松宮認爲首要之務是讓老人躺下來，便脫了鞋子，將老人扛在肩上。老人輕得令人吃驚。

屋內是冷清的和室，角落鋪著被墊。松宮讓老人在被墊上躺好。老人的咳嗽稍微緩和，但呼吸還是很不順暢。

「您還好嗎？要不要叫醫生？」松宮在他耳邊問。

老人虛弱地揮手，然後指著某個東西。松宮順著他的指示望去，看見老舊的櫥櫃，還有一排抽屜。老人發出「……邀……邀……」的聲音。

松宮靈光一閃，「那裡有藥，是嗎？」

老人邊咳邊點頭。

松宮打開抽屜。最上面的抽屜裡，有白色的藥袋。

「是這個嗎？」

老人彷彿在說「對對對」般點頭，接著指向流理台。

「要水，對吧。」

老人同樣點頭，揮著手似乎在催促他。

松宮稍微沖了一下放在流理台的茶杯，倒了水，和藥袋一起拿到老人身邊。老人儘管痛苦，仍熟練地取出藥放入口中，喝了茶杯裡的水。然後，他背對松宮虛脫般躺著，從喉嚨深處發出喘息聲。

松宮不知該如何是好，端坐在旁邊，觀察老人的狀況。在這種情況下，要問他事情可能很難。要是他又趕人，就摸摸鼻子回去吧。

老人劇烈起伏的肩膀，稍微緩和了些，喘息聲似乎也比較少了。

「您覺得怎麼樣？」

老人一個轉身，變成仰躺，胸口微微上下起伏。他點點頭，張開嘴說：「……哦，好一點了。」

「如果您有固定去的醫院，需要我聯絡一下嗎？」

老人搖搖枯枝般的手。

「這樣就好。老毛病，再來只要躺著就好。不好意思啊。」

「哪裡，別客氣。可是，您真的不要緊嗎？」

「不要緊，不過……有件事想麻煩你。」

「什麼事？」

「可以幫我買個茶嗎？不要冷的，要熱茶。最好是焙茶……再過去一點的便利商店有。」

「焙茶嗎？我知道了。」

松宮走出公寓，尋找便利商店。他心想，眞是奇特的狀況，但又不能丟著老人不管。便利商店有寶特瓶裝的熱焙茶，松宮買了兩瓶。回到公寓時，老人已在被窩裡坐起，面向牆那邊。

「不好意思啊。」老人打開寶特瓶，津津有味地喝起來。「多虧有你幫忙，謝啦。」

「是老毛病嗎？」

「是啊，肺不好。醫生說是上了年紀的關係，但我年輕的時候連菸都不抽。而且，不好的不只是肺，根本全部壞光光。全身乏力，連動都不想動，每天大半就像這樣躺著而已。剛才你按門鈴，我也是覺得麻煩，就裝作沒聽見。可是，你又按了一次，我滿想知道到底是誰，才會去開門。」

松宮環視屋內，這是三坪左右的和室，最基本的生活用品靠牆擺放。因爲光線不良，四周十分昏暗，可能沒有通風換氣，榻榻米有些潮溼。

「您現在做什麼工作？」

老人哼了一聲。

「這種身體能做什麼？連拉屎撇尿都很勉強了。」

「那麼，收入……」

「靠政府補助。不行嗎？就算想工作也做不動，我有什麼辦法。難道要叫我這種病人去賣命嗎？」

「不，我絕不是這個意思……您沒有家人嗎？」

「哪來的家人。自從大哥進了黑道，全都離的離、散的散了。」老人略微憤怒地說完，恢復冷漠的表情。「不過，那都是很久以前的事了。」

松宮猜想，這個人恐怕有很多不足爲外人道的曲折故事吧。

「想重新確認一下，您是野澤定吉先生，沒錯吧？」

老人拿著寶特瓶，應了一聲。

「可以向您請教幾個問題嗎？」

野澤嘆了一口氣，「你到底想問什麼？」

「您曾在濱岡核電廠工作吧？」

「是啊，不過是很久以前了。」

「當時，那裡有沒有一個姓橫山的人？他叫橫山一俊。」

「橫山……」野澤露出遙望遠方的眼神，喝了寶特瓶裡的茶，邊點頭邊將茶嚥下去。「有個橫山。嗯，確實有。不過他的名字是不是叫一俊，我就不記得了。」

「您記得他的長相嗎？」

「這我記得，因爲我們住同一個地方，經常會打照面。」

松宮從公事包裡取出一張照片給老人看，「是這個人嗎？」

澤野戴上放在被褥旁的老花眼鏡，看了看照片。

「不，不是。他不是長這樣。」

這個回答一如預期，因爲照片上是苗村誠三的臉。

「那麼，這張畫呢？不過這是最近畫的，給人的印象可能和當年不太一樣。」說完，松宮拿出那張人像素描畫。

野澤定睛看過那張畫之後，緩緩點頭。

「就是這張臉，很像。他總是一臉陰沉，我幾乎沒看過他笑。」

松宮內心高興得快炸開了。如果不是忍著，他很可能會高聲歡呼。雖然光靠野澤的指認，不能百分之百確定，但他相信不會錯。因爲野澤看了畫之後的感想，和宮本康代一模一樣。

「野澤先生以前經常去女川核電廠吧。您在那裡，也是和橫山先生在同一個地方工作嗎？」

「不是，在女川那邊，我們就沒有一起工作了。僱用我的是電力相關的外包公司，橫山應該是隸屬WATABE。」

「WATABE？WATABE是什麼？」

「就是外包工程的公司啊。不過是外包再外包，最最下游的就是了。一些高危險性的工作，就是那邊負責的。」

松宮感到自己的心跳加快了。公司名叫「WATABE」，本名「橫山一俊」，才會想到「綿部俊一」這個假名吧。

「橫山做了什麼嗎？」野澤問。

「不，不是這樣的……請問，橫山先生是什麼樣的人？」

野澤摘下老花眼鏡，低聲沉吟。

「簡單地說，就是個認眞又笨拙的人吧。不懂得取巧，總是觸動警鈴。」

「警鈴？」

「就是有機器會告訴工人，今天不能再受到放射線的照射了。可是眞要聽機器的話，根本做不了事情，所以要用很多招數來閃掉。事後回想起來，那麼做眞的很傻。橫山那傢伙，現在怎麼樣了？」

「不知道，我們正在查。」

「但願他還健在，不過八成不中用了吧。」

「怎麼說？」

「因爲說起來，我們就是渣滓。」

「渣滓？」

「核電廠啊，不是光靠燃料來運作的。那個東西是吃鈾和吃人才會動的，一定要用活人獻祭。它會榨乾我們作業員的生命，你看我的身體就知道了，這就是生命被榨乾的渣滓啊。」野澤張開雙手，從衣服的領口，看得見肋骨根根浮現的胸口。

一回到專案小組，松宮便向石垣報告，但在一旁聽的小林反應比石垣更快：「係長，就是這個人沒錯。」

石垣雙手環胸坐著，低下頭說：「公司叫WATABE嗎……實在不像巧合。」

小林叫來在不遠處工作的大槻，說明了松宮報告的內容，要他去找名爲「WATABE」的下游公司。

「好的，我會設法查出。」

大槻離去後，石垣緩緩開口：

「就算越川睦夫，也就是綿部俊一的眞實身分是橫山一俊，他爲什麼會遇害？這就是下一個疑問。關於橫山的情報，收集得怎麼樣了？」

「坂上他們獲得愛知縣警的協助，正在進行調查。這兩天應該就會有比較完整的情報進來。」

「是嗎？但願其中會有和這次命案相關的線索。」

「是啊，最好是能證明他與押谷道子或淺居博美之間的關聯的。」

「管理官也很擔心。到了這時候，差不多應該要找到破案的方向了。」

「我有同感。」

兩位上司開始談話，松宮向兩人行了一禮，轉身離開。

緊接著就有電話響了，小林拿起聽筒。

「我是小林……嗯……你說什麼？……我知道了，你繼續跟監。其他有什麼狀況嗎？……咦，你說誰？」小林一邊聽電話，不知爲何朝松宮瞪過來。「……就這樣嗎……了解，我會再下指示。」

小林掛了電話，首先對石垣說：

「淺居博美的行動似乎發生了變化。」

「怎麼了？」石垣的表情嚴肅起來。

「她平常離家之後，會前往六本木的辦公室或明治座，今天卻要計程車司機開往完全不同的方向。」

「往哪裡？」

「跟監後發現，她在東京車站下車。」

「東京車站？她要去哪裡？」

「她買了東海道新幹線列車的車票。不知道目的地是哪裡，我已要求跟監人員繼續跟監。」

石垣手肘靠在辦公桌上，手扶著臉，皺起眉頭。「東海道新幹線？她究竟要去哪裡……」

「還有一件事……」小林走到石垣的座位，低聲密談。石垣的臉色變得很難看，望向松宮。

兩人談完，小林朝松宮默默招手，走出辦公室。

來到走廊，小林環顧四周後，湊近松宮問：「加賀有沒有跟你說什麼？」

「啊？」

「監視淺居博美的刑警說，今天上午加賀去過淺居的住處，還帶著一個女人。你知道嗎？」

「帶著女人？沒有，我什麼都沒聽他說。」

「我知道他和淺居博美有私交，但在辦案方面，不能讓他擅自行動。」

「我明白。」

「淺居博美會出現奇怪的行動，很可能與加賀有關。你馬上跟他聯絡，要他來說明是怎麼回事。」

「是。」松宮取出手機。

然而，加賀的電話打不通，電源關掉了。松宮回報，小林嘖了一聲，說：「那傢伙在搞什麼啊！」

「我會設法聯絡上他。」

「交給你了，必須給其他調查員一個警惕。」小林說完，回到辦公室。

松宮打電話到日本橋警署，依然沒找到加賀，日本橋警署的人員也不知道他的行蹤。

恭哥，你到底在哪裡做什麼——

松宮想起，加賀離開他家前，留下一句意味深長的話。也許我們漏掉了很重要的事情——加賀是這麼說的，他是在尋找漏掉的事物嗎？

接下來，松宮持續打電話。大約一個小時後，終於找到人。

「你到底在幹什麼？執勤中居然找不到人，究竟是怎麼回事？」松宮語帶怒氣。

「抱歉，我在圖書館。本來以爲會更早結束，沒想到這麼花時間。」

松宮疑惑他爲什麼跑到圖書館去，但在詢問之前有其他應該要說的事。松宮說明目前的狀況，也告訴加賀上司們對他的行動感到不滿。

「是嗎？果然看到我了啊。我以爲公寓大樓出入的人多，應該不會被發現，顯然是我想得太簡單了。」

「你還有心思說這些，到底是怎麼回事？你不解釋麻煩就大了。」

「我當然會解釋，就是爲了解釋才上圖書館的。」

「你馬上過來，再這樣下去，我也幫不了你。」

「別擔心，不用你幫。行動前我就想清楚了，就算受到處分也無妨。回頭見。」加賀自顧自說完，掛斷電話。

松宮向上司們報告這件事。

「加賀會採取行動一定有他的想法，先聽他怎麼解釋吧。」石垣愼重地說。

負責跟監的調查員不久後便傳回消息。淺居博美搭乘東海道新幹線列車「希望號」在名古屋站下車，接著又搭乘「回聲號」。松宮對這樣的轉乘方式有印象。

「她一定是打算在米原站下車，然後應該會轉搭東海道本線的列車吧。」

「這麼說來，目的就是回家鄉了。怎麼會在這時候……」

正感到不解的小林，望著松宮他們的後方，表情變得很難看。松宮回頭，只見加賀走進來，手上拿著一個大牛皮紙袋。

「對不起，驚動大家了。」加賀在石垣和小林面前站定，低頭行禮。

「這不是你的作風啊。」石垣說，「明明你平常比別人都注重禮貌和道義。」

「我知道不該擅自行動。」

「至少向松宮說一聲啊，聽說你還帶著一名女性……」

「她只是一般民眾。因爲我主要的目的是詢問一些私人問題，無法請松宮刑警同行。」

「那麼，你是說這次行動與本案無關？」小林問。

「想請您看看這個。」加賀從牛皮紙袋裡取出一張紙，放在石垣面前。

石垣打開那張紙，小林探頭過去，低聲說：「這是……」

「這是《北陸每朝新聞》一篇報導的影本。如您所見，日期是三十年前的十月。」加賀說。

「《北陸每朝新聞》？爲什麼要去找這個？」

石垣將影本遞給提出這個問題的松宮。松宮接過來，看了那篇報導，內容是一名男性在能登半島的斷崖墜落身亡，松宮看到死者的名字大吃一驚，因爲那個名字是淺居忠雄。

「淺居……」

「恐怕就是淺居博美的父親。」加賀看著石垣他們說：「淺居父女約莫是爲了躲債而逃跑，也就是所謂的趁夜潛逃。」

「途中做父親的自殺了，是嗎？」小林應道：「可是，爲什麼要隱瞞這件事？我不認爲有隱瞞的必要。」

在他旁邊的石垣點頭，彷彿在說「一點也沒錯」。

「問題就在這裡。淺居博美恐怕是不希望有人來追究她父親的死因，所以才說謊。」

「爲什麼？她不希望被別人知道逃亡的事嗎？」

「她多半是對苗村老師這麼說，請他幫忙隱瞞，但我認爲這不是眞正的理由。」

「那眞正的理由是什麼？」

加賀從西裝外套的內袋裡取出一個塑膠袋，裡面有看似毛髮的東西。

「我有一個提議，希望能透過DNA鑑定來確認親子關係。」

22

列車即將抵達彥根站。博美從提袋裡取出粉盒，照了鏡子，可不能頂著蒼白的臉去見那女人。一定要從容大方地面對她，必須向她展現這麼多年來，自己是多麼堅強、勇敢地活了下來。

博美收好粉盒，再從提袋裡取出名爲「有樂園」的老人之家簡介手冊。那是押谷道子留下來的，不知爲何她沒丟掉，也許是潛意識裡她認爲會有此一行吧。手冊背面印著所在地，她不知道怎麼去，但只要拿給計程車司機看，司機就會想辦法。

她望向車窗外，無邊無際的恬靜田園風光，一點都沒變，時間彷彿靜止了。

三十年前的記憶鮮明地復甦。

那天夜裡，博美在睡夢中被用力搖醒。一睜開眼，就看到父親焦急的臉。

忠雄說，馬上準備出門。看著茫然不知所措的博美，他深呼吸一口氣，雙手搭在她的肩上。

「我們要逃走，這是唯一的辦法。」父親的雙眼充滿血絲。

「要逃到哪裡去？」

「別擔心，有地方可去。再待在這裡，妳會有危險。我們先逃走，以後的事以後再想。」

博美點點頭。學校、將來、種種事情從她腦海掠過，但她決定不去想。她只知道，繼續待在這個家也不會有半件好事。

她拿出最大的旅行袋，將換洗衣物、隨身用品等塞進去，能塞多少算多少。所幸不是寒冷的季節，否則光是衣服就塞不下了吧。

深夜兩點左右，兩人從二樓的窗戶悄悄爬出去。因爲怕有人盯著一樓大門。

他們抱著大大的行李，沿著鄰居的屋頂移動。博美想起小學的時候，同班的男生也做過同樣的事。

下到地面，兩人小跑步移動，他們要去的是下一站。如果到離家最近的車站，只怕會遇見熟人。移動距離大約五公里，所需時間約一個半小時。

他們在車站旁的公園等到天亮，搭上頭一班電車，打算前往北陸一帶。忠雄說在那裡有朋友。

「以前他缺錢的時候，我幫過他。他現下在福井開貨運行，事業好像很成功。上次我跟他聯絡，他說歡迎隨時過來玩。把事情告訴他，他應該會幫助我們。」

「那我該怎麼辦？學校呢？」

忠雄痛苦地皺起眉頭。

「暫時沒辦法上學了。要是動了住民票，就會洩漏我們的行蹤。可是妳不用擔心，爸爸會想辦法，爸爸向妳保證。」

父親說會想辦法，究竟有什麼辦法？博美完全無法想像，但她將這份不安深藏心底，向忠雄點點頭。因爲她知道在這個時候追問，只會讓父親更痛苦。

當時他們搭的列車牆上，貼著延曆寺的海報。望著海報，忠雄說起不相關的事。

「妳知道嗎？以前延曆寺的和尚爲了向當時的將軍足利義教抗議，在本堂縱火自焚。虧他們有那種勇氣。同樣要死，最好選別的方法。自焚這種死法，光想就讓人頭皮發麻。」

博美覺得很奇怪，父親爲什麼突然講起這個話題？但後來她就明白了。恐怕從那時起，父親便有最後一死了之的念頭。

有自己這個女兒，父親究竟是幸還是不幸？——明知永遠得不到答案，博美還是無法不去想。

列車到達彥根站。車站前就有計程車招呼站，博美讓司機看了簡介手冊。司機似乎從地名就知道大略的位置，便說「先到那邊再找吧」，開車出發。

一看時間，下午五點多了，今天的戲已開演。本來打算最後一週的每一場都要在監事室觀看，但沒辦法。當她告訴明治座的製作人今天不去的時候，製作人吃了一驚。

「妳身體不舒服嗎？」

「不是的，我突然有急事，請幫我向大家打聲招呼。」

「我知道了，明天沒問題吧？」

「當然，我很期待慶功宴。」

「一定要好好熱鬧一下。」

製作人的聲音很快活。雖然舞台劇叫好叫座，但對他來說，能夠順利迎接最後一場公演比什麼都令人開心吧。

計程車的速度慢下來了。

「應該就在這附近……啊，是不是那裡？」

前方有一幢四層建築，和簡介手冊上的照片比起來老舊許多，但應該就是那裡沒錯。

博美下了計程車，深呼吸好幾次才邁出腳步。

走進大門便是一個小小的門廳，左側有一個類似服務台的地方。現在不巧沒有人，但有一個呼叫鈴。博美按了鈴。

有人應道：「來了。」只見一名四十多歲的女子從後面走出來。她穿著白襯衫，上面套了一件藍色背心。

「請問一下……」博美遞出名片。對方接了名片也沒有任何反應，大概是對「角倉博美」這個名字沒有印象吧。名片上並沒有印上導演或女演員的頭銜。「聽說你們這邊收留了一個不願表明身分的女性，有這件事嗎？」

女子眼睛睜得好圓，「啊，有的。」

「如果可以的話，能不能讓我見見她？也許是我認識的人。」

「咦！是嗎？她是您的……？」

「可能是家母的朋友。」

「令堂的……」

「可以讓我跟她見個面嗎？」

「當然沒問題，請稍等一下。」

女子消失在後面的房間裡，接著傳來她和別人交談的聲音。

而後她再度出現，說：「我來帶路。」

博美被帶到二樓最深處的房間，房門上掛著「２０１」的牌子。

女子敲了敲門，「二〇一號女士，我進來嘍。」

她正要握住門把時，博美制止她：「這樣就行了。」

女子眨了眨眼，「您一個人沒問題嗎？」

「請讓我們單獨見面。」

「好的，我就讓您自行進去。如果有什麼事，請喊我一聲。」

確認女子遠去後，博美打開了門。

房間很小。有一張床，床上的老婦人正在吃東西，手上拿著豆沙包。電視傳出搞笑藝人的說話聲。

老婦人神情呆滯地咀嚼著，看了博美的臉幾秒之後，忽然認出什麼似地睜大眼睛，發出小小的驚呼。豆沙包從她手上掉落。

「好久不見。」博美開口，頭一次帶著如此巨大的憎恨說話。

23

「……是嗎？那麼，我會派幾個人在東京車站待機。老人之家你查訪過了？……這樣啊。你見到本人了嗎？……嗯，原來如此。我知道了，你繼續盯好她的母親。當地警方由我來聯絡……了解。拜託你了。」掛了電話，小林轉向石垣，說道：「淺居博美從彥根站搭上東海道本線的列車，多半是要從米原搭新幹線回東京。」

「淺居去見她母親了？」石垣問。

「看樣子是的。她表示可能認識老人之家收留的女子，希望能夠見面。」

「然後呢？」

小林搖搖頭。

「很遺憾，兩人之間究竟談了什麼不得而知。她們相處的時間大約十五分鐘，但淺居說那不是她認識的人，離開了老人之家。」

「不是她認識的人啊……母親那邊怎麼說？」

「一樣，她說淺居是從未謀面的陌生人。問剛才她們談了什麼，她只說沒什麼，就不肯開口了。只是……」

「怎麼？」

「根據見到淺居博美母親的調查員說，她情緒非常低落，或者該說，像在害怕什麼。」

「害怕啊……」石垣的視線移到加賀身上，「不知道那兩人之間究竟發生了什麼事。」

加賀抬起頭來。

「也許淺居博美將一切都說出來了。」

「你是指，她父親僞裝自殺，躲藏了三十年的事嗎？」

「還有因此發生了什麼事，她想必什麼都說了。」

「爲什麼她現在才要去告訴母親？」

「多半是有所覺悟了吧。」

「覺悟？」

「眞相即將被揭開的覺悟。我只是暗示她父親死於他處的可能性，但她應該料到警方遲早會發現死去的並不是她父親。畢竟，她是個聰明人。」

石垣點點頭，抬頭望向站在身旁的小林。「你認爲呢？」

「很難說。對於加賀老弟的推論，我還是半信半疑。」

「我也認爲實在荒唐無稽，可是有那篇報導。而且，如果他的推論是眞的，很多疑點就能解釋了。」

「我明白。淺居博美去見母親的理由，也許正如加賀老弟的推測。只是，畢竟令人難以置信。一個人眞的能那樣度過三十年嗎？我也有女兒，但我想自己終究是做不到的。」

「是嗎？如果是面對非死即生，不，是要讓女兒活，還是讓女兒死的場面，就會豁出了去吧，又沒有別的路可走。」

石垣這麼一說，小林低聲沉吟，不再開口。

松宮在旁邊聽著，老實說，他贊同小林的意見。加賀的推理帶來的衝擊，正是如此巨大。各種間接證據都證明，淺居博美與綿部俊一之間有所關聯。那麼，綿部究竟是誰？從淺居博美與押谷道子都認識、如今行蹤不明的人物當中去找，松宮盯上了苗村誠三，卻又因宮本康代的指認得知該人物並非苗村。

加賀知道這件事後，表示他「試著單純地思考」。他對石垣等人是這麼說的：

「淺居博美與綿部俊一的關係，就我所知，至少持續了十多年。而綿部幾乎與任何人都沒有來往，支持他的生活的人，可以想見就是淺居博美。要維持如此特殊的關係，對象非常有限。一定是對淺居博美極爲重要的人，不是深愛的情人，便是至親。由綿部的推定年齡，目前失蹤的狀況，以及認識押谷道子，綜合起來推論，符合的只有一人。」

那就是淺居博美的父親，淺居忠雄——加賀如此斷定。

淺居忠雄據稱是在自家附近跳樓自殺，但這是來自「琵琶學園」的資料，並沒有正式記錄佐證。淺居博美的同學們完全不記得也非常不自然，因此加賀推測死亡的地點應該遠離他們的家鄉，而且死亡的並非淺居忠雄本人。這是利用此人的死亡，將淺居忠雄的存在從這個世上消除。這麼一想，就說得通了。

加賀以這樣的假設爲基礎，向淺居博美本人提出了幾個問題。由她的反應看來，加賀確信自己的推理無誤。此時，他找出那篇報導，證實淺居忠雄果然死在距離家鄉十分遙遠的地方。不，是表面上死亡。根據報導，當時是藉由留下的行李上的指紋，以及一同旅行的女兒指認，確認了死者的身分。考慮到三十年前的那個時代，若非警方認爲有疑點，多半不會進一步調查。

那麼，當時死的究竟是誰？連加賀也不知道。但若事情眞的如他所推理，淺居父女就是懷抱著重大的祕密，絕對不能讓任何人知道的祕密。

加賀取得了淺居博美的毛髮。只要經過ＤＮＡ鑑定，越川睦夫——即綿部俊一，與淺居博美是否有親子關係，便能揭曉。專案小組已進行鑑定，最快明天傍晚就能知道結果。

對外宣稱已死，以另一個人的身分度過往後的人生——雖然令人難以置信，但這麼一想，也就能解釋那張人像素描畫上的灰暗神情了。

正當松宮想著這些事時，啪躂啪躂的腳步聲響起，一個男人衝了進來，是大槻。

「查到了！過去女川町有一家叫『WATABE配管』的公司，主要是承包核電廠的配線檢查工程。」

「僱用紀錄呢？」小林問。

「很遺憾，找不到。那是一家究竟有沒有好好管理都有問題的小公司。還有一點，」大槻將手中的文件放在辦公桌上，「是關於橫山一俊的重大發現。三十年前的十月，他曾因放射線管理手冊遺失申請補發。」

24

博美回到家已將近晚間十一點。她把提袋一扔，一屁股坐進沙發，就拿起手機收信。數封信裡的其中一封，是明治座的製作人寄來的。他來信報告今天的演出也順利結束，博美鬆了一口氣，現在她最掛念的就是這件事。

她嘆了一口氣，回顧今天一整天發生的事。首先浮現腦海的是梳子，加賀一定是吩咐那名女子偷偷取得博美的頭髮。這麼做的原因只有一個——DNA鑑定。終於有人發現這個絕對不能爲人所知的祕密了，而且那個人偏偏是加賀，也許這就是命運吧。

緊接著浮現腦海的是厚子的臉。睽違三十年的母親，是個寒酸、悲哀的女人，但她身上根深蒂固的狡猾仍一如往昔。與她對峙，發現自己原原本本繼承了她的醜陋，令博美全身發抖。博美拚命忍耐，才抑制住當場撲上去掐死她的衝動。

那女人是怎麼活到今天的，博美一點興趣也沒有，反正一定是不值得一聽的人生。大概是換過好幾個男人，一天比一天墮落吧，最後就是那副德性。

雖然不知道厚子是怎麼過日子的，但無論如何都必須讓她知道博美和父親過的是什麼樣的人生。從現在到她死去，博美都要她永遠記得自己愚蠢的行爲造成什麼樣的悲劇。由於不知道往後還有沒有告訴她的機會，儘管明天就是舞台劇最後一場演出，博美今天還是去見她了。

博美閉上眼睛，因爲告訴了厚子，三十年前的記憶彷彿更加鮮明了。那惡夢般的記憶——

大膽逃亡後，過了一週，博美和忠雄抵達石川縣。一開始父女倆輾轉在廉價旅店投宿，但這兩天都在車站和公園的長椅上過夜。

沒多久，他們就發現失算了。忠雄所說的「以前幫過他，現下在福井開貨運行的朋友」，試著聯絡之後，他們發現根本沒有那家公司。對方給忠雄的名片是假的，看樣子是爲了取信於人而做的，忠雄被騙卻渾然不覺。

「放心，我還有很多朋友。」

忠雄又聯絡幾個人，但找不到願意藏匿他們父女的人。

以後該怎麼辦？博美非常不安。厚子領走了家中所有存款，她不相信忠雄身上的錢能夠讓兩人生活幾個月。之所以不找旅館投宿，一定也是要省錢的關係。

然而，他們在金澤市內一座公園吃完麵包以後，忠雄忽然說：「今晚去住溫泉旅館吧。」

「旅館？哪裡的旅館？」博美訝異地問。

「我知道一家不錯的旅館，以前去過。」忠雄從長椅上站起來，邁步向前走。

他到書店買旅遊書，拿著書進了電話亭，接著一派輕鬆地走出來。

「太好了，訂到了。」

「我們要去哪裡？」

「這裡。」忠雄翻開旅遊書，上面畫著能登半島的地圖。

「我們有那麼多錢嗎？我今天睡公園也沒關係。」

「妳不用擔心錢的事，沒問題了。」

「爲什麼？」

「不爲什麼，我們快走吧。」

忠雄的神情莫名開朗，聲音聽起來像是掃除了所有陰霾，是想到什麼脫離這場苦難的妙計嗎？

傍晚他們抵達旅館。由於是只住宿不附餐，兩人放下行李出去吃飯。他們走進一家只有兩張桌子的小食堂。其中一張桌子前坐著一名中年男子，正拿生魚片配啤酒。

戴眼鏡的女店員說著「歡迎光臨」，從後面走出來。

兩人點了菜單上的烤魚定食。過了一會，飯菜送上來。很久沒好好吃飯了，博美差點掉淚。吃到一半，鄰桌的男子問：「是父女倆來旅行嗎？」

忠雄回答：「是啊。」

男子滿臉堆笑。

「眞教人羨慕，和女兒一起來溫泉旅行啊。說的也是，這種地方一個人來沒意思。」

「您是一個人嗎？」

「沒錯，不過我不是在旅行。」男子站起來，從架上拿了一個玻璃杯，放在忠雄面前，然後拿起自己的啤酒就要往杯裡倒。

「不了，我……」

「有什麼關係。你能喝吧？相逢就是有緣嘛。」男子在杯裡倒滿啤酒。

忠雄說聲「不好意思」，縮起脖子般點了一下頭，喝下啤酒。

男子也在自己的杯子裡加了啤酒，又點一瓶。

「您說不是旅行，那麼是工作了？」忠雄問，大概是覺得應該主動說些什麼。

「是啊，我正要前往下一個工作地點，中途繞過來。」

「工作地點是……」

「福島，那邊的核電廠。」

「啊，核能……」

「之前是在若狹，幫美濱核電廠定期檢查。那邊結束了，這次換到福島，就是『核電候鳥』啦。」男子哈哈哈地乾笑了幾聲。

博美知道日本有核能發電廠，但從來沒見過在裡面工作的人。她好奇地再次打量男子。

男子身穿長袖馬球衫和牛仔褲。本來大概是套在外面的黑夾克，現下掛在椅背上，年紀與忠雄相當。

男子的視線轉向博美，兩人的眼睛對上，她低下頭。

「您什麼時候回家呢？」忠雄問。

「沒有家這種溫馨的地方，誰教我孑然一身呢。住民票上是寫名古屋啦，不過也不知道現在怎麼樣了。」男子說得十分隨便。

「這樣也找得到工作？」

「可以啊，核電廠的作業員跟臨時工一樣，全是有苦衷的人。電力公司的外包……不對不對，是外包的外包的外包的工程公司找來這些人。去到那邊，會幫你準備睡覺的地方，那裡就算是暫時的住處了。在那裡待上幾個月，等工作結束，就換下一個核電廠，一直不斷巡迴。我做這一行，算一算快四年了吧。」

男子從掛在椅背上的夾克口袋裡取出像是記事本的東西，放在忠雄面前，說：「只要有這個就行了。」

忠雄拿起那本小冊子，博美也探頭過去。只見上面印著「放射線管理手冊」，貼有男子的大頭照，並寫著「橫山一俊」這個名字。

「這個誰都領得到嗎？」

「領得到啊，只要有住民票就可以了。我也是申請這個的時候去弄住民票的，所以要是掉了會很麻煩。就像我剛才說的，住民票現在不知道搞到哪裡去了。」男子喝光杯裡的啤酒，拿新的那瓶倒了酒，又站起來幫忠雄的杯子倒滿。

「核電廠的工作很困難嗎？」忠雄把手冊還他的同時，這樣問道。

男子哼了一聲。

「難是不難，人家叫你做什麼，你就做什麼。像我在美濱的時候，一直都在打掃。」

「打掃？」

「對。所謂核電廠的定期檢查，說穿了就是跟放射線拚命。要去那些含有大量放射線的水的地方做定期檢查，當然就會接觸放射線。頭一件事就是要把這些清掉。這就是我的工作。那麼，要怎麼清呢？簡單說就是拖地，用抹布和刷子刷啊刷、擦啊擦的。就這樣，很好笑吧？應該是集最新科技於一身的核電廠，維修方法竟然是拖地。」男子笑著把生魚片放進嘴裡，喝了啤酒。

「這麼說，誰都會做了？」

「對，誰都會。雖然防護衣很悶熱，非常耗體力，不過都是一些簡單的勞動。薪水相當好，就算被抽成很多還是能存不少。」

只不過……男子的聲音低下來。

「凡事有好就有壞，代價就是會被照。」

「被照……」

「被放射線照到。即使穿著防護衣，也沒辦法全部擋掉。工作的時候要戴著測定器，常常會嗶嗶叫，吵死了。」

「這樣身體不會怎麼樣嗎？」

「天曉得，應該是不太好吧。可是，要是在意，就沒辦法做這一行了。人生嘛，就是這樣啊。」

忠雄傾身向前，對男子說：

「可以請你幫我介紹這個工作嗎？其實我正在找工作。」

男子頓時後退，看得出他沒料到忠雄會這麼問。

「……呃，你拜託我，我也沒辦法。要是帶你去，我卻被刷掉，那我就一切落空了。何況，福島我是頭一次去，還不一定能拿到工作。很抱歉，我不能答應。」

忠雄嘆了一口氣，小聲說：「這樣啊。」

氣氛有點尷尬，雙方沉默下來。忠雄站起來，進了廁所。

博美雙手放在膝上，還有一些沒吃完，但她已沒食欲。

「妹妹，妳幾歲？」男子問。

「十四歲。」

男子揚起眉毛，驚訝地說：

「咦，我還以爲妳更大一點。妳好成熟啊，一定很多人跟妳這麼說吧。」

博美歪頭說「不知道」，其實的確是聽過幾次。

男子朝正在看電視的女店員瞥了一眼，湊過來悄聲問：「妹妹，妳要不要打工？」

「咦……」

「這家店對面有停車場，我的車就停在那裡。一輛白色箱形車，一看就知道。等會過來玩，我會給妳零用錢。」他的語氣很黏膩。博美彷彿被他的聲音裹住全身，動彈不得。

忠雄從廁所回來時，男子已恢復原本的姿勢，博美還是全身僵硬。可能是連表情都很僵硬吧，忠雄問她：「怎麼了？」

博美搖搖頭。

付了帳，兩人走出食堂。男子對她說「妹妹，拜拜啊」，博美沒有回應。

忠雄朝旅館的反方向走，博美提醒他。「我知道。」忠雄說，「我想散散步，難得來到這裡。」

博美默默跟著忠雄走，忠雄的腳步沒有絲毫迷惘。他說以前來過，可能大致認得路吧。

不久，沒路了。前方圍起柵欄，不能再往前走了。只有一盞路燈孤伶伶地豎立在那裡，四周一片漆黑，遠遠傳來海浪聲。

「到這裡就是盡頭了啊。」忠雄低聲說。

「爸爸，爲什麼要來這種地方？」

「沒什麼……不爲什麼。回去吧。」

忠雄沿著來時路折返。

難道——一個不祥的念頭掠過博美的腦海。

父親想尋死嗎？或許他要帶博美一起上路。那道柵欄再過去就是斷崖，父親會不會是想從那裡跳下去？這麼一想，就能解釋父親爲什麼會突然說要來這裡了。

望著父親默默走在前方的背影，博美身體不住顫抖。一想到父親腦袋裡自殺或帶她一起走的念頭也許正漸漸化爲具體行動，博美更加感到絕望。千萬不要這麼做啊！好想對父親的背影這麼說，但她不敢。如果忠雄知道她發現了，很可能會有衝動之舉。

他們回到剛才的食堂前，馬路對面的停車場裡，停著一輛白色箱形車。那名男子大概就在車上吧，但那一點也不重要。

一回到旅館，忠雄便說要去泡溫泉。

「昨天和前天都沒洗澡，博美也去好好泡一泡吧。」說完，他拿了毛巾就離開房間。

博美翻動忠雄的外套，找出錢包，確認他們還有多少錢。剛才在食堂結帳的時候，她隱約看到了，裡面的錢少得令人心驚。

博美並沒有看錯，錢包裡只有幾張千圓鈔票而已，連這裡的住宿費都付不起。

她的懷疑得到證實，果然沒錯。父親想尋死，死了就不用付住宿費。這麼一想，就連父親去泡溫泉也像是爲了最後淨身。

她一定要想辦法，一定要讓父親改變心意。可是，要怎麼做才能改變父親的心意——

她心想，如果有錢，就可以多過幾天，也許這幾天忠雄就會改變心意。

博美溜出旅館，想去找在食堂裡約她的那個人。她猜得出男子說的「打工」是什麼意思。她不願意，卻認爲只能忍耐，畢竟這是生死關頭啊。

外面變得更暗了。幾乎所有的商店都已打烊熄燈，也看不到行人。

博美來到剛才的食堂前。食堂打烊了，裡面一片漆黑。

對面的停車場上，依舊停著那輛白色箱形車，博美怯怯地走過去。

正當她往車裡看的時候，車子的側門突然滑開，男子在後座。大概是從車裡望向窗外，發現她來了。在車內燈微微的亮光下，男子露出猥褻的笑容。

「我就知道，我早就料到妳會來。」

「……爲什麼？」她啞聲問。

「一看就知道，你們才不是悠閒旅行的父女。有苦衷的人我看多了，你們跟那些人很像。大概是在躲債吧，是不是？」

他說的一點也沒錯，博美十分詫異，默不作聲。

男子哼一聲，笑了。

「被我說中了嗎？既然如此，妳得好好表現。這輛車的車主也是欠債上吊了，所以我才想，至少要替他把車子開到壞。人死了就沒戲唱了。來，進來吧。」男子向她招手。

後座是鋪平的，讓人可以躺在裡面。這個人大概都是在車上過夜，角落放著空便當盒，一雙漆筷丟在旁邊。

博美還在猶豫，男子已抓住她的手腕。「好了，快點！既然豁出去了，就別再拖拖拉拉。」好大的力氣，博美跌進後座，抬起頭時，側門已關上，車內燈也關掉了。

男子壓過來，她正覺得身體被抱住，嘴巴就被封住了。刺刺的鬍碴觸感，對方的舌頭伸進嘴裡。混合著菸酒臭味的口水實在太噁心，博美好想吐，身體一陣痙攣。

男子停止動作，上半身坐起來，解開長褲拉鍊，拉下四角內褲。即使在昏暗中也知道又黑又大的陽具裸露出來，博美別過臉。

「先用嘴來吧。」男子低聲說，「做過嗎？」

博美無言地搖頭。

男子喉嚨發出怪聲，笑得令人發毛。

「是嗎？第一次啊。說的也是，才十四歲嘛。那我來教妳。妳先脫掉鞋子，趴著。」看博美怕得不敢動，男子粗聲罵道：「快點！叫妳做什麼就趕快做！妳不想要錢了嗎？妳想跟妳老爸一起跳海嗎？」

聽到這句話，博美顫抖著移動身體，腦海一隅想著：跳海是種輕鬆的死法嗎？

男子盤坐在趴下的博美面前，陽具就在她的臉下方。她閉上眼睛，男子一副隨時都會把她的頭按下去的樣子。

「這樣還是太暗，沒意思。」男子低聲說，伸手去按車內燈的開關。那一瞬間，胯下的臭味直嗆博美的鼻孔。

博美受不了，一把推開男子，打開側門就想跳下去，然而還來不及跳，手腕就被抓住。

「妳幹什麼？安分一點。」男子不耐煩地說。

「我不要，還是算了。」

「哪有人這時候才要抽身的。別推託了，給我乖乖聽話！」男子再度把博美推倒在後座，開始脫她的牛仔褲。男子的力氣還是好大，博美雖然全力抵抗，但根本沒用。

男子的手碰到博美的內衣了。博美心想一切都完了，仍拚命抓住身旁的東西。是筷子。這種東西當然不能當武器，但她還是握緊筷子，朝正要脫下她內衣的男子的臉使勁揮下去。

男子發出「噢嗚」一聲怪叫，往博美身上壓過來，卻不是要對她做什麼，只是手腳不斷抽搐。

博美推開男子的身體。他翻白眼了，嘴裡深深插著一根漆筷。從正面看過去，是斜斜往上插。

博美完全不明白發生什麼事，但眼前的狀況顯然不尋常。再這樣下去男子也許會死，她就成了殺人凶手。

博美拿起牛仔褲和鞋子，下車匆匆穿好，朝回旅館的路狂奔，卻看到忠雄從馬路對面走來。

「博美，妳跑到哪裡去了？」
看到父親的瞬間，博美全身虛脫，雙腿一軟就要跪倒，忠雄扶住她。
「喂，怎麼了？發生什麼事？」
「爸爸……我、我……」她一開口要說話，就因顫抖得太厲害，牙齒咔噠咔噠作響：「我好像殺了人。」
忠雄雙眼瞪得好大，「咦，妳說什麼？怎麼回事？」
「在食堂遇到的那個人問我要不要打工……我去他的車上，但心裡還是不願意……然後我就拿筷子……筷子……」
「打工？妳在說什麼？筷子又是怎麼回事？妳好好說清楚。」
「我拿筷子戳了他。那個人……在吃飯的時候遇到的那個人。」
咦！忠雄驚呼，皺起眉頭說：「怎麼會弄成這樣……他的車在哪裡？」
「食堂前面。」
「……是嗎？」
沉默了一會，忠雄放開博美，準備走開。
「你要去哪裡？」
「我去看看情況，總不能就這樣丟著。」
「不要！我好怕！」博美哭求，「我不想去！」

「博美不用過來，妳先回旅館吧。」忠雄邁開腳步。

雖然父親這樣說，博美還是不敢回去，只好跟在後頭。

路上一片漆黑，但遠遠就知道那裡有車子。車窗透出燈光，她忘記關掉車內燈了。

忠雄往車裡看。博美不願意靠近，就站在一段距離外看。

不久，忠雄關掉車內燈，關上側門，一臉緊繃地走回來。

停車場一角有幢小屋，現在沒人。忠雄要博美也到那邊去，兩人蹲了下來。

「他死了。筷子刺穿上顎，大概戳進腦裡了。聽說有人發生意外就是這樣死的，所謂的不巧眞的很可怕啊。」忠雄的語氣意外冷靜。

「我只能去自首了。」

忠雄交抱雙手。

「一般狀況下，應該要去自首。我們和他交談的事，食堂的人都知道。他這樣死在車裡，我們頭一個就會被懷疑，逃也沒用。」

博美摀住臉，心想雖然是自作自受，但自己竟然這樣淪爲罪犯，人生全完了。

「妳在這裡等一下，爸爸馬上回來。」

博美放開雙手，即使在黑暗中，她仍知道父親的眼神是前所未有的認眞。

「你要去哪裡？報警？」

「不是，詳細情形我待會再跟妳說，妳在這裡等。」

「什麼意思？爸爸，你不是要去報警嗎？」

「我不會報警，博美也不用去找警察。妳在這裡等就是了。聽話，知道嗎？」

「好……」

忠雄起身匆匆離開。博美不明白父親的用意，心中異常不安。空氣分明是溫暖的，全身卻起了雞皮疙瘩。我殺了人卻不用去找警察，這是什麼意思？

過了一會，忠雄終於回來了。他提著袋子。

「有沒有人來過？」

「沒有，沒人經過。」

「好。」忠雄提著袋子直接走近車子，打開側門上車。父親上車做什麼，博美一點頭緒都沒有。

忠雄出來了，仍舊提著袋子。他關上側門，來到博美身邊。

他把袋子放在地上，彎下腰。袋子的提把不知爲何用手帕綑起來。

「仔細聽好爸爸的話。」忠雄低聲說，「妳馬上拿著這個袋子回旅館，提把上的手帕就這樣留著。到了旅館，再把手帕拆下來。等天亮以後，去跟旅館的人說，爸爸半夜不見了。」

「爸爸呢？」

「首先要處理那具屍體。接著我會開他的車到很遠的地方，也許會去福島。」

「福島……」

忠雄的雙手放在博美肩上。

「接下來就是關鍵了。不久後，前面斷崖下方就會因爲發現屍體，造成騷動。警察一定會來找妳，叫妳去認屍，問妳那是不是爸爸。到時候，妳要回答『那是我爸爸沒錯』。」

博美睜大眼睛，「爸爸，你是說……」

「沒錯，就是這樣。」忠雄用力點頭，「妳要當成爸爸死了。這個袋子裡的東西，都有那男人的指紋。我也讓他握過袋子的提把了。我要取代他。我想博美也猜到了，其實爸爸今晚本來要尋死。爸爸打算趁博美睡覺的時候溜出旅館，從前面的斷崖跳下去。不過多虧博美，沒有必要了，那個人代替爸爸死了。爸爸一死，討債的人就不會來逼債。政府應該會照顧妳，雖然可能會被送進社福機構，但總比到處躲來得好吧？」

「那以後呢？爸爸會怎麼樣？」

忠雄略略歪頭，想了想。

「還不知道，搞不好會冒用那個人的名字。」

博美恍然大悟，所以父親才說可能會去福島嗎？她想起男子說過，接下來要去福島的核電廠工作。

「這樣騙得過去嗎？」

「不知道，不試試看不知道。妳別擔心。萬一被發現屍體不是爸爸，妳就一口咬定說妳什麼都不知道。只要說妳怕得不敢仔細看屍體，誤以爲那是爸爸就好了。警察也不會想到是博美殺死那種體格的男人，一定會認爲凶手是逃走的爸爸。」

「要是變成那樣，爸爸會被抓。」

「被抓就被抓吧。」

博美大力搖頭，「不可以。」

「沒什麼不可以，妳仔細聽好，」忠雄搖晃著博美的肩膀，「爸爸只有一個心願，就是希望博美過得幸福，其他都不重要，所以妳要照爸爸的話做。妳照著爸爸的話做，將來得到幸福，這是爸爸一生的願望。」

父親的話撼動了博美的心，她想著至少要實現爸爸的願望。

「……可是，要是眞的都騙過去了，以後怎麼辦？我就再也見不到爸爸了。」

忠雄無法回答，他也對此感到十分痛苦吧。

「如果眞的見不到也沒辦法了啊。」他勉強擠出話聲。

「我不要，那樣我是不會幸福的。」

忠雄咬住嘴唇，眼眶因淚溼而發亮。

「以後的事，以後再來想。如果順利騙過去，爸爸會想辦法聯絡妳。我會寫信給妳，所以在被送到社福機構還是哪裡之前，妳先去郵局辦地址轉移。不用怕，只要跟政府的人說，他們應該會同意。只是爸爸不能用本名寄信，要用別的名字。用什麼名字比較好？」

這樣一問，博美臨時想不出來，所以沒應聲。

「什麼都可以，說幾個妳喜歡的明星。」

「小泉今日子和近藤真彥吧……」

「那就近藤今日子，用女生的名字才不會被懷疑，就說是妳從小學就交的筆友。爸爸會寫得讓別人看了也不會發現。」

博美回答「好」，但心中對於就要和父親離別這件事，一點現實感都沒有。

忠雄的手放開博美的肩膀，他直視著女兒。

「博美，撐著點，好好幹。妳要努力活下去。讓妳受這種苦，爸爸真的很對不起妳。我是個不及格的爸爸。」

博美用力搖頭。

「才不會，爸爸一點也沒錯，我比誰都清楚。能夠當爸爸的孩子，我很幸福。」

忠雄的臉皺成一團，他伸手環住博美的身體。被父親緊緊抱著，感受到父親的體溫，博美閉上眼睛。眼淚不斷湧出，她想忍住卻仍不禁嗚咽。

忠雄放開博美，深呼吸一口氣，說：「好，妳去吧。要保重身體，好好加油。」

「爸爸也要保重。」

忠雄應了一聲，強而有力地點頭。

兩人站起來。博美提起袋子，轉身緩緩向前走。來到馬路上，走了一小段再停下腳步，回過頭。那時候，傳來車門關上的聲音，忠雄上車了。

爸爸，再見，謝謝你——博美在心中低聲說，邁步向前。

25

坂上等人從名古屋回來的時候，是晚間將近十二點。松宮和小林等人一同在專案小組等候他們抵達，加賀也在場。

「拿到橫山一俊的照片了，是他住在豐橋的姊姊提供的。都是相當年輕的時候的照片，但臉部拍得很清楚，要用來確認應該不成問題。」坂上將五張照片擺在桌上。

松宮拿起其中一張，約莫是在結婚喜宴上拍的照片，五名男女在圓桌後一字排開。

「這張照片裡，站在最左邊的就是橫山。」坂上告訴他。

那是一個三十歲左右、中等身材的男人。短髮，瘦臉，五官沒有明顯的特徵。

「要請宮本康代女士看嗎？」松宮問小林。

「是有這個打算，不過你不必親自去，請宮城縣警幫忙吧。把這張照片傳過去，明天早上請宮本女士看就可以了。如果加賀的推理沒錯，就算綿部俊一在女川核電廠，以橫山一俊的身分當作業員，宮本女士看了這些照片，應該也會斷定不是他。加賀，對吧？」

站在室內一隅的加賀，輕輕點頭說：「是的。」

「橫山的姊姊知道他的近況嗎？」

聽到小林這個問題，坂上搖搖頭。

「她說幾十年沒見過弟弟了。弟弟給所有人惹了一堆麻煩，最後還失蹤，大概死在某處了。至少對她來說，橫山等於死了。」
「查訪過橫山的前妻了嗎？」
查訪過了——另一名調查員回答：
「正如我在電話裡報告的，第一任妻子三年前罹癌往生了，但他們結婚不到兩年就離婚，就算她還在世可能也問不出什麼。第二任妻子目前在榮開小酒吧。這一位的婚姻維持四年多一點，不是很長，離婚後和橫山完全沒有聯絡。她還說，再也不要跟那種人有任何瓜葛。」
「看樣子，婚姻生活不太愉快啊。」
「第二任妻子說糟得不能再糟了。橫山會喝酒、打人、嫖妓，一樣都不缺，因爲好色到處惹出問題。聽說還曾搞大國中生的肚子。」
「他好像也曾沉迷賭博，賭輸了就去借錢，害親朋好友不得安寧。父母留下的一點財產，也被他賭光了。」
「他前妻竟然肯跟這種人結婚啊。」
「據說他對女人很溫柔，又肯花錢，所以結婚前被他騙得團團轉。只是她也說，因爲有過這樣的經驗，才能開小酒店開到現在，還挺自豪的。」
調查員的這番話，讓所有人都笑了。
「好，辛苦了。下一次專案小組會議之前，把這些情報整理好。」小林看看手表，「今天就到這裡吧，解散。」

部下們齊聲應「是」。

松宮收拾東西準備回家時，小林走過來。

「你去跟加賀說，明天也要來這裡，可不能讓他擅自亂來。」小林在他耳邊說。

松宮回答：「我明白了。」

看到加賀要離開，松宮連忙趕上去，在走廊叫住他，轉告小林的話。

「不用交代，我也不會再做什麼了。再來就看你們的了。」說完，加賀就邁開腳步。

「不會再做什麼，沒有必要做什麼……換句話說，你對自己的推理很有信心，是嗎？」

「可以這麼說吧。」

「我今天去見了和橫山一俊一起在核電廠工作的人。他口中的橫山，和剛才坂上先生他們說的橫山，根本是完全不同的兩個人。從放射線管理手冊三十年前申請補發這一點來看，在那時候被人頂替的可能性很高。」

「是啊。」

「可是，那竟然就是淺居忠雄……那個死在能登的人，才是眞正的橫山一俊嗎？淺居父女爲了找人頂替而殺死橫山？」

加賀停下腳步，看了看手表，對松宮說：

「聽說附近有一家好吃的拉麵店，要一起去嗎？」

「眞是個好主意。」松宮回答。

加賀帶他去的是一家小店。由於店裡的客人都坐在吧檯，兩張桌位空著沒有人。

「我想，找人頂替並不是有計畫的行動。」點了煎餃和啤酒後，加賀壓低聲音說。

「你是說，那是剛好？」

「恐怕是。如果是爲了躲債，僞裝自殺就夠了，只要叫女兒說父親落海就行。看那一帶的海象，找不到屍體是常有的事。殺了一個人，再僞裝成自己的屍體，風險實在太大。他們應該不會那麼傻。」

「的確。」

「因爲出了什麼問題，橫山這個人死了。得知這件事後，淺居忠雄想到冒名頂替的辦法，這樣比較自然吧？」

啤酒送上來。加賀拿起啤酒瓶，往松宮的玻璃杯裡倒了酒。

「總覺得這陣子一直跟你喝啤酒。」

「這樣也不錯啊。話說回來，拋開眞正的名字活下去，究竟是什麼感覺？人生重新來過，神清氣爽……不，應該沒有這麼簡單。」

「爲了不讓別人發現自己眞實的身分，必須極力避免擴展人際關係。我想，他的人生恐怕十分孤獨艱辛，那張人像素描畫的表情說明了一切。」

「支持他的，是他的女兒。她的成長和成功是他活著唯一的意義，是這樣嗎？」

「而她愈是成長，愈是成功，淺居忠雄想必就愈詛咒自己的命運吧。若是世人得知自己的存在，會毀了女兒。說起來，他自己就是潘朵拉的盒子。」

煎餃送上來了，加賀在醬油碟裡調起沾醬。

「潘朵拉的盒子啊……」松宮喃喃地說，「押谷道子就是打開了那個盒子，才會遭到殺害嗎？她不小心打開了這三十年來都沒人打開過的盒子。」

拿著筷子正要夾煎餃的加賀停下手，「真是如此嗎？」

「咦？」

「真的沒人打開過嗎？」

「你是說，還有別人打開過？」

「淺居忠雄生前想必極力避免與人來往，但淺居博美就不能如此了。當時她還是孩子，需要許多人的幫助才能活下來。而這些人當中，也有人和她建立了特別的關係。」

松宮「啊」了一聲，他知道加賀指的是誰。

「苗村誠三嗎？他也是發現淺居父女的祕密，所以才……」

加賀並未回答，慢慢吃著餃子。

這時候，松宮的西裝外套口袋傳出手機鈴聲，一接起來，是坂上打的。

「就在剛剛，收到監視那家老人院的刑警聯絡。那個疑似淺居博美母親的女人上吊了。」

「咦！死了嗎？」

「沒有，千鈞一髮之際被職員發現，救下來了，她吵吵鬧鬧地說『讓我死』。我想說你也見過她，所以通知你一聲。」

「現下她在哪裡？」

「她在老人院的醫務室躺著，旁邊有職員和刑警盯著。」

「自殺的動機呢？」

「她不肯說。聽說她情緒非常激動，無法好好交談。」

「一定是受到很大的刺激吧？」

「如果加賀先生的推理沒錯，淺居博美將一切都告訴她，那發瘋也沒什麼好奇怪的。也許這就代表她還有一點良心吧。」

26

博美將威士忌倒在酒杯裡，冰塊發出輕巧的聲響往下掉。她拿調酒棒攪拌，喝了一口，威士忌的刺激彷彿從喉嚨擴大到全身。

她是三十分鐘前躺上床的。雖然試著入睡，興奮的腦細胞卻不肯輕易平靜下來。她死心地起床，從置物櫃的架上取出一瓶Wild Turkey，也許會就這樣迎接早晨。這樣是沒什麼關係，但一定要想辦法別在最後一場公演中打瞌睡。

博美苦笑，心想那是不可能的。這可是她賭上性命完成的一齣戲，若真的錯過，一定也是情緒太過激動而昏倒吧。

一瞬間，放在茶几上的調酒棒好像筷子，她心頭一驚。要了男人性命的筷子。她恐怕一輩子都不會忘記當時的觸感。如果沒有發生那件事，自己還有忠雄的人生會是什麼樣子？可以肯定的是，絕對不會有今天這一天。她不知道這樣是好還是不好，因爲連能不能夠活下來都是問題。

和忠雄分開後的第二天早上，博美依照他的吩咐，跟旅館的人說父親不見了。很快就來了好幾輛警車，警察在附近展開搜索。他們也來向博美問話，她說一直睡到早上，不知道父親是什麼時候出去的，又說了父女倆飄泊到此處的經過，刑警個個面露緊張之色。

不久，在附近的斷崖發現屍體。警方以警車載博美到現場附近，與躺在藍色塑膠布上的男性屍體面對面。

看到屍體的瞬間，博美大聲尖叫，這不是演技。部分原因是屍體損傷嚴重，但對她造成最大的衝擊的，是屍體穿著忠雄衣物的事實。所以那一瞬間，她眞的以爲是忠雄的屍體。

然而當她怯怯地看了那張臉，確認果然不是忠雄。雖然頭破血流，但她不會看錯。換句話說，是忠雄後來替屍體換上衣服，他自己應該是穿著屍體本來穿的衣服。博美也能夠想像，這絕對不是一項簡單的作業。無論在體力或是精神上，都是難以負荷的重擔。一想到父親完成這件事的決心，博美便鼓勵自己，絕對不能在這時候出錯。

那是我父親沒錯——她的這句話，警方深信不疑。因爲從留在旅館的袋子上驗出了許多與屍體一致的指紋，而且進行了司法解剖。沒有利刃切割的傷痕，脖子也沒有被勒絞過的痕跡，因此警方判斷沒有他殺的嫌疑。忠雄雖有駕照卻遍尋不著，但這一點警方也沒有起疑。

博美暫時被安頓在兒福處，苗村很快就來看她。博美拜託他盡可能不要將父親的死訊洩漏出去。

「我不想讓同學知道我們趁夜逃亡的事，所以關於我父親的死，可不可以請老師爲我保密？如果一定要說，請不要說他是死在那裡。」

苗村答應了。他向博美保證，校方那邊他也會設法處理，不會洩漏這件事，要她什麼都不用擔心。

就這樣，博美父女一生一世的大賭注贏了。然而，兩人苦難的日子並未就此結束，從那天起，另一種苦難又找上兩人。

一如忠雄預料，博美被送入養護機構，在那裡的生活絕對不輕鬆。由於人數眾多，職員不足是常態，把孩子們全都放在一起管理的結果便是不僅沒有隱私，也缺乏家庭的氣氛。中途加入的人是外人，所以博美受到同齡的其他人陰險的霸凌。即使如此，她還能夠忍受，一方面是有苗村和吉野元子這些人的支持，更重要的是，自己能夠這樣活著，是父親的犧牲換來的。她常在被窩裡暗自流淚，但只要想到忠雄一定過得更苦，就能夠繼續忍耐。

而忠雄的第一封信，是她進入機構過了約一個月後寄來的。如同當初講好的，寄件人是「近藤今日子」，住址是在福島縣內。

「博美，好久不見。因爲爸爸工作的關係我搬了家，現下在福島縣。我爸爸是核電廠的作業員，主要的工作是清除放射線，由於還不習慣，覺得很辛苦，但好像正在努力適應。所以請放心，我和爸爸都很好。

博美呢？熟悉新環境了嗎？可以的話，請回信給我。我們住在一個很像宿舍的地方，不過收得到信。不過妳寫信來的時候，收件人請寫『橫山一俊』，麻煩妳了。」

看了這封信，博美才放下心，忠雄得以平安生活了。只是，他應該是冒用了橫山一俊——博美誤殺的那個男人的名字。雖然噁心，但忠雄想必也相當無奈吧。

博美立刻回信。信上寫著她很好，希望能早日見面。

往後，他們以一個月一封的頻率通信。只是，兩人遲遲沒有機會見面。一來是距離遙遠，再者忠雄的工作也使他們難以安排時間。假如要見面，就必須找一個絕對不會遇見認識兩人的人的地方。

忠雄也不會打電話到養護機構。就算用假名，只要有身分不明的男子打電話給博美，恐怕就會驚動職員。

就這樣，時光流轉，博美十七歲那年夏天，認識了舞台劇。原本她從未考慮過自己將來，但這時候，她清清楚楚地明白自己將來想怎麼過。

博美當然也向忠雄報告了。她寫信表示想走演戲這條路，收到「非常贊成」的回覆。

「博美一定會成爲很棒的演員，要加油喔。希望將來有一天，能看到博美站上舞台。

近藤今日子」

當時，忠雄在大飯核能發電廠從事定期檢查工作，距離博美所在的養護機構並不遠。即使如此，兩人還是沒有見面。

不久，博美便有了連對忠雄都無法坦誠的祕密，不是別的，就是她與苗村誠三的關係。對方已婚，她又不想讓父親擔心。

當博美正式投入舞台劇表演時，父女終於得以見面。兩人通信選好上野動物園的猴子山前，作爲碰面的地點。博美懷著緊張的心情前往，因爲是星期日，猴子山前擠滿了人。

她戴著約定的粉紅色帽子，一面留意四周的人，一面假裝看猴子時，有人在她右邊站定。

「嚇我一跳，妳變成大人了。」

聲音雖然小，但那是父親沒錯，博美拚命抑制就要決堤的淚水。

她的視線稍微移向旁邊，看到忠雄穿著顏色低調的夾克，雙手插在口袋裡，面向猴子山。他的雙頰凹陷，下巴變尖了，但臉色不錯。

見博美沉默著不知該說什麼，忠雄抽身離開，在空著的長椅上坐下來，接著攤開塞在長褲後袋的報紙。

博美明白父親的用意。她假裝看手表，一邊移動，在他身旁坐下。

「爸爸過得好不好？」博美終於開口。

「託了妳的福，我過得挺好。博美看起來也過得不錯，那我就放心了。」

「爸爸都過著什麼樣的生活？」

「我信裡不是寫了嗎？就跟那個男的說的一樣。核電候鳥，不過其實也不錯。」

「爸爸都用他的名字？」

「嗯，我說放射線管理手冊遺失了，公司就幫忙辦了住民票，也辦了手冊的補發手續。幸好他的住民票還有效。」

聽著忠雄說話，博美輕聲笑了。

「爸爸講起話來好奇怪，重音的位置好好笑，像是關西腔講得很爛的人。」

忠雄哼了一聲。

「我平常都講標準語，是因爲要跟妳講話，不知道該用哪種口音，所以才沒講好。」

「爸爸都講標準語？」

「是啊，裝就要裝得像，一開始我就扮成一個不愛說話的人。」

「好難想像喔。」

「妳呢，妳的標準語怎麼樣？會說嗎？」

「那當然啦！我才不像爸爸呢。」

分明是暌違多年後的初次見面，兩人嘴裡說的卻淨是些無關緊要的話。她覺得有很多很多更重要、只有現在才能說的話，卻怎麼也想不起來。

不知父親現在究竟是什麼表情？博美將視線往身旁移。看到忠雄打開報紙的側臉，那一瞬間，她心頭一震。

父親臉頰上有好幾道淚痕，原來父親邊流淚邊跟她說話。

忽然間心口好熱，博美低下頭，握緊了從袋子裡取出的手帕，絕對不能在這裡哭。

她深切體會到，語言根本不重要，能夠像這樣待在一起就夠了。

從那天起，他們每隔幾個月會見一次面，地點都是在上野動物園的猴子山。然而，有時彼此的時間湊不起來，或是忠雄因為工作必須前往遠方，也曾一年多沒見面。

這段期間，博美以女演員的身分站上舞台的機會增加了，有時候意外地也會有電視劇小角色或是拍廣告的工作。

博美二十二歲那年，在上野動物園被陌生女子叫住。對方問：「妳是下条仁美吧？」那是她當時的藝名。一時之間裝不了傻，博美點點頭，對方說「我一直很支持妳」，要求握手。只是這麼一點小事，就讓在近旁看到這一切的忠雄產生了危機意識。

他說：「我們不能再隨便見面了。也許博美的知名度比我們以為的更高，畢竟愛看戲的人很多。以後要見面，不能選上野動物園了，選個沒什麼人的地方吧。」

博美卻沒有這種感覺。工作雖然增加，仍不能只靠演戲養活自己。白天她還在一家小公司打工當櫃檯小姐，來訪的客人從未有人認出她。

但她認為忠雄的話是對的。在人愈多的地方，有人認得她的可能性就愈高。

兩人決定利用東京都內的飯店見面。忠雄先辦理住房手續進房，博美再去找他。雖然多花一點錢，但能夠安心待在一起，比什麼都令人高興。相隔多年，父女倆才又感受到天倫之樂。

另一方面，她與苗村之間的關係也發生重大變化。苗村決心離婚來到東京。等離婚順利成立後，他想和博美結婚。

苗村希望每天都能和博美見面，有時候會突然到博美的住處，有時候會叫博美到他租的短租公寓。要是博美說忙著排戲而拒絕，他就會不高興。

「眞羨慕妳，有可以投入的事情。」他有時候會酸溜溜地這麼說。

苗村當時一直找不到工作。之前說的補習班講師的工作，對方以無法立刻安排爲由，拒絕了他。畢竟他來到東京是四月，講師老早就聘請好了。

看到這樣的苗村，博美不禁暗想，早知道就不應該那麼衝動。說起來，是她採取主動的，她知道自己沒有資格抱怨，但開始覺得苗村的愛情很沉重也是事實。

有一天，苗村又打電話來，忽然說想見面。博美實在沒有時間，因爲她早已和忠雄約好。

「妳今天不用排戲吧？應該也不用上班才對。」他不滿的表情彷彿就浮現在博美眼前。

「我跟人家約好了，要去跟演戲有關的人見面。對不起。」

「是什麼人？」

「講了老師也不知道啊。」

「妳先告訴我再說。男的？還是女的？」

苗村從以前就想詳細掌握博美的人際關係，來到東京以後更是變本加厲。

博美隨口說了一個女性的名字，他又問大概幾點左右會回來。和忠雄見面時，大多會聊到深夜，然後盡可能一起待到天亮。因爲她知道這是父親唯一的生存意義。

「要看對方的狀況，不知道幾點回來。下次我會多留一些時間，今晚請你忍耐一下。」

苗村沉默了一會，才說「好吧」，掛了電話。

後來，博美準備好離開了住處，走進電話亭，打電話到飯店。那時候她還沒有手機。她向接電話的服務生說，應該有一位綿部俊一先生住在那裡，麻煩轉接。不久，忠雄的聲音傳來。

「是我。」

「一五〇六號房。」

「好。」

掛了電話，前往飯店，這個程序她非常熟悉。

那天晚上，忠雄告訴她一件意外的事，關於一位名叫田島百合子的女性。那是忠雄在仙台認識的人，他在女川核電廠工作的期間，每週都會去找她。

「那不是很好嗎！」博美誠心說道，「我一直希望爸爸能幸福，你就跟她重新來過嘛！」

然而，忠雄卻說他不考慮。

「我都這把年紀了，不想做那種引人注目的事。再說，對方也有她的苦衷。」

「是嗎……不過知道爸爸有這樣一個對象，我好高興。」

忠雄難爲情地抓抓頭，顯然也很高興。

博美是第二天清早離開飯店的。退房手續都由忠雄辦理。他應該會晚一點才離開。

回到家，正在讀舞台劇劇本準備排演時，電話響了。她以爲是苗村，大概是想要見面。然而一接起電話，卻是忠雄。博美問他有什麼事，得到的回答很奇怪。

「妳上次說考到汽車駕照了，是嗎？」

「考到了。怎麼了？」

「嗯……其實，想請妳幫忙租車。」

「咦！做什麼？」

「有事要用一下車，妳可以幫忙租嗎？」

「當然可以，是爸爸要開嗎？」

「是啊，我想開車搬運一些東西。不會太久，妳不用擔心。」

忠雄不肯明說，博美也不敢多問。畢竟他以假名生活，一定有很多複雜的內情，連對女兒也不好說吧。

博美答應，和忠雄商量好幾項細節後掛了電話。她立刻出門前往附近的租車行。

她租了一輛國產的普通車，開到約定的地點，也就是前一晚忠雄過夜的飯店地下停車場。下車之後，她環顧四周，在香菸自動販賣機旁找到忠雄。他好像也看到博美了。

博美將車鑰匙留在鑰匙孔上，迅速離開。走入飯店前回頭一看，忠雄正要上車。

爸爸到底要把什麼東西搬到哪裡去？——儘管認爲最好不要問，博美卻忍不住好奇。

到了晚上，忠雄再次來電通知她車子已停回飯店停車場。第二天，博美去取車和還車。就她所見，車子並沒有異狀。

接著，她每天仍過著同樣的日子。整天埋頭練習演戲，趁空檔打工賺生活費。只有一件事發生了巨大的變化，苗村再也沒有聯絡她。

起初，博美以爲苗村是在鬧脾氣。苗村想見面，她卻拒絕了，所以他記恨在心，不肯跟主動聯絡。如果眞是這樣的話，她覺得苗村的精神年齡未免太低，有點幻滅。

但過了一週還是沒有任何消息，她不禁擔心起來。可是博美無法聯絡苗村，因爲他沒有電話。

過了兩週，博美終於去苗村的短租公寓找他。

然而——

從屋裡出來的，是一名陌生的年輕男子。這名男子是三天前搬進去的，而且他還這麼說：

「上一個房客沒說一聲就不見了，管理公司的人說，幸好他的東西很少，不然就麻煩了。」

從公寓回家的路上，各種想像在博美腦海中來來去去。這些想像都沒有根據，全是由她的恐懼和疑念衍生出來。唯有一點她深信不疑，那就是繼續追究苗村的失蹤，對他們父女沒有好處。同時，她察覺自己對苗村的愛情早已消逝。當然，她也沒有報警協尋。

下次見到忠雄時，他表示有新的提案。

「以後別在飯店見面吧。博美漸漸紅了，不知道會被誰看見，出入飯店太危險，我也很怕在飯店露面。我們想想別的辦法。」

聽到父親這麼說，博美心想上次可能眞的出了什麼事，而且和父親要她租車有關，但她怕得什麼都不敢問。

「可是，還有什麼別的辦法？」

博美一問，忠雄說想到一個辦法。

「現在辦手機不是很便宜嗎？透過手機，就算離得很遠也能說話。我只要看到博美就行了，用不著靠得很近。好比，隔著一條河如何？就算被別人看見，誰也不會想到我們是約好碰面吧？」

由於河川難以指出特定地點，他們決定以橋爲準。然而，如果總是在同一座橋碰面，恐怕遲早會被人發現。

於是，他們想到日本橋四周的十二座橋。日本橋一帶有博美初次登上舞台的明治座，她對這個地方特別有感情。

博美立刻辦了兩支手機，一支給忠雄。下次見面時，便是隔著江戶橋相望，因爲那是八月。

「爸爸，你過得好不好？」博美望向橋的另一側，對著手機這麼說。

「好，我很好。」忠雄稍稍舉起了手。

往後，自己甚至無法握住父親的手了——博美心想。

苗村依然沒有任何消息。

27

松宮照例被鬧鐘叫醒。上過廁所來到起居室，早餐已上桌。克子露出清爽的笑容說：

「早啊。差不多了，是吧？」

「什麼差不多了？」

克子不服氣地低頭看兒子。

「昨晚脩平你說的呀。明天就是決勝負的日子，眞相大白的日子。你不記得了嗎？」

松宮抓抓頭，「我說過那種話啊？」

「你這是什麼反應？不過，你昨天的確是一副很睏的樣子。」克子消失在廚房裡。

松宮回顧前一晚。他和加賀進了拉麵店，喝了啤酒。在兩人邊吃邊喝的時候，他的確感覺到事情正邁向終點。他和加賀並沒有談得特別深入，但這一點他深信不疑，所以回家後才會對克子那麼說吧。

一到專案小組，松宮察覺氣氛比昨天更緊繃了，顯然每個人都認爲今天是特別的一天。

管理官富井也現身了。石垣和小林正向他提出好幾份資料，神情嚴肅地說明著。

坂上也在場。松宮向他問起昨晚後來的情況。

「老人院的那個女人啊，到今天還是不肯吐實。昨晚聽說是職員輪班看守，眞可憐。」

松宮想起在「有樂園」見過的那個女人的臉。她堅持不承認自己是淺居博美的母親，也許那是她的懺悔吧。

這時加賀出現，行了一禮後，在牆邊的椅子坐下。

緊接著來了一通電話。是小林接的，掛掉之後，他轉身面向富井與石垣。

「宮城縣警來電，請宮本康代女士看過那些橫山一俊的照片了。」

「結果如何？」石垣問。

「宮本女士斷定那是不相干的人，不是綿部俊一。」

聽了小林的回答，石垣請示意見般看著富井。

「ＤＮＡ鑑定的結果是今天會出來吧？」富井問。

「傍晚會出來。」小林回答，「因爲時間緊迫，用的是暫定的方法，但精確性沒有問題。」

富井點點頭，和石垣低聲交談，招手叫小林加入。

「加賀，」小林叫喚，「你來一下。」

加賀緩緩站起來，走到三人面前。

「前幾天，我和日本橋警署的署長通過電話。」富井抬頭看加賀，露出別有意味的笑容，「他希望我們把你接回來。你的績效非常好，可是身爲警部補卻不肯帶部下，他實在不曉得要怎麼處理你。」

加賀似乎不知如何回答，默默低著頭。

「這件事先不提，」富井正色繼續說：

「關於這次的案子，我已聽說你大膽的推理。被認定三十年前死亡的人，冒用別人的名字活著，這樣的假設眞是驚人，不過的確也陸續發現了足以證明的事實。問題在於，這些事實與案件的眞相之間有什麼關聯。」

「關於這件事，我向石垣係長解釋過了。」

「我想聽你親口說。說吧，你認爲淺居博美和本案有什麼關聯？」

管理官的話聲一落，整個會議室鴉雀無聲。在場的所有人都注視著加賀，松宮當然也是其中之一。

原本低著頭的加賀抬起頭來。

「今天淺居博美導演的舞台劇，將迎接最後一場公演。這在明治座是罕見的長達五十天的公演，首演是三月十日。」

富井皺起眉頭，表情彷彿在問：「那又怎樣？」

「淺居父女之前應該是極力避免互相接觸。但根據宮本康代女士的說法，綿部俊一這號人物有時會來東京，尤其是到日本橋。目的何在？我推測是見女兒。只是他們必須非常小心，絕對不能讓別人看到他們在一起。」

加賀的看法是，那十二座橋便是父女倆碰面的地點。不知是否每個月見面，不過應該是看月份更改碰面地點，以防被第三者發現。

「很有意思的看法，然後呢？」富井追問。

「我一直想不通，兩人爲何執意要在日本橋碰面。這時候想到的，還是明治座。那是淺居博美首次踏上舞台的劇場，對他們父女而言，應該是一個特別的地方。這麼一來，對兩人而言，這次的公演也是特別的。在此之前，淺居忠雄是否看過女兒的戲，我們不得而知。他很可能怕前往小劇場時，被認識他們父女的人看見，於是忍著沒去。但這一次，女兒終於實現夢想，他應該會渴望親眼見證。而淺居博美也無論如何都希望父親能來觀賞。我猜想，淺居忠雄應該看了舞台劇的首演。」

加賀的這番推理，松宮等人昨天就聽說了。昨天他也這麼覺得，現在重聽依然充滿說服力。正因父女倆一路走來如此艱辛，希望分享成功的瞬間也是人之常情。

「同時，可能還有另一個人也是懷著特別的心情來到明治座。」加賀淡淡地繼續說：「那就是押谷道子小姐。首演前一天的那個星期六，押谷小姐沒有回滋賀縣，而是在茅場町的商務旅館投宿，多半是要留下來觀賞明治座的舞台劇吧。前一天她沒有門票，但一問之下，劇場提供現場購票的服務。於是，押谷小姐買了票，進了明治座。而在開演之前，或中場休息，或結束後，時間點無法確知，但她注意到一個人，就是淺居忠雄。押谷小姐小時候與淺居博美十分要好，就算記得他的長相也不足爲奇。」

「押谷小姐不知道淺居博美的父親死亡了嗎？」富井問。

「不，她知道。」松宮上前一步，回答：「就在前一天，她應該從淺居博美口中得知她父親自殺身亡一事。」

「正是因爲如此。」加賀說。

因爲如此？——富井問。

「正因聽說淺居博美的父親已死一事，押谷小姐才會對淺居忠雄的出現感到不解。假如不知道，那麼父親來觀賞女兒的舞台劇天經地義，押谷小姐或許會不以爲意。然而，前一天才聽說人死了，她不禁納悶：『奇怪了，她爸明明活得好好的，爲什麼要跟我說他自殺了？』於是押谷小姐想向本人，也就是淺居忠雄，問個究竟。」

「這樣的話，淺居忠雄恐怕慌了手腳吧，一個絕對不能被看到的人，竟然被發現了。就算矢口否認，要是押谷小姐不相信就沒有意義。」

加賀對發言的富井點點頭。

「既然瞞不了，就不能任由押谷小姐回滋賀縣，於是淺居忠雄不得不將她騙到自己的公寓。畢竟是朋友的父親，押谷小姐想必不疑有他，或許她還打算拜託淺居忠雄去說服淺居博美。」

「被帶到公寓後，就沒有別的路了。他趁隙拿繩子勒斃押谷小姐，是嗎？」

「有不合理的地方嗎？」

「沒有，這是合情合理的推理。押谷小姐遇害一事，若淺居忠雄是凶手，一切就說得通了。那麼，是誰殺害淺居忠雄？淺居博美嗎？」

加賀以嚴肅的神情回視管理官，「除此之外，沒有別人了。」

「女兒殺了父親？這年頭殘害家人手足的案子並不稀奇，但如果你所說的是事實，這對父女之間的感情應該堅若磐石，不是嗎？」

「這點無庸置疑。」

「可是，你卻說她殺了父親？」

「因爲沒有別的路了。」

「怎麼回事？解釋清楚。」

「要解釋非常困難，最好的辦法是去看。」

「看？看什麼？」

「《異聞．曾根崎殉情》。」加賀回答，「我想，所有的答案都在那齣戲裡。」

28

舞台劇已邁入佳境。博美打開筆燈看時間，一切都依照預定進行，最後一場公演應該會順利結束。

這五十天來演員也成長了，每個人都完美掌握了自己的角色。成熟的演技互相激盪，在舞台上構築了眞正的人生，德兵衛與阿初悲慘的人生。

既然打造出這樣一部傑作，就沒有任何遺憾了——博美心想。

回首一生，自己將一切都獻給戲劇，因爲她一直相信這個世界有這樣的價值。可是，「無論如何都要成功，否則對不起父親。想要獲得成功，讓父親高興」的想法，確實是博美的動力。

答應諏訪建夫的求婚，也是因爲崇拜他身爲舞台工作者的才能，希望能夠多少吸收一點，除此之外別無目的。博美絲毫沒有和他成爲一般夫婦或組織家庭的念頭。他是老師，是夥伴，同時也是將來一定要超越的對手。

所以，博美發現自己懷孕時不知所措。她壓根沒想過要當母親。

若說不想要孩子，是騙人的。老實說，她想生下孩子，但心中的種種思緒，禁止她這麼做。

妳有資格嗎？妳是犧牲父親的人生才活著的人，竟然敢像一般人那樣追求家庭的溫暖？就算生下來，妳能保障這孩子的未來嗎？當過去被揭發時，這孩子怎麼辦？這孩子必須背負著殺人犯、詐欺犯之子的身分活下去，妳要怎麼補償？而且，妳有能力養育孩子嗎？妳身上有母愛這種天性嗎？妳可是那種女人的女兒啊——

煩惱到最後，博美下了這輩子不奢求親情的結論。因爲父親已給她至高無上的親情，若再奢求，簡直是罪孽深重。

墮胎是一次痛苦的經驗，但博美並沒有將之視爲免死金牌。她從很久以前就有預感，眞正的天譴遲早會來臨。

警方找上門只是遲早的問題。只要查出博美與在新小岩死去的男子之間有親子關係，她就無法辯駁了。

這一切都是一點小小的好奇心所造成。五年前，博美調查了許多劍道教室，剛好發現「加賀恭一郎」這個名字。那一瞬間，內心湧起無論如何都想見他一面的衝動，博美知道這個人的母親是忠雄重要的人。

那位住在仙台的田島百合子女士，是除了博美之外，忠雄唯一敞開心扉的人。然而，父親微小的幸福並沒有持續很久。有一次忠雄打電話來，說她去世了。那時候忠雄在濱岡核電廠。據說她被發現死在自己住的公寓裡，被視爲非自然死亡。可是忠雄不能回仙台，因爲警方很可能會找他去問話。

「這樣的話……那位女士太可憐了，竟然沒有人可以接回她的骨灰。」在忠雄的電話裡聽說了緣由，博美深感同情。

「我也這麼認爲，所以想拜託妳一件事。其實百合子有一個親生兒子，我想請妳查出他的聯絡方式。」

「兒子？」

「對，跟她前夫生的。」

忠雄說，對方是名叫加賀恭一郎的警察，曾數度在大型劍道比賽中獲得優勝，劍道專門雜誌介紹過他，也許可以從這條線索找出來。忠雄將刊登報導的劍道雜誌名稱告訴她。

「好，我會想辦法查的。」

博美找認識的娛樂線記者米岡町子商量。

「我在構思新戲，想採訪警察和劍道相關人士。我想，既然要取材，就要找一流的選手。只是，我也想問他們一些不太能公開的內幕，所以不想透過警視廳的公關部門，想直接與他們私下聯絡。」

聽了博美的解釋，米岡町子不疑有他。她很清楚博美在構思劇作時，會進行深度採訪，所以立刻幫忙查了出來。

博美馬上以電話通知忠雄。

「太好了，骨灰能夠交到兒子手上，百合子在九泉之下也會很高興吧。」

聽到父親由衷高興的聲音，博美好想見那位女士一面，也才會想到，既然無法見到她本人，至少要見見她的兒子。

要是那時候沒去找加賀，或許不會陷入目前的困境。博美做夢也沒有想到，偏偏是由加賀來揭發他們父女的祕密。然而，博美絲毫不後悔。因爲與加賀見面、交談，讓博美窺見了他的母親，也就是忠雄心中重要的女性的人品。

對方一定是非常優秀的女性——見過加賀之後，博美深信如此。她深知忠雄的人生有多麼絕望黑暗，因此光是感覺得出父親擁有一絲幸福，她就很高興了。

當加賀拿出洗橋的照片時，博美大吃一驚，她萬萬沒想到加賀竟然會找到那種照片。

博美不知道當天有那場例行活動。因爲忠雄說博美的生日快到了，又好久沒見面，於是兩人決定要碰面。由於是七月，兩人約在日本橋。到了現場博美大吃一驚，放眼望去都是人山人海。

她很慶幸自己戴了太陽眼鏡。

現場人雖多，但博美很快就找到忠雄的身影，他在橋的另一側。

她想讓父親看看女兒的面孔，所以摘下太陽眼鏡，沒想到那一瞬間竟然會被拍下來。

回想起來，她犯了太多小錯。加賀想必是一一收集起來，築起了眞相這座城堡。她由衷認爲加賀是個了不起的人物。

舞台上正在迎接最後一幕，正是德兵衛刺死阿初的那一刻，但這其實是德兵衛好友所做的推理。

「換句話說，阿初想尋死，她總是在找死亡的地點，而德兵衛正好出現在那裡。於是阿初心想，反正都是死，不如請她一心一意愛上的男人刺死她。德兵衛明白她的心意，才會下手。因爲德兵衛想要實現他以性命去愛的女人的夢想。」

好友感慨萬千地陳述，在他身後，刺死阿初的德兵衛毫不猶豫地結束了自己的生命。德兵衛抱著阿初斷氣之後，幕靜靜落下。

下一秒，場內響起如雷的掌聲。博美待在觀眾席後方，看不見觀眾的表情，但感覺得出每個人都十二萬分地滿意。

博美站了起來。今天會有幾次謝幕呢？她想趁這段時間到後台去，等演員退場。

然而，她才踏出監事室，便停下腳步。眼前出現幾名男子。姓松宮的刑警是其中之一，他們顯然在等博美。

一個面相不善的男子低頭行了一禮，出示警視廳的警徽，自我介紹是小林。

「淺居博美小姐嗎？我們有幾件事想請教，可以請妳和我們一起到警署一趟嗎？」

博美深呼吸一口氣，問道：

「馬上嗎？我想去向演員和工作人員打聲招呼。」

「好的。我們可以等，但請讓我們的同事陪同。」

「請便。」

博美邁開腳步，跟著她走的是松宮。

「你們要問什麼呢？」

「要問不少問題，可能會需要一點時間。」

「今天之內可以回家嗎？」

「這就不敢保證了。」

「是嗎？」

「還有，要麻煩您協助我們做ＤＮＡ鑑定。」

博美停下腳步，望著年輕刑警說：「那不是早就做過了？」

「要做正式的鑑定。」

「原來如此。」大概是未經許可帶走的毛髮不能算是證物吧，「我想先問一聲，是親子鑑定嗎？」

松宮略微猶豫後，回答：「是的。」

「是嗎？要證明我和某人有親子關係嗎？真令人期待。」博美再度向前走。那天發生的事，在她腦中鮮明地重播。

忠雄在三月十二日打了那通電話，就在第三天的公演順利結束後。他說有急事，希望能盡快見面。

「愈快愈好，最好是今晚。」父親的聲音聽起來很嚴肅。

博美問是什麼事，忠雄不肯直說，只強調有幾樣東西想交給她。

當晚她在銀座有個飯局，最快也要到十點以後才有時間。她這麼一說，父親便問「那十一點如何？」，看樣子是相當緊急的事。

那就十一點在老地方——博美答應後掛了電話。因為是三月，老地方指的就是左衛門橋。

飯局的對象是一名自由製作人。他正在考慮將一部小說改編成舞台劇，問博美願不願意擔任導演。博美讀過那部小說，本來應該會表示強烈的興趣。然而，她無法專心與對方談話，因為一顆心全被不祥的預感占據。忠雄說有事，也讓她很擔心。

「怎麼了嗎？妳不感興趣嗎？我還以為這是妳會喜歡的題材。」製作人訝異地說。

「我怎麼會不感興趣呢！」博美趕緊否認，「您願意找我，是看得起我。只是我今天身體狀況不太好，反應遲鈍了些。對不起，我當然會積極考慮。」

「原來如此。妳這陣子也太拚了，要好好注意自己的身體啊。」

「謝謝您。」

與製作人分別時，是晚間十點三十分左右。博美到便利商店領錢，準備給忠雄當生活費，然後搭計程車前往左衛門橋，抵達時正好十一點。

風有點大，博美的大衣領子被風吹得不斷拍動。她一步步走近橋。車子頻繁來去，行人也不少。

左衛門橋跨越了三個區，橋中央起的西側是千代田區東神田，東側的南半部是中央區日本橋馬喰町，北半部是台東區淺草橋。博美站在中央區那邊的柱子旁，隔著河朝對岸望去。

她看到穿著夾克的忠雄了。忠雄雙手手肘靠在橋的欄杆上，俯瞰著河面。

博美打了電話。忠雄抬起頭來，面向這邊，從夾克口袋取出手機。

「抱歉，臨時找妳出來。」

「沒關係，發生了什麼事嗎？」

「發生了很多事情。其實，我決定去旅行。」

「旅行？去哪裡？仙台？」博美會這麼問，是認爲仙台大概是忠雄回憶中最難忘的地方。

「嗯……大概就是那邊吧。」父親不肯明講，不是仙台嗎？

「現在去做什麼？那邊沒有認識的人了吧？」

「的確是沒有，但我想去悼念一下百合子，忽然起了這個念頭。」

「好啊，大概要去多久？」

「還沒決定。搞不好接下來會到處去走走，可能暫時見不到面，所以才把妳找出來。」

「這樣啊……明天出發嗎？」
「嗯，我想明天一早就走。」
「這樣啊，路上小心。對了，你不是說有東西要交給我嗎？」
「是的。我腳邊有個紙袋，妳看得見嗎？」
博美將視線往下移，只見忠雄腳邊擺著一個小紙袋。
「看得見，把那個紙袋收下就好嗎？」
「對。我會藏在柱子後面，妳等一下來收。」
「好。那麼，我把錢放在這邊的柱子後面。」
「不了，今天不需要錢。」
「咦！可是，爸爸你明天起要出門耶？身上帶點錢比較好。」
「不用了。錢夠用，妳不必擔心。」
「是嗎……」
博美覺得父親的樣子怪怪的。上次給他錢是好幾個月前的事了，再怎麼節省，應該也所剩不多。
博美——忠雄叫喚她，「妳可以再靠過來一點嗎？」
「好啊……」博美眨眨眼，看著父親的臉。父親是頭一次這麼說。
忠雄提著紙袋，緩緩向前。然而，當博美也從這邊走過去時，他卻在橋中央停下來。兩人大約相距五公尺。忠雄似乎難以承受與女兒面對面，身體再度靠著欄桿，將手機貼著耳朵，朝河面望去。

「博美，眞是太好了。妳能在明治座那麼氣派的劇場當導演，爸爸好高興。」

「謝謝。」儘管困惑，博美仍開口道謝。

「妳要加油喔，盡力去做，不要留下遺憾。這麼一來，博美一定會得到幸福的。」

「爸爸……你怎麼了？」

忠雄搖搖頭。

「沒什麼。因爲明治座的戲太好看了，我忍不住就說起有的沒的，妳別放在心上。我要走了，妳要保重啊。」

「好，爸爸也要玩得開心。」

然而，忠雄沒有回答，稍微揮了揮手，便掛了電話。接著，他瞥了博美一眼，朝另一側走去。

走到柱子旁，忠雄又四處張望，躲到暗處。當他回到人行道，再度邁步向前時，剛才手上提的紙袋已不見。

博美立刻行動。她快步走到柱子那裡，拎起放在柱後的紙袋。一看裡面，是兩個信封。拿起其中一個，上面寫的是「給博美」，信封口封死了。

這時候，博美的不安達到頂點。她確信一定發生了什麼特殊的事，而且絕對不是好事。博美抱著紙袋，朝忠雄離去的方向狂奔。

但她跟丟了，大馬路的前方也不見父親的身影。接著她看到的，是淺草橋車站的指標。忠雄住的公寓，最近的車站是小菅站。從淺草橋站過去的話，要先到秋葉原站，再換地鐵到北千住站，然後才會回到小菅站，所以她猜父親會從這裡搭車。

博美跑進車站，環顧四周，正巧看到忠雄通過剪票口。博美邊跟著他邊打開袋子，取出有電子錢幣功能的信用卡。

她穿過收票口，跟在忠雄後面。奇怪的是，忠雄在往津田沼方向的月台等車。如果要回住處，要搭對面往御茶水方向的車才對。

不久，往津田沼的電車到站，忠雄毫不遲疑地上車，博美也從隔壁車廂上車。她躲在別人身後，怕被忠雄發現，但忠雄出神般想著什麼，並未留意四周。

博美十分不安，不曉得父親究竟打算去哪裡。她看著路線圖時，忠雄在第五站新小岩下了車。博美確認他背對自己往前走了之後，才走出車廂。

出了新小岩站，忠雄沿著馬路走。他的腳步沒有絲毫遲疑，看得出有明確的目的。博美隔著一段距離跟在他身後，但途中小跑了一段，將距離拉近爲二十公尺左右。她怕隔太遠會跟丟。

不久，來到荒川。忠雄過了橋，在接近河岸的地方改變方向。他離開馬路，朝河岸走去。博美慌了。路燈照不到的地方是一片漆黑。

她奮力趕走心中的恐懼，繼續跟蹤，決定要將忠雄來到這裡的原因查個水落石出。

但果不其然，博美半路跟丟了，四周什麼都沒有。腳下盡是草叢，有時候還會有出乎意料的東西掉下來，很難走。

沒辦法再走下去了——正當她想要放棄時，她看到了。那是不及一個人高的小小建築物，不，應該說是大箱子比較貼切。走近一看，才知道是用塑膠布包了起來，顯然是遊民的住處。那裡有個看似入口的地方，掛著布簾。布簾沒有拉緊，光線從那裡透出來。

博美伸長脖子，悄悄往裡面看。下一瞬間，她瞪大了眼睛，因爲忠雄就蹲在燭光旁。她忘情地跑過去叫道：「爸爸，你在做什麼！」

忠雄一僵，回過頭來，雙手抱著一個紅色塑膠桶。蓋子是打開的，冒出煤油味。

「博美，妳怎麼會跟過來……」

「這還用問嗎？就是因爲爸爸的樣子很奇怪呀！」

忠雄歪著臉，用力搖頭。「妳快回去。要是被人看見就糟了。」

「我怎麼能回去！快告訴我這是怎麼回事。」

忠雄皺起眉頭，咬住嘴唇。他抓住博美的右手，說「妳待在那裡會引人注意，快進來」。博美被拉進小屋。裡面滿大的，可以坐兩個人。擺著簡陋的餐具和放置雜物的紙箱，還有火爐。火爐上放著舊鍋子，爐裡沒有生火。

「爸爸，你怎麼會跑到這裡來？公寓呢？」

面對博美的追問，忠雄露出苦悶的表情，低下頭。「押谷同學……來找過博美，對不對？」

父親嘴裡冒出這個意外的名字，博美感到十分困惑。押谷道子來找她，是三天前的事。

「她是來過，可是爸爸怎麼會知道？」

「……因爲我見到她了。」

「見到？見到她？什麼時候？」博美心臟突地一跳，聲音都變了調。

「前天傍晚，明治座第一天公演之後。我走出明治座，要到人形町的車站的路上，被叫住了。她好像也是去看公演。」

「可是她跟我說，她當天就要回滋賀了……」

「她本來是那麼打算的，但跟妳分別之後，又覺得難得來一趟，還是看了戲再走。她說看完戲之後，想再去找妳，設法說服妳。可是離開劇場時，看到了我。」

「都幾十年了……」

「她以前經常來店裡玩，把我的長相記得很清楚。尤其是對這顆痣特別有印象，所以她覺得一定不會錯。」忠雄碰了碰左耳下方的那顆痣，「她從背後叫喚『淺居先生』，一開始沒想到是在叫我，因爲好久沒人這樣叫我了。可是，她第二次叫喚的時候，我反而嚇了一跳，停下腳步一回頭，就看到押谷同學笑著跑過來。她說：『果然沒錯，您是淺居博美同學的爸爸，對不對？』還說她認得那顆痣。她本來不知道我死了。」

「我都跟她說爸爸死了……」

「她看到我，以爲妳騙她。『博美會不會是想趕快打發我走，才說那種謊？』她說得這麼篤定，就算告訴她是認錯人，她也不會相信。最重要的是，她看到我的地方太不巧了，是正在公演的明治座。我想要是裝傻跑了，事情可能會變得更麻煩。」

押谷道子天眞爛漫又說話極快的樣子浮現在博美眼底，忠雄恐怕連插嘴說她認錯人了的機會都沒有。

「然後呢，爸爸怎麼處理？」

「她說正好遇見了，有件事想和我商量。於是我說，既然這樣就到我家談吧，把她帶進了公寓。」

「公寓是指小菅的公寓？」

忠雄神情黯然，點點頭。

「大致的狀況我在路上聽她說了，但厚子的事情根本不重要，反正她是自作自受。更重要的是，該怎麼處理押谷同學，不能讓她就這樣回去。」

不祥的想像畫面在博美腦海掠過，嘴裡好苦。

「……然後呢？」她望著淡淡燭光中父親的側臉。

「我請她進屋，泡了茶，她一點疑心都沒有。我看有機可乘，就從背後用電線……」忠雄抬起頭，瞪著半空繼續說：「勒了……她的脖子。」

博美感到全身血液都變冷了，臉卻直發燙，汗水沿著太陽穴流下來。

「這不是……眞的吧？」明知不會是假的，她仍這麼問。

忠雄吐出一口氣，「是眞的，我殺了她。」

博美閉上眼睛，抬起頭來，深呼吸好幾次。她忍住了想尖叫的衝動，試圖讓自己冷靜下來。她睜開眼，看著父親。他的頭再度垂下。

「屍體呢？怎麼處理？」

「沒有處理，就那樣放在公寓裡。我把能夠馬上辨識身分的東西處理掉了，但屍體被發現以後，警方遲早會查出來。」

「既然如此，我們就得想辦法處理屍體了。」

然而，忠雄卻搖頭說：「算了。」

「算了？什麼意思？」

「博美，我有事瞞著妳，是關於苗村老師的事。妳還記得吧？」

「記得。」

「博美，聽說妳和他在一起，是嗎？」忠雄仍低著頭問。

「爲什麼這時候要提這個……」

「那個老師也是……我殺的。」

博美輕叫一聲，一時之間無法呼吸。

「就是博美來飯店找我那次的事。我結完帳，被他叫住，我嚇了一跳。以前雖然見過幾次，但我已不記得他。他好像還記得我，問我是怎麼回事。」

就是那時候——博美想起來了，苗村打完最後一通電話的第二天。他怎麼會出現在飯店？只有一個可能，就是他跟蹤了博美。他看到博美進了飯店，以爲她是去和男人幽會，於是監視到天亮，想查出她的對象是誰。苗村恐怕是待在櫃檯附近，盯著每一個退房的男人的臉吧。

「那你是怎麼……」劇烈跳動的心跳令博美十分痛苦。

「我說要告訴他原委，把他帶到飯店的地下停車場。我邊走邊解開領帶，從後面勒住他的脖子。他雖然抵抗了，卻沒有什麼力氣，最後還是抵抗不了。幸好是在清晨，四周沒有人。」忠雄吐出一口氣，「所以押谷同學是我第二個勒死的人。」

「老師的屍體呢？」博美大致猜得到，但還是問了。

「我先藏到停在飯店的卡車車斗上。可是，當時我想最好還是丟到遙遠的地方，才要妳去租車。」

原來是這麼一回事——

博美一直隱約懷疑苗村的失蹤與忠雄有關，但她不願去想。

「博美，我對不起妳。妳喜歡他吧？可是，我只能請他死了，原諒我。」

「這不要緊。倒是那時候爸爸把屍體丟在哪裡？」

「奧多摩那邊。大概一週之後，就看到新聞報導發現了身分不明的屍體。」

「可是，爸爸沒被抓，不就表示屍體成功處理掉了嗎？這次也同樣——」

忠雄像鬧脾氣的孩子般搖著雙手。

「算了，別再做那種事。就照我的意思做吧。」

「照你的意思……爸爸想怎麼樣？說起來，爸爸怎麼會跑到這種地方？」

忠雄抬起頭，環顧這座小屋。

「之前我就常來這附近，我想將來過這樣的生活再死去也不錯。」

「說什麼死……」

「死的時候，一定得讓人查不出我是誰才行。最好的辦法就是火災，可是放火燒公寓會害到別人，但在這裡就沒問題了，而且燒起來應該也很快。其實，這座小屋是昨天請人家賣給我的。我把所有的錢都給了屋主，他就歡歡喜喜地讓給我了。」

聽著父親平淡的敘述，博美驚愕交加，終於明白煤油桶蓋子打開的意義。

「不行，那怎麼可以！」她瞪著父親。

「妳的聲音太大了，要是被聽到怎麼辦。」

博美猛搖頭，抓住忠雄的肩。

「我管不了那麼多，爸爸怎麼可以死？」

「押谷同學的屍體遲早會被發現。警方一定會四處尋找越川睦夫這個人。我都這把年紀了，逃不掉的。」

「這種事誰知道！我把爸爸藏起來。我會把爸爸藏在一個別人絕對找不到的地方。」

忠雄淡淡一笑，虛弱地說：「沒有用的。」

「怎麼會。我會想辦法——」
博美——忠雄叫喚她的名字，對她說：「放過我吧。」
「放過……」
「我累了。躲藏幾十年，隱姓埋名過日子，我累了。我想解脫，讓我解脫吧。我求妳了。」
忠雄跪坐，伏地行禮。
「爸爸……」
忠雄抬頭，眼眶因淚溼而發光。一看到父親這樣，博美再也忍不住，淚水奪眶而出。
「妳別誤會，日子雖苦，但這輩子爸爸不後悔。爸爸也有過很多快樂時光，這一切都是博美帶來的。博美，謝謝妳啊。」
「爸爸、爸爸……你不要死，我會想辦法的。」
「不行。萬一我被捕，一切就都完了。要是長相被公開，被認出是淺居忠雄，我們過去的辛苦就白費了。再說，就像我剛才說的，我不想活了。讓我死吧。」
說完這番話，忠雄用力將博美往小屋外推。
「爸爸，你做什麼！」
忠雄沒回答，在小屋裡將煤油桶扛在肩上，煤油汨汨流出，全身立刻被煤油浸溼。
「爸爸，住手！」博美尖叫。
忠雄從夾克口袋裡取出拋棄式打火機。

「快走！妳快走！妳不走，我還是會點火。」

博美絕望地看著父親。他雙眼發光，然而那不是瘋狂，是看開一切，有所覺悟的眼神。

必須阻止父親的想法迅速消退，到了這一刻，她知道父親不會再改變心意，甚至開始認爲也許這樣對父親才是最好的。

博美向忠雄靠過去。

「別過來，我要點火了。妳想被灼傷嗎？」

博美不答，慢慢向前伸出雙手。那雙手放上忠雄的脖子，他露出疑惑的神情。

「博美，妳……」忠雄眨眨眼，「妳要幫我解脫嗎？」

她點了點頭。

「逃亡的時候，爸爸不是提過延曆寺和尚的事嗎？即使同樣是死，也要選擇別的死法。被燒死這種事，光想就讓人頭皮發麻。」

忠雄「哦」了一聲，應道：「我是說過。」

「我不會讓爸爸那麼痛苦，所以由我來……」

「是嗎？」忠雄笑瞇了眼，而後閉上眼睛。「謝謝。博美，謝謝妳。」

博美也閉上眼睛，指尖用力，雙手姆指有陷入忠雄脖子的觸感。

驀地，《異聞・曾根崎殉情》的最後一幕浮現在眼前。忠雄就是阿初，而她就是德兵衛。

究竟過了多久，博美也不知道。忽然間，忠雄渾身虛脫。博美睜開眼睛，勒住他脖子的手，現在變成支撐著他的身體。唾液從他口中流出來。

爸爸——她叫喚，卻沒有任何反應。

博美將忠雄的身體輕輕平放在塑膠布上，上頭全是煤油。

如果直接點火，恐怕會瞬間陷入火海，這麼一來，博美就沒有時間逃離了。而且很有可能一冒出火舌，就會有人趕來。

博美拿起用來當燭台的盤子，小心翼翼地放在忠雄身旁。然後，讓忠雄夾克的衣襬接觸蠟燭根部。夾克已被煤油浸透。等蠟燭變短，夾克應該就會引火燃燒。

一切都安排好之後，博美抱著自己的袋子，和忠雄交給她的紙袋，離開小屋。要是小屋在她回到馬路之前燒起來就不妙了，於是她改爲小跑步。

不久後，來到馬路上，博美沒有立刻攔計程車，她認爲最好離遠一點再攔。她沿著鐵路走，過橋的時候，回頭看了河岸好幾次，但小屋還沒有起火。

難不成失敗了嗎？這個想法在她腦海掠過。沒有燒起來會怎麼樣？警方查得出那具被勒死的屍體是淺居忠雄嗎？

博美甩甩頭，想這些也沒有用。自己是殺人凶手。殺了兩個人，受罰是應該的。

發現大衣有煤油味，她脫掉大衣，拿在手上。風很冷，但她一點也不覺得寒冷。

29

登紀子一走進店裡，後面桌位的一名男子就站起來，是松宮。他對登紀子點點頭。

「好久不見。」登紀子走近他，打了招呼。「上次見面是三週年忌吧。」

「上次眞是麻煩妳了。不好意思，今天突然把妳找出來。」

就座後，兩人先點了飲料，因爲松宮也還沒點。

「我聽加賀先生說了。終於破案，恭喜恭喜。」

「謝謝，好像也有不少地方麻煩妳了。」

「我沒做什麼。」登紀子輕輕揮手。

「妳和加賀常聯絡嗎？」

登紀子「唔」了一聲，稍微想了一下，說：「最近吧。」

「今天晚一點也會碰面吧？聽說你們約好要吃飯？」

「陰錯陽差地就約了，不過我想加賀先生不是認眞的。」

飲料送來了，茶杯裡冒出伯爵茶的陣陣香氣。

「其實，我有件事想拜託妳。」松宮從旁邊椅子上的公事包取出一個白色信封，放在桌上。

「信？」

「是的，是這次命案的嫌犯所有。正確地說，這個信封裡，裝的是那封信的影本。」

「嫌犯是指……」登紀子的表情嚴肅起來。

「角倉博美，本名淺居博美。這是她父親要她轉交的，說是無論如何都希望加賀看這封信，所以我想請金森小姐轉交。」

「當然沒問題，可是爲什麼要我轉交？松宮先生自己交給他不是比較快嗎？」

松宮點點頭。

「我想妳也知道，這次的案子與加賀的人生關聯至深。這封信裡，寫有他多年來很想知道的事，所以我才會希望妳也看一看。」

「要我看嗎……」

「如果直接交給加賀，我想他絕對不會給別人看，所以我想先交給妳。」

「我可以看嗎？這是私人信件吧？」

「不能說可以，但就像妳看到的，信沒有封口。就算妳看了，只要不說就沒人知道。只是，請妳不要現在看，喝完咖啡我會馬上離開，之後再請妳慢慢看。」松宮喝了一小口咖啡，微微一笑。「因爲是妳，才想請妳看的。」

登紀子看著那個信封，從厚度可以想見頁數不少。信裡究竟寫了什麼？加賀多年來想知道的事情又是什麼？

上次加賀找她出來時，她十分詫異。加賀突然說希望她一起去一個地方，就把她帶到角倉博美位於青山的住處。進去之前，加賀拜託她，看到他一打暗號，就向角倉博美借用洗手間，將梳子上的頭髮裝進塑膠袋裡。除此之外，只要默默跟著他就行了。

過程中，她整個人都非常僵硬。因為加賀與對方的對話太過緊張，她聽到一半就覺得喘不過氣來。她心想，原來加賀平常都在做這種事嗎？她偷偷觀察加賀的側臉，覺得頗為嚇人的同時，又感到佩服。

如今回想，那次雖然辛苦，卻也是一次很好的經驗。最重要的是，她能夠親眼看到加賀工作時的模樣。

對了——松宮開口，「妳聽說加賀要調動的事了嗎？」

「加賀先生嗎？沒有。這次要調到哪裡？」

「本廳，要調回搜查一課。不過跟我不同係就是了。」

「這樣啊。那麼，今晚得好好慶祝了。」

「請幫他慶祝一下。你們約在哪裡？」

「照例是日本橋。」

「又是日本橋啊。」松宮苦笑，「不過這也難怪，不久後他就要離開那裡了。說到這個，他現在應該是去了濱町的運動中心吧。我今天跟他通過電話，他說很久沒流汗了，要去動一動。」

「流汗？」

「這個。」松宮做出揮動劍道竹刀的樣子。

登紀子會意地點點頭。

「那麼，我告辭了。」松宮喝完咖啡站起來，拿起桌上的帳單。「請幫我向加賀問好。」

「謝謝你請我喝茶。」登紀子起身向他道謝。

見松宮走到店外，她才拿起信封，的確沒有封口。裡面是四張折起來的A4影印紙。頭一張是看似女性的柔美筆跡寫著「加賀先生 收」，接著是這段文字：

「很抱歉引起這次的騷動。如今我正面對自己的罪行，每天思考著該如何贖罪。

同封的是家父給您的信。家父在留給我的遺書裡，希望我能設法將此信交給您。或許您收到了，也只是徒增困擾，但我想這對您來說應該是十分重要的一件事，便請警方幫忙轉交。若令您不快，還請見諒。

淺居博美」

將這一張翻過去之後，登紀子嚇了一跳，下一頁密密麻麻寫滿了看起來筆壓極強的小字。

「加賀先生惠鑒：

爲告知您一件重要之事，特此提筆。

我是綿部俊一，在仙台時曾與田島百合子女士來往。若說是將您的聯絡方式交給宮本康代女士的人，也許您就明白了吧。

我想告訴您的不是別的，正是百合子女士離開府上之後的心情。無論如何，我都想告訴您她是懷著什麼樣的想法，過著什麼樣的日子。

或許您會問，爲何事到如今才說出來。對此，我感到萬分抱歉，但我實在無法透露詳細原因。簡言之，我是個必須隱姓埋名的人，從未有干預他人人生的念頭。然而，如今生命已到盡頭，我重新思考是否眞要將此生最重要的女性的想法就此埋沒？眞要瞞著她的兒子嗎？

在我與百合子女士相識一年多之後，才聽說了您的事。在此之前，她絕口不提上一個家庭。恐怕連對我都沒有完全敞開心房吧。那一天，她心中似乎發生某種變化，忽然將一切告訴我。

她說，之所以離家出走，是因爲她認爲自己再待在家裡，遲早會拖累全家人。

據百合子女士說，從結婚那天起，自己就一直給丈夫添麻煩。她不善於與親戚來往，不僅引發爭執，還害丈夫被親戚孤立。爲了照顧體弱多病的母親，要丈夫百般讓步與體諒，卻害母親早死，她非常自責。她很沮喪，認爲自己一無是處，煩惱著這樣的自己有資格教養兒子嗎？

我想您應該看得出來，她恐怕是得了憂鬱症。可惜當時這個病名並不普遍，她一心認定自己就是個無能的人。

在這樣的狀態下她忍耐了幾年，後來一心只想尋死。可是每當看到獨生子的睡臉，想到要是自己不在了，誰來養育這個孩子呢？她便會改變心意。

然而，一天夜裡，發生意想不到的事。丈夫工作忙碌幾日未歸，她與兒子一起就寢，但一回過神來，她卻在廚房裡，手裡拿著菜刀。她會回過神來，是因爲夜裡醒來的兒子問她：媽媽，妳在做什麼？

她連忙收好菜刀，蒙混過去，可是這件事在她心裡留下很深的陰影。那天夜裡，自己拿著菜刀究竟要做什麼？如果是自殺也就罷了，但如果是要帶兒子一起上路……一想到此，她就怕得不敢睡覺。

經過一番掙扎，她決定離家出走。她沒有決定目的地，只想著找個地方了結一生，上了火車。

我想您已聽宮本女士說過，最後她並沒有選擇死亡，而是在仙台展開第二人生。這些日子，她以『每天都是懺悔和感謝』來形容。自己拋夫棄子，沒有資格活著，卻因爲在這片異鄉的土地上遇見的人們，和他們的支持而活下來，她懷著無限的感激。這是我的推測，或許離開家裡，讓她的憂鬱症緩和了。

百合子女士向我坦誠一切後，我問她：『妳想不想回到丈夫和兒子身邊？妳難道不想見他們嗎？』她搖搖頭。那不是否定，而是表示她沒有資格，於是我問了您們兩位的姓名和住址。我偶爾會去東京，想趁機去看看您們父子的情況。起先她拒絕，但我耐著性子問下去，她終於還是告訴了我。我想，她多半還是很掛念被留下的兩人吧。

過了一陣子，我前往東京，趁機造訪加賀隆正先生家。我當然不會提到百合子女士，而是想假裝問路，看看您們父子的狀況。

很快就找到地方了，遺憾的是，兩位都不在，於是我在附近若無其事地打聽。這才知道隆正先生還健在，兒子已搬出去。告訴我這些的人，還透露一則重大情報。那就是兒子最近才在劍道大賽上得到優勝。我立刻前往書店。在那裡找到刊登您的報導的劍道雜誌。

一回到仙台，我便讓百合子女士看了那篇報導。她屏氣凝神，眼睛眨也不眨，一直注視著照片，淚水從她眼中滾落。

她說，太好了。我以爲她是爲了兒子的成長而欣喜，但不止如此。她高興的是兒子成爲警察。

百合子女士最擔心的，是自己離家出走害丈夫與兒子失和。她說，恭一郎是個貼心的孩子，總是很關心我，我怕他把母親離家出走怪在父親身上，因而痛恨父親。果眞如此，她不僅從這孩子身上奪走了母親，也奪走了父親。得知您成爲警察，她才放了心，說幸好是她杞人憂天。因爲兒子若是痛恨父親，應該不會選擇同樣的職業。

我終於放下心中的大石頭——百合子這麼說，露出笑容。那是我第一次，也是最後一次，看到她如此燦爛的笑容。她當時的喜悅一定是發自內心。

然而，爲她帶來這麼多喜悅的雜誌，她卻不肯收下。她說自己放棄當母親，沒有資格擁有這本雜誌，而且還說：

『恭一郎往後會更有成就。把這張照片留在手邊，那麼在我心中，那孩子的成長就停止了。這不會是那孩子所希望的。』

當時百合子女士的雙眼，充滿對兒子的期待與母愛，閃閃發光。

這些就是我想告訴您的。如今知道這些，也許對您沒有任何助益，也許對於瀟灑地走在自己相信的道路上的您，是不必要的。然而，誠如我最初所寫，我已沒剩多少時間，只盼能化解我心中唯一的遺憾。請原諒一個老頭子的自我滿足。

最後附筆，我認爲百合子女士盡全力活過了她的一生。當我因爲工作不得不離開仙台，最後一次見到她時，曾問她有沒有想要什麼，她說沒有。她面帶笑容說，現在就很滿足了，她什麼都不需要。我想，這句話是眞誠無欺的，可以請您也這麼想嗎？

本來應該當面交給您，但我有我的苦衷，只能以這種方式轉交給您，盼您見諒。

祝您身體健康，鴻圖大展。

綿部俊一敬上」

一踏進濱町公園，她便聞到樹木濃濃的香氣。雖然太陽已下山，仍看得出綠意盎然。許多人來溜狗，他們似乎彼此認識，正愉快地談笑。狗兒們似乎也很開心。

綜合運動中心是棟氣派的建築。正面大門是一片片玻璃相連有如蛇腹般的設計，給人新穎的印象。

室內也寬敞乾淨。恰巧有小學生年紀的孩子扛著劍道護具和竹刀經過，登紀子叫住這個小朋友。一問之下，她才知道日本橋警署主辦的劍道教室，剛剛下課。

聽說教室在地下一樓，登紀子走下樓梯。看似道場的入口處，有好幾個孩子。

她走過去，往裡面看，還有幾個穿著劍道服的男女老幼留在道場裡。

加賀也在。他在道場一角，默默空揮。那張臉上沒有任何猶疑，雙眼注視著一個定點。現在的他，恐怕什麼都聽不見吧。

登紀子心想，如果以水面來比喻，他的心一定像一面鏡子，隨時都是靜止的吧。無論颳起多強的風，都不會輕易掀起波瀾。正因有一顆堅強的心，才能跨越重重試練。

然而——

看完自己手上的這封信之後呢？會依舊連一絲漣漪也沒有嗎？

登紀子很想知道答案，邁步朝加賀走去。

（全文完）

解說　陳國偉

光明的廢棄品，時間的遺留物

（本文涉及謎底，未讀正文者請慎入）

二〇〇六年五月，在《東京人》雜誌「松本清張的東京」專輯中，設計了一張「繼承清張推理DNA的人們」圖表，歸納出松本清張爲日本推理小說開創的幾個重要面向，包括社會層面的國際、經濟、宗教、時事，個人層面的女性、日常、深層心理與過去、文藝與藝術、歷史，還有旅情推理。裡面洋洋灑灑列出自一九六〇年代以後，在不同層面繼承松本清張DNA雙螺旋的作家與作品，橫跨各派別及世代：包括夏樹靜子《蒸發》、森村誠一《腐蝕的構造》、高木彬光《邪馬台國的祕密》、西村京太郎《天使的傷痕》、島田莊司《出雲傳說7/8殺人》、高村薰《Lady Joker》、桐野夏生《OUT》、天童荒太《永遠的仔》、橫山秀夫《動機》等台灣讀者都耳熟能詳的名作，當然更包括了宮部美幸的經典之作《火車》與《理由》。

而在其中，東野圭吾當然也不會缺席，他的《白夜行》被認爲是延續了清張「深層心理與過去」的書寫，與土屋隆夫《影子的告發》、森村誠一《人性的證明》列在同一個創作軸線上。

當然，雖然東野圭吾的小說題材，往往與當下現實有著許多互涉，間接啓發讀者思考，因而獲得高度認同。但他的作品始終是被定位爲「寫實本格」，甚至在二〇〇五年出版的《嫌疑犯X

的獻身》，因爲獲得了當年的「本格推理小說ＢＥＳＴ10」的第一名，還引發了日本推理文壇的「本格論爭」。這樣的一位作家，如何想像他跟松本清張之間的關係，其實相當具有挑戰性。

然而，若仔細耙梳東野圭吾的創作，其實會發現他眞的沒有那麼「本格」，他一系列入圍直木獎的作品《祕密》、《白夜行》、《單戀》、《信》以及《幻夜》，其實並不是標準的解謎推理小說，而是犯罪小說，甚至有些作品在結尾還留下了難解的謎團。更不用說他的「天下一大五郎系列」、「〇笑小說系列」，其實是反思推理類型，或是小說類型本體的精彩連作，壓根與「本格」沾不上邊。

即便是剛開始走本格路線的「加賀恭一郎系列」，隨著《紅色手指》、《新參者》逐漸著重於重現一個個家庭劇場，把謎團埋藏在家族成員的關係之中，改變讀者對於推理小說「解謎」的想像。甚至到了《麒麟之翼》，東野有如致敬般在小說中再現了森村誠一社會派小說經典的《人性的證明》開場，那個神乎奇技的死者最終移動軌跡，以及關鍵的情感象徵物，敏感的讀者應該已強烈感覺到，東野圭吾書寫風格的位移與轉變。

到了二〇一三年，東野圭吾推出了《當祈禱落幕時》，並在當時定位這是「加賀恭一郎系列」的最終作。相信只要閱讀過本書，很難不認同書評家岡崎武志的讚譽，這的確是一本如假包換的東野圭吾版《砂之器》。不論是淺居父女陷入絕境的生命而啓動的連夜潛逃之旅，以及透過交換身分以創造新人生，還有那必須拋棄眞實的過去才能迎來的光明未來，都與《砂之器》在角色設定、情節安排，甚至是思想意識上有著高度相近。

正如以《我愛過的那個時代》聞名的文藝評論家川本三郎，在《SAPIO》二〇一三年十一月號的書評中所指出的，在泡沫經濟鼎盛時，推理小說中充斥著沒有理由的快樂殺人，但當經濟發展停滯後，因爲貧困而引發的有理由殺人，便有了現實性基礎。東野圭吾的這部作品，犯罪背後所浮現的犯罪者貧困人生，讓人想起松本清張的世界，因爲松本清張的特色，便是描述那些存在著不爲人知黑暗過去的成功人士，意外被得知過去而引發殺機，這類有理由的殺人事件。這種特質在東野圭吾的這本作品中獲得了延續，在人生中歷盡千辛萬苦終於要迎接成功榮光的人們，卻在此時遇見知道他們過去的人，於是引發了悲哀的結局。

更重要的是，延續著系列前作《麒麟之翼》與三一一震災的因緣，東野圭吾在《當祈禱落幕時》內將核電的問題予以結合，並與加賀恭一郎的生命史緊緊纏繞在一起，顯示出他創作意識中潛藏的社會派DNA，以及批判眼光。淺居忠雄之所以能夠重獲第二人生，正因爲他襲用的是「核電候鳥」，在核電廠間到處移動的清掃臨時工身分，而這樣的存在能夠被替換得無聲無息，則是得利於承包商管理體系的鬆散。雖是在交代犯罪演化的軌跡，但筆鋒一轉，批判的刺點便指向了日本核能電廠長期以來管理與維護的陋習，在層層轉包的過程中，承包商不僅利用這些貧窮底層人民的經濟弱勢，創造出一群可被剝削的臨時工，甚至任其在超時與簡陋的工作環境下，將身體暴露在高劑量輻射的危險之中，最終導致永遠的傷害。而日本之所以能在戰後快速從戰敗國站起來，建立起擁有「核電神話」的進步現代國家，其實來自於這些被遺忘與捨棄的存在，就像松宮在調查過程中詢問的年老工人野澤定吉所言：「我們就是渣滓……核電廠啊，不是光靠燃料來運作的……是吃鈾和吃人才會動的，一定要用活人獻祭，它會榨乾我們作業員的生命。你看我的身體就知道了，這就是生命被榨乾的渣滓。」

的確，所有核能神話所最不願意面對的眞相，就是核廢料對環境的可怕危害。發電帶來的光明（不論是基礎的照明、文明國家論述層次上的概念，還是文學意義上的未來），代價是廢棄物遺留的萬年威脅，光明與廢棄／遺留物，是相互存在的辯證關係。然而就在此處，東野圭吾從社會批判的實踐，進一步演化出生命及親子關係的終極隱喻：「犧牲／廢棄」與「存在／榮光」，竟是相生相成的定律。正因爲淺居忠雄的犧牲，同時在核電工作場域與兩人的生命境遇中徹底成爲廢棄物，淺野博美方能擁有如此光明的未來；若非母親在情緒壓力瀕臨爆發點前，就決定自我犧牲與放逐，甚至拒絕自己獲得救贖的可能，加賀恭一郎的命運很可能從此改變，無法成爲如此傑出的刑警。這一切的苦心孤詣，都是來自於情感內核中的驅力，它是主體內在最強大的能源，即便犧牲自焚也在所不惜，爲的只是爲所愛的人，換取她／他前進的光源。

然而，這種愛所帶來傷害他者的代價，爲我們帶來道德上的難題，一如東野圭吾過去的作品，但《當祈禱落幕時》開啓了更多艱難的選擇。淺居忠雄爲了保護博美以及脆弱的父女連結，甚至殺害了只是關心他們的押谷道子，然而最後當他希望終結自己猥瑣的人生時，博美爲了報答他的愛，寧可逆反人倫，也要助其一臂之力，這對父女以愛之名相互守護的犯罪，我們究竟該如何看待因爲生存被威脅而犯下罪行的邊緣人？他們是道德意義上所謂的惡人嗎？然而，若非淺居父女基於人性的善意，爲加賀母子重新建立起連結，加賀也無法解開他生命中最關鍵的謎團，但也因爲這樣的一念之善，暴露出他們的存在，爲長久以來的守護關係，帶來覆滅的危機。那麼到底對加賀恭一郎而言，他們是善人，還是惡人？他該以一個兒子的身分，還是警察的身分來回答？這是關於生命存在的難解之謎，可說是東野圭吾留給這個系列以及讀者，最爲艱難的思考。

而在這個意義上，東野圭吾不僅寫出了他的《砂之器》，更重要的是，他可以被讚譽爲「松本清張的兒子」。

本文作者介紹

陳國偉，現爲國立中興大學台灣文學與跨國文化研究所副教授，研究領域爲台灣現當代文學、大眾文學、推理小說、流行文化、視覺影像、怪物研究。著有研究專書《越境與譯徑：當代台灣推理小說的身體翻譯與跨國生成》（聯合文學，二〇一三）、《類型風景：戰後台灣大眾文學》（國立台灣文學館，二〇一三），以及主編共著日文學術專書《交差する日台戰後サブカルチャー史》（交錯的日台戰後次文化史，二〇二二），並執行多個有關台灣與亞洲大眾文學與流行文化發展的學術研究計畫。

國家圖書館出版品預行編目資料

當祈禱落幕時／東野圭吾著；劉姿君譯. --
二版. - 台北市：獨步文化，城邦文化出版：
家庭傳媒城邦分公司發行，2024.04
面；　公分. --（東野圭吾作品集；
39）
譯自：祈りの幕が下りる時
ISBN 9786267415191（平裝）
ISBN 9786267415177（EPUB）

861.57　　113000425

東野圭吾作品集39　當祈禱落幕時

原著書名／祈りの幕が下りる時
作者／東野圭吾
原出版社／講談社
翻譯／劉姿君
責任編輯／張麗嫺（初版）、陳盈竹（二版）
編輯總監／劉麗真
事業群總經理／謝至平
發行人／何飛鵬
出版／獨步文化
115台北市南港區昆陽街16號4樓
電話：886-2-25000888　傳真：886-2-2500-1951
發行／英屬蓋曼群島商家庭傳媒股份有限公司城邦分公司
115台北市南港區昆陽街16號8樓
客服專線：02-25007718；25007719
24小時傳真專線：02-25001990；25001991
服務時間：週一至週五上午09:30-12:00；下午13:30-17:00
劃撥帳號：19863813　戶名：書虫股份有限公司
讀者服務信箱：service@readingclub.com.tw
城邦網址：http://www.cite.com.tw
香港發行所／城邦（香港）出版集團有限公司
香港九龍土瓜灣土瓜灣道86號順聯工業大廈6樓A室
電話：852-25086231　傳真：852-25789337
電子信箱：hkcite@biznetvigator.com
馬新發行所／城邦（馬新）出版集團
Cite（M）Sdn. Bhd.（458372U）
41, Jalan Radin Anum, Bandar Baru Seri Petaling,
57000 Kuala Lumpur, Malaysia.
電話：+6(03)-90563833　傳真：+6(03)-90576622
電子信箱：services@cite.my
美術設計／蕭旭芳
排版／游淑萍
印刷／中原造像股份有限公司
□2015年8月初版
□2024年4月二版
售價／460元
Printed in Taiwan

ISBN 9786267415191（平裝）
ISBN 9786267415177（EPUB）